ŒUVRES DE JEAN-MARIE ROUART

Chez d'autres éditeurs

LA FUITE EN POLOGNE (Grasset), *roman.*

LA BLESSURE DE GEORGES ASLO (Grasset), *roman.*

LES FEUX DU POUVOIR (Grasset), *roman.*

LE MYTHOMANE (Grasset), *roman.*

AVANT-GUERRE (Grasset), *roman.*

ILS ONT CHOISI LA NUIT (Grasset), *essai.*

LE CAVALIER BLESSÉ (Grasset), *roman.*

LA FEMME DE PROIE (Grasset), *roman.*

LE VOLEUR DE JEUNESSE (Grasset), *roman.*

LE GOÛT DU MALHEUR

JEAN-MARIE ROUART

LE GOÛT DU MALHEUR

roman

GALLIMARD

à Capri

Ceux qui croient trouver le bonheur dans le plaisir des sens, qu'ils s'en saoulent et qu'ils en meurent.

PASCAL

Après tout, si la littérature n'est pas pour le lecteur un répertoire de femmes fatales et de créatures en perdition, elle ne vaut pas qu'on s'en occupe.

JULIEN GRACQ

L'homme souffre des épidémies, des horreurs de la maladie, de tous les tourments de l'âme, mais, de tout temps, la tragédie la plus douloureuse pour lui a été et sera la tragédie de l'alcôve.

TOLSTOÏ

1

Si étrange que cela paraisse, c'est une escapade amoureuse qui conduisit Julien Thomas à Londres, dans le cabinet du professeur Ossip Tchekhov, éminent spécialiste du génocide. Julien était heureux en débarquant à Heathrow, sous la pluie, de ce bonheur inquiet – le seul qu'il connaissait – qui le sortait de son apathie et lui donnait enfin la sensation de vivre. Pourquoi cherchait-il toujours cette excitation auprès de ces femmes dangereuses dont on se demande si elles ne vont pas vous donner un coup de poignard ? Tina n'avait pas de poignard, mais une arme tout aussi redoutable, sa jeunesse; pire, la manière dont elle en jouait. Ses vingt ans créaient un risque suffisant. Ce n'était pas la peine d'en rajouter. Julien savait qu'elle voulait le quitter – elle le disait – mais comme elle lui jurait aussi qu'elle ne pouvait se passer de lui, il vivait dans une angoisse qui aurait mené un homme normal droit au suicide, ou du moins à la dépression nerveuse, mais qui bizarrement semblait lui convenir. Sans ces ingrédients sauvages, il n'eût pas autant joui des faveurs qu'elle lui accordait. Elle venait d'Argentine : c'est dire qu'elle apportait avec elle la désinvolture d'une contrée neuve et la névrose de ce pays de l'espace, de la viande rouge, de la torture et de la mort.

Quand on est amoureux, on transporte toujours avec soi les espoirs nés de la première rencontre. C'est ce moment trompeur qui est la cause de tout, qui vous égare, vous trahit, vous rend fou. Dans le cab humide qui ressemblait à une grosse chaussure noire bien cirée, conduit par un Sikh au parfum douceâtre, Julien se dirigeait autant vers Tina que vers le souvenir de cette première fois. Quel dommage que les êtres ne se cantonnent pas dans la vision charmante (et simple) où on les a emprisonnés et qu'ils se mettent à vivre, stupidement, comme tout le monde!

Julien revoyait Tina, à Paris, cet automne, assise sur les marches en pierres de Bourgogne de son vieil immeuble, rue du Dragon, si jolie avec cet air convenable et sage que l'on prête naïvement aux inconnues; l'attitude studieuse, des livres et des cahiers épars autour d'elle. Il la distinguait avec plus de netteté et d'intensité, comme il l'aurait vue alors s'il avait su qu'il en tomberait amoureux. Son visage s'imposait à travers la pluie, effaçant les affiches criardes de bière, les constructions de fin du monde qui champignonnisent autour de tous les aéroports du monde (Heathrow tenait le pompon), les taudis noirs de saleté et de suie, les cabanes à lapins en brique qu'enjambent les bretelles d'autoroute, et ces espaces abandonnés à une verdure pelée où les enfants pauvres ont tout le loisir de jouer avec des volants de voiture, des rasoirs ébréchés et quelques préservatifs.

Il lui faisait face dans l'escalier. Petit, très brun, les cheveux bouclés qui grisonnaient, la taille mince, cambré comme un matador, il se tenait bien droit sur ses ergots pour ne perdre aucun centimètre et la dévisageait de ses yeux noirs brillants comme des cassis mouillés.

« Vous m'attendiez? » demanda-t-il. Quelle question idiote : c'était évident qu'elle l'attendait. Mais Julien se comportait toujours ainsi dès qu'une femme l'impressionnait. Il devenait stupide, sa tête se vidait comme celle d'un candidat timide qui perd ses moyens à l'oral.

Elle le fixa avec des yeux sans amabilité. « Non, j'étais là par hasard. » Elle ne manquait ni d'à-propos ni de fierté. « D'ailleurs, j'ai assez attendu. Je m'en vais. »

Elle rangea ses livres et ses cahiers et les fourra dans son sac en cuir. Julien aimait ce caractère acide et indomptable des jeunes filles avant qu'elles ne se dindonisent dans le mariage et ne se bardent d'amabilité hypocrite. Il avait dû user de beaucoup de persuasion pour l'amadouer et la convaincre d'entrer chez lui. Elle avait cédé en soupirant, l'air revêche. Comment avait-il pu oublier ce rendez-vous avec une jeune fille aussi charmante? (Il faut dire que les lettres et les coups de téléphone de Buenos Aires avaient été muets sur ce point : c'eût pu être une de ces balourdes étrangères qui s'accrochent à vous comme un noyé, et qui semblent ne venir à Paris que pour dévorer votre temps et vous faire haïr les chefs-d'œuvre du Louvre.)

Assise dans le salon, sur le grand canapé aux impressions indiennes, au milieu des tableaux et de ces objets plus ou moins artistiques qui s'accumulent si vite quand on se pique d'être un amateur, Julien l'observait. « Heureusement elle ne ressemble pas à sa mère », pensa-t-il. Plus fine, les attaches surtout, les jambes effilées, des cuisses longues que ne semblait pas vouloir dissimuler la courte jupe noire. Sa tenue était rien moins que débraillée, au contraire de celle de ses contemporaines en jean, baskets et blouson en acrylique. Il émanait d'elle un parfum de chic propret et soigné. Et cette impression qu'elle donnait de savoir avec précision ce qu'elle voulait, si rare à son âge, séduisait Julien qui lui, à quarante ans, ne le savait toujours pas. Elle n'était pas troublée par le doute : elle semblait tirer les idées dont elle avait besoin de petits tiroirs bien rangés.

Tandis que Julien l'interrogeait et qu'ils échangeaient des banalités, Tina observait avec curiosité les tableaux qui couvraient les murs, les bronzes italiens. Cette atmosphère de vieille Europe cultivée la changeait des immeubles aérodynamiques de Buenos Aires, aux murs blancs hérissés d'œuvres d'art en fil de fer, en zinc et en plastique polychrome.

Elle se leva et examina des bibelots sur une table. Lorsqu'elle effleura de sa main une boîte aux incrustations d'ivoire, Julien frémit : c'était un cadeau de Maria-Eugénia, la mère de Tina. Il l'observait, retenant son souffle, comme si elle risquait de découvrir le secret impudique de ses relations avec sa mère. Cette boîte symbolisait soudain une mystérieuse frontière que Tina semblait hésiter à franchir; une frontière interdite ouverte sur le territoire dangereux de son passé amoureux. À cet instant naquit son désir pour elle. Une faim rouge. La beauté de Tina bien sûr l'attirait, mais ce qui lui donnait le vertige, c'était la suggestion de la profanation et du mal à commettre.

« Vous avez l'air bizarre, dit-elle en relevant la tête.

– Ah... Je songeais que cela doit être merveilleux pour une jeune fille étrangère d'être seule à Paris, libre d'aller à sa guise... »

Cette réflexion ne parut pas assez originale à Tina pour qu'elle la relevât.

Il se souvenait de Maria-Eugénia lors de son séjour à Paris, avec son mari, six ou sept ans plus tôt. Elle habitait le Meurice, rue de Rivoli. Quel lien de parenté avait-elle avec Victoria Ocampo? Sa petite-nièce? Qu'importe! Ils avaient eu une courte liaison autrefois. Elle voulait le revoir. Ils déjeunèrent sur le pouce chez Angélina. Puis Julien, imaginant ce qu'elle attendait de lui, l'avait emmenée dans un petit hôtel non loin du Palais-Royal, une chambre de troisième ordre avec du linoléum et des traces de doigts sur les tentures bon marché. Elle avait fait la moue. Dans ses rêves, l'adultère avait un parfum plus luxueux. Et Julien aurait pu avoir la délicatesse de choisir un hôtel un peu plus éloigné du Meurice où l'attendait son mari, un chirurgien esthétique en vogue, très riche, dont la prétention, l'allure vulgaire, la conversation sans intérêt avaient, la veille, au bar du Plaza, dépouillé Maria-Eugénia de tout charme pour Julien. À quoi tient la magie d'un être? Subitement elle n'était plus qu'une Sud-Américaine banale, pleine d'assurance, qui avait pris un peu de poids. Où était la femme qu'il avait rêvée? Elle qui lui semblait si proche de l'autre côté de l'Atlantique!

Dans le lit, le malentendu éclata. La belle image que chacun avait construite de l'autre ne coïncidait pas avec la réalité. Ce n'est pas en faisant l'amour que ce genre de déception s'arrange. Non, après quelques tâtonnements maladroits, la chambre avait paru plus confinée et plus sordide, le lit plus défoncé, Maria-Eugénia plus ennuyeuse et Julien plus désabusé – ce qui est le lot de tous les amants déçus, donc décevants.

Maria-Eugénia avait conclu ce ratage par un mot acide : « Ce n'est pas du cinq à sept, c'est du six-quatre-deux. »

« J'ai l'impression que je vous dérange, dit Tina. Je peux m'en aller si vous voulez?

– Mais non, pas du tout. Vous ne m'avez pas dit ce que vous alliez faire à Paris? » demanda-t-il en dardant vers elle des yeux de petit prédateur.

Elle venait suivre des cours de psychologie et passer un D.E.A. sur l'histoire de la psychanalyse.

« Sur quoi portera votre mémoire?

– Sur le docteur Allendy. Vous connaissez?

– Bien sûr, le barbu qui habitait Meudon et qui était l'amant d'Anaïs Nin. »

Une lueur d'intérêt passa dans les yeux gris clair de Tina.

« C'est également l'auteur d'*Aristote ou Le Complexe de trahison*. Un très bon livre. Vous l'avez lu? demanda Julien.

– Ce n'est pas le sujet de mon mémoire, dit sèchement Tina qui aimait peu être prise en défaut de connaissance.

– Dommage. C'est un sujet qui me passionne. J'écris un livre sur ce thème de la trahison, ou quelque chose d'approchant. »

Il n'avait jamais su quel était en fait le sujet de son livre. Cela ne l'empêchait pas d'en parler.

Il montra avec complaisance la chemise verte cartonnée, sur son bureau, qui contenait une dizaine de pages griffonnées et une multitude de feuilles blanches.

« Quand l'aurez-vous fini?

– Je ne sais pas.

– Vous ne voulez pas le publier? »

Julien leva les bras et se lança dans ce théâtre de fausse modestie dont il avait l'habitude, et qui n'était pas sans séduction.

« Paresse, manque de temps, de volonté, de vrai désir. Il y a tant de gens qui écrivent n'importe quoi. J'aime avoir devant moi un projet dont je ne viendrai peut-être jamais à bout. C'est ma façon de ne pas me décevoir. Peut-être suis-je trop exigeant?

– Je dois partir, dit Tina en se levant. Il faut que je m'inscrive à Paris IV. »

Julien la raccompagna, gêné. Elle lui plaisait mais soudain il avait peur : de la perdre ou de la revoir, il ne le savait plus.

Il hasarda, timide : « Si vous voulez, je pourrais vous emmener au théâtre. » Il épia sa réaction.

« Je n'ai pas beaucoup de temps », dit Tina.

Elle s'en alla. Il demeura hésitant, perplexe, attentif au claquement de ses talons sur les pavés de la cour et au bruit de la porte cochère. Il tardait à refermer la porte, craignant de rester seul avec une désagréable impression d'occasion manquée. « Elle est ravissante. Comme j'ai été bête et maladroit, se dit-il. Non, je ne la rappellerai pas. Ce serait moche vis-à-vis de Maria-Eugénia. Et elle est vraiment trop jeune. Je ne lui plais sûrement pas. » La faim rouge le troubla à nouveau. « En tout cas, je ne ferai pas le premier pas. »

Le téléphone sonna : c'était sa mère. Curieux : elle téléphonait toujours dans les moments où il avait besoin d'être ramené à l'ordre.

2

Tina quitta le Freudian Institute pour se rendre à l'agence de mannequins Model's In située à Chelsea. Elle sortait d'une conférence du docteur Nicholas Rabinovitch sur l'*acting out* dans la cure psychanalytique. Elle marchait dans la rue en regardant les magasins de mode et se demandait l'origine de son angoisse. Était-ce la conférence si ardue du docteur Rabinovitch ? Une image un peu comique lui revint : un passage de *L'Homme aux rats* lorsque, devant l'impuissance de son patient à exprimer avec précision ses obsessions de pénétration et de sévices sexuels, Freud s'exclame soudain « dans l'anus ». Elle entra dans une boutique et acheta deux paires de chaussures dont elle n'avait nul besoin. Cette emplette lui apporta une sensation de soulagement. Elle héla un cab et se laissa bercer par les mouvements de la voiture, qui fut bientôt prise dans les embouteillages. Elle serait en retard. Qu'importe, elle l'était toujours. Le photographe avec lequel elle avait rendez-vous à l'agence était connu pour son mauvais caractère. Cela l'amusait de l'imaginer furibond. Pourtant elle avait besoin d'argent. Elle ne savait comment payer son loyer et son téléphone risquait d'être coupé d'un jour à l'autre. Et ces chaussures coûteuses qu'elle ne mettrait jamais !

Elle repensa à une assertion du docteur Rabinovitch : « L'analyse est un combat permanent avec l'analysé pour maintenir dans les limites de son esprit les pulsions qu'il tendrait à transformer en actes. » « Quel curieux bonhomme, ce Rabinovitch. On dit qu'il couche avec ses patientes. Il ne doit pas être le seul, même si c'est interdit. » La vision du docteur Rabinovitch nu, avec son gros ventre, sa barbiche, ses petites lunettes, ses yeux de fouine malade, lui inspira une sensation de dégoût suivie d'une excitation assez vive qui la plongea dans une délicieuse torpeur. Elle écarta légèrement les jambes et les referma en regardant la nuque rousse du chauffeur. Elle était dans une île chaude. Le taxi qui la secouait puis s'immobilisait dans l'embouteillage, le mouvement des essuie-glaces qui balayaient le pare-brise avaient sur elle un effet hypnotique. Pourquoi n'avait-elle jamais fait l'amour dans un taxi? Elle repensa à l'agence Black's, de si mauvaise réputation, et qui revenait si souvent dans ses rêves ces derniers temps suscitant le même sentiment de répulsion et de fascination. Quelle impression éprouve-t-on à se faire payer pour coucher avec un homme qu'on ne connaît pas et qu'on ne reverra jamais?

La voiture s'arrêta devant l'agence Model's In. Contrariée d'interrompre son plaisir, elle chercha de l'argent. Elle n'en avait plus. Elle avait tout dépensé pour les chaussures. Expliquant au chauffeur qu'elle allait en emprunter, elle sortit sous l'averse tandis que le taxi attendait en double file.

Par bonheur le concierge, un Polonais, était là, et il avait l'habitude. Le vieil homme manchot lui prêta les quatre pounds nécessaires. Elle revint trempée et monta l'escalier qui conduisait à l'agence. De grandes photos de mannequins rappelaient quelques-unes des gloires qui y avaient débuté. Un portrait éclipsait tous les autres, celui de Diane Serp en robe du soir, photo qui datait d'une quinzaine d'années. On ne pouvait en détacher ses yeux. Ce très beau visage de brune aux yeux clairs envoûtait; une expression féline qui suggérait des images de volupté et de tristesse.

Dans les bureaux spacieux, peints de couleurs gaies, rose et bleu clair, comme des chambres d'enfant, l'ambiance était toujours animée. De longues créatures filiformes aux yeux démesurés s'entretenaient avec des photographes et des journalistes de mode. On papotait, on ragotait. La directrice de l'agence, Laura Opkins, quinquagénaire blonde, sortit de son bureau dès qu'elle aperçut Tina à travers la baie vitrée. Elle lui adressa des remontrances sur son retard. Comme prévu le photographe avait fait un esclandre et était reparti. Il fallait qu'elle le rappelle pour s'excuser. Et Laura Opkins reprit sa turlututaine sur le manque de sérieux de la nouvelle génération avec laquelle on ne pouvait pas travailler.

« Merde! s'exclama Tina.

– I beg your pardon. » Laura Opkins rosit d'indignation.

« No, sorry », dit Tina. Elle venait de se souvenir qu'elle avait oublié ses chaussures dans le taxi.

La standardiste lui apporta un message : John McKenzie l'avait appelée, un photographe, l'une des premières personnes qu'elle avait rencontrées à son arrivée à Londres. C'était grâce à lui qu'elle travaillait à l'agence. Un garçon sympathique, très serviable, qui pourtant lui inspirait un malaise; pas seulement parce qu'il lui avait demandé de poser pour des photos un peu spéciales. Une impression trouble qu'elle ne s'expliquait pas. De toute façon, s'il l'invitait à dîner, elle n'était pas libre : Julien arrivait de Paris pour la voir. Elle composa le numéro de John, à demi assise sur un bureau, tandis que, près d'elle, deux très belles Américaines noires se racontaient en pouffant une soirée très mouvementée.

Tina entendit la voix enjôleuse de John.

« Bimby! Qu'est-ce que tu fais ce soir? On dîne? »

Tina s'apprêtait à refuser et à prétexter l'arrivée de Julien, mais sans qu'elle comprît pourquoi, mue par une impulsion irrésistible, mesurant avec effroi les graves conséquences que ces paroles allaient engendrer, elle s'entendit répondre :

« Oui, pourquoi pas.

– À neuf heures, chez moi. »

Après avoir raccroché, elle demeura les yeux dans le vague, comme une droguée.

3

La maison était enfouie sous un lierre exubérant. Julien chercha en vain la sonnette dissimulée dans la verdure. Il demeura un moment désorienté, se demandant quel moyen employer pour avertir de sa présence. Ce retard le rendait anxieux, non pas par égard envers le professeur Tchekhov, mais parce qu'il avait laissé le numéro de téléphone du professeur au concierge de son hôtel afin que Tina pût l'appeler, et il craignait de la manquer. Il continua ses recherches nerveusement et finit par dénicher la sonnette dans une anfractuosité de la pierre. Au moment où il allait appuyer sur le bouton en cuivre, la porte s'ouvrit et se referma aussitôt, laissant passer un homme d'une trentaine d'années, l'air jovial, vêtu de ce genre d'imperméable bleu marine que porte le personnel navigant des compagnies aériennes. Il dévisagea Julien avec des yeux rougis par la conjonctivite.

Un long moment passa avant que la porte ne s'ouvre. Une belle jeune fille rousse, qui tenait un biberon à la main, l'accueillit sur le seuil, le visage empourpré, la poitrine haletante d'avoir couru.

« Madame Tchekhov?

– Non, je suis la nurse. »

Dans le sombre corridor décoré d'icônes, Julien se

trouva face à un molosse, un dogue allemand noir qui le fixait avec des yeux de fou ou plutôt d'assassin, les babines dégoulinantes de bave. Julien se colla prudemment à la nurse.

« N'ayez pas peur. Il est adorable. N'est-ce pas, Darling? » Et elle tapota l'encolure d'une main que le monstre lécha avec avidité avant d'abandonner le terrain d'un air déçu et mélancolique. La nurse introduisit Julien dans la bibliothèque.

Des centaines de livres sommeillaient dans une semi-pénombre, éclairée par endroits au moyen de lampes à abat-jour en opaline verte. Deux fauteuils club en cuir avachi regardaient la cheminée gothique en bois ouvragé. Les fenêtres, hautes et étroites, ornées d'un vitrail de losanges multicolores, donnaient sur un jardinet sombre et mal entretenu, filtrant une lumière triste de manoir à l'abandon. Julien examina les ouvrages. Beaucoup de *curiosa*, Brantôme, l'Arétin, Sacher-Masoch, *Mémoirs of a Woman of Pleasure* de John Clecland, voisinaient avec des livres scientifiques : *Psychopathia Sexualis* du docteur Kraft-Ebbing, *Anthropology of Sexual Myths in South Asia* de Ken Rudell, *Sex in Savage Society* ainsi que *Sex and Repression* de Bronislaw Malinowski, *Die Fonktion des Orgasmus* de Wilhelm Reich, *Magia Sexualis* de P.B. Randolf préfacé par Maria de Naglowska.

Des photos, dans des cadres de bois noir, décoraient les montants en chêne. L'une d'elles attira Julien. Elle représentait des corps si enchevêtrés qu'il crut avoir affaire à un collage. En l'examinant avec attention, il distingua un monceau de cadavres, jambes, torses, bras entremêlés; les corps semblaient désarticulés à l'exception de celui d'une jeune fille nue au centre de la photo, le visage dissimulé par ses longs cheveux noirs, et noire aussi la toison pubienne florissante. Julien ne pouvait s'arracher à la contemplation de cette jeune beauté sacrifiée qui accusait l'horreur de la barbarie et éveillait en lui une concupiscence malsaine.

« Le professeur va vous recevoir dans un instant. »

Julien sursauta, gêné d'être surpris dans cette contemplation érotique et morbide, et plus mal à l'aise encore de l'être par une jeune et jolie femme.

« Je suis Mrs. Tchekhov. Avez-vous fait bon voyage? Quel triste temps! Nous avons eu pourtant quelques beaux jours au début du mois. »

La jeune femme au visage de madone, vêtue d'une ample robe en coton dont le décolleté en carré était brodé de motifs d'inspiration russe, s'exprimait d'une voix douce et mélodieuse. À la base de son cou, un grain de beauté protubérant attirait l'œil. Elle ne devait pas avoir beaucoup plus de vingt-cinq ans.

Une porte en chêne s'ouvrit sur un imposant sexagénaire à la barbe grise, d'une taille au-dessus de la moyenne. Sous son ample costume gris d'une excellente coupe, il avait endossé une chemise russe brodée et, par-dessus, un gilet cramoisi en taffetas qui moulait un ventre important.

Le professeur Tchekhov s'avança d'un pas majestueux.

« Pardonnez mon retard. J'étais retenu au téléphone avec une des puissances de la terre, une grandeur d'établissement. » Il appuya sur cette expression avec satisfaction comme s'il savourait un bonbon. « Si vous voulez vous donner la peine d'entrer », dit-il en désignant la porte de son bureau.

La pièce confortable, en désordre, débordait de bibelots russes. Derrière le bureau, un panneau couvert de reproductions de tableaux représentait des scènes du martyrologe : le saint Sébastien au corps percé de flèches de Mantegna, sainte Cécile offrant ses seins coupés par le Primatice, une scène du martyre de saint Elme qui le montrait le ventre ouvert tandis qu'on lui arrachait les entrailles à l'aide d'un treuil.

Le professeur Tchekhov s'assit à son bureau.

« Alors je vous écoute, mon jeune ami. Que puis-je pour vous? »

Julien se sentit pris sous le regard perçant de petits yeux vert foncé, un peu bridés, qui fouillaient le tréfonds de son être. Son projet lui paraissait soudain absurde et vain. Sa pensée s'embrouillait; il ne savait plus par où commencer.

« J'écris un livre... un essai... sur la trahison, plus précisément sur les grandes trahisons en politique, et j'ai lu votre ouvrage *Les Crimes de la légalité*. J'ai aussi lu les articles sur votre procès...

– Oui, dit le professeur en caressant sa barbe d'un air satisfait, j'ai tout le monde contre moi, l'alma mater, l'establishment, le parlement, la justice et même » (il baissa la voix pour mentionner le service de contre-espionnage) « le M.I.5. Ils s'imaginent qu'ils vont m'obliger à me taire. Ils ne savent pas qui est Ossip Tchekhov. J'appartiens à cette espèce d'homme qu'on peut détruire mais qu'on ne peut faire taire. Jamais je ne me tairai, vous entendez, jamais. »

Il tapa du poing sur son bureau, faisant trembler les crayons rangés dans une coupelle en cuivre.

« Mon procès me vaut beaucoup d'ennemis, reprit-il en se rengorgeant. Vous connaissez une vérité qui ne dérange personne? Rien n'est plus confortable que le mensonge. Notre société qui clame si haut son amour de la vérité aspire de toutes ses fibres pourries au mensonge, au truquage.

« D'abord, dit-il en gonflant ses poumons et en se renversant dans son fauteuil qui craqua, laissez-moi me présenter. Rassurez-vous je ne vous conterai pas par le menu » (il appuya sur l'expression) « l'histoire de ma famille qui, bien que noble, très ancienne, et de plus, passionnante, ne m'intéresse pas. Pas plus que ma propre vie qui ne me retient que dans la mesure où elle symbolise des drames éternels. Vous avez lu Jung, je suppose. Alors vous comprenez ce que je veux dire. »

Son père, le colonel Tchekhov, commandait à la fin de la guerre un régiment de cavalerie cosaque de la fameuse armée du général Vlassov. Il avait entraîné sa femme et son jeune fils dans ce piège à rats de l'histoire. Cette armée de bric et de broc, composée de Russes blancs, de partisans ukrainiens, avait rallié les Allemands dans l'illusoire dessein de délivrer leur patrie du joug soviétique. Vlassov, ancien garçon boucher, renégat du marxisme-léninisme, avait changé de camp sans pour autant se racheter de l'opprobre dans lequel le tenait Himmler qui les considérait, lui et ses troupes, comme des sous-hommes slaves.

Avec les restes de la cavalerie cosaque du général von Pannitz, le colonel Tchekhov se dirigea, fin avril 1945, vers Pilsen, en Tchécoslovaquie, pour tenter de se rendre à l'armée américaine. Une région sinistre que n'égayait pas beaucoup le spectacle des cadavres des hommes mutilés, des femmes violées et massacrées, des masures et des animaux calcinés. Grâce à des amitiés maçonniques, il obtint de faire évacuer sa famille en Angleterre. Après les angoisses, les privations, les nuits glacées illuminées par la D.C.A., la fuite dans la forêt pour échapper aux chars soviétiques, c'était la promesse d'un paradis.

Au camp de Newcastle, le colonel Tchekhov fut averti du danger qu'il courait : tous les Russes réfugiés en Angleterre allaient être livrés aux Soviétiques. Il décida de s'enfuir et de chercher refuge à la communauté des Russes blancs à Londres. Ils prirent le train, lui et sa famille, avec le peu d'argent qui leur restait. Il se rendit à Brechin Place non loin de Gloucester Road, à la maison de Russie, domicile d'un certain Mr. Sabline.

Là, sous les portraits réconfortants d'Alexandre Ier et de Nicolas II, il se laissa séduire par les amabilités de ce Mr. Sabline qui lui donna de l'argent et promit de lui venir en aide. Il se croyait sauvé : il venait de signer son arrêt de mort. Mr. Sabline, qui avait été retourné par les Soviétiques, s'empressa d'avertir les autorités britanniques.

Le garni où le colonel et sa famille avaient trouvé refuge était situé en face d'une synagogue. La femme du rabbin, originaire de Toula, prit Mrs. Tchekhov et son jeune fils en sympathie. Quand la police vint les arrêter, ils cachèrent le jeune Ossip chez eux en attendant leur retour. Ce retour ne vint jamais. Grâce au rabbin, homme de culture, le jeune homme doué étudia l'histoire à Cambridge, puis la philosophie, puis le droit comparé.

« Et mes parents, me demanderez-vous, eux qui avaient confiance en la patrie de la liberté? Ils connurent le sort des trente mille prisonniers russes expédiés en Russie entre 1944 et 1945. Embarqués sur un cargo, l'*Almantora*, qui appareilla à Glasgow, ils parvinrent à Odessa. Mon père fut torturé et fusillé dans les hangars du port, tandis que ma mère était transférée en wagon à bestiaux à l'est de la Sibérie, à Magadan. Je devais hélas retrouver sa trace beaucoup plus tard dans les souvenirs d'une Polonaise qui avait échappé à cet enfer : à la suite du viol commis sur elle par dix criminels de droit commun dans une baraque, elle contracta la syphilis et se suicida. » Le professeur renifla bruyamment. « Et vous mon jeune ami, avez-vous toujours votre maman? Eh bien, vous avez beaucoup de chance, croyez-moi. »

Cette question réveilla la culpabilité de Julien : il n'avait pas prévenu sa mère de son voyage parce qu'il ne voulait pas lui mentir. À quarante ans passés, il craignait encore cette petite vieille despotique qui se croyait le droit de régenter sa vie.

« Vous savez ce qui m'a valu mon procès? » demanda le professeur.

Julien hocha la tête de manière peu significative. Il était à bout de forces. Son esprit s'emplissait d'un brouillard. Tandis qu'il entendait à nouveau s'animer la fresque obscure de l'Histoire, les déportations qui vengeaient les déportations, les charniers qui répondaient aux charniers, l'horreur qui concurrençait l'horreur, Croates enterrés vivants, cosaques jetés dans des fours de locomotive, Julien imaginait la mère du professeur; et cette image se substituait au corps nu de la jeune fille à la toison pubienne foisonnante, dont la photo l'avait frappé dans la bibliothèque, et ce corps à son tour laissait place à celui de Tina, et lui inspirait le désir de l'étreindre.

La sonnerie du téléphone dans une pièce voisine ramena Julien à la réalité. Peut-être était-ce Tina? Il détourna la tête pour mieux entendre la conversation au téléphone.

« Vous avez l'air nerveux, mon jeune ami, dit le

professeur agacé de voir son interlocuteur peu attentif.

– Excusez-moi, mais j'attends un coup de téléphone important et je me demandais si... »

Le professeur balaya ce contretemps d'un revers de main et, plongeant ses petits yeux verts dans ceux de Julien, le ramena dans le vif du sujet :

« Savez-vous ce que l'on ressent quand on a les mains attachées avec du fil de fer barbelé, et que l'on se prépare à vous jeter dans une fosse de trente mètres de long que l'on va arroser d'essence pour y mettre le feu ? »

Un long moment plus tard le professeur posa ses longues mains sur son bureau et conclut :

« Voilà, je vous ai fait une véritable conférence. Je devrais vous faire payer. Vous savez combien on me paie pour une seule conférence ? One thousand pounds. Coquet, non ! »

Il éclata de rire. Redevenant sérieux, il ouvrit un tiroir de son bureau et en retira un opuscule d'une trentaine de pages qu'il tendit à Julien.

« Seulement quelques réflexions qui vous rappelleront notre conversation. C'est la traduction française, mais le texte existe aussi en allemand, en espagnol, et même en japonais. »

Sur la couverture du livre s'étalait le titre *Bréviaire du Mal*.

« Cela a l'air intéressant, dit Julien en se levant après avoir feuilleté l'opuscule.

– C'est si j'ose dire un peu plus qu'intéressant. Quand vous l'aurez lu, et peut-être même relu, vous verrez que c'est même essentiel. »

Et il leva à son tour son corps massif qui, en comparaison de la petite taille de son visiteur, paraissait celui d'un géant. Sur le pas de la porte, il serra l'épaule de Julien avec force.

« Vous m'êtes sympathique. Donnez-moi votre adresse. Ma femme et moi devons nous rendre à Paris. Je dois donner une conférence à l'Institut des études slaves. Bonne chance, mon jeune ami. »

4

Au Rosebud, à Montparnasse, c'était la bousculade. À croire que tout le monde y avait rendez-vous. La serveuse noire à la coiffure afro était débordée. Au bar s'agglutinait la faune habituelle des hommes seuls en quête de bonne fortune et quelques filles qui n'avaient pas froid aux yeux. De la porte ouverte des toilettes, que venait de quitter une rousse titubante aux yeux qui chaviraient, parvenait une odeur d'herbe opiacée, forte comme l'haleine qu'exhale le maquis corse sous la canicule. Diane Serp, assise à une table, attendait l'air rêveur le chili con carne qu'elle avait commandé. Bien sûr, on la regardait. Une jeune femme aussi belle ne s'égare pas si souvent dans ce genre d'endroit, et seule. Beaucoup d'hommes auraient aimé lui parler. Mais elle n'était pas de ces femmes qu'on aborde : son air lointain, fier, dissuadait le contact. Le type de beauté qu'on admire mais qui fait peur. Depuis un moment, elle sentait le poids d'un regard qui s'appuyait sur elle, un regard insistant d'homme qui dit crûment ce qu'il veut. Celui qui la fixait était un brun, un peu replet, d'une trentaine d'années, de type méditerranéen, ni beau ni laid, quelconque. Il caressait son verre de whisky d'un air satisfait. Elle croisa son regard et, dans ses yeux, aperçut une lueur rouge. Elle déplaça sa chaise pour ne plus lui faire face, et se replongea dans ses pensées. L'alcool ne dissipait pas la boule d'angoisse qui l'oppressait. Elle aimait ce bar à l'ambiance canaille et cosmopolite; le premier bar qu'elle avait fréquenté à Paris. Qui le lui avait fait connaître? À nouveau, elle sentit cette impulsion qu'elle détestait, le désir violent de quelque chose de sale, de crapuleux, de dur.

La journée avait mal commencé. Migraine, sentiment d'insécurité, lassitude et agacement devant les petits riens de la vie quotidienne qui, on ne sait pourquoi, soudain vous écorchent. Édouard de Verres lui avait téléphoné. Elle espérait ses appels, mais ils la laissaient déprimée. Cela faisait deux mois qu'elle n'avait pas eu de ses nouvelles. Elle déjeunait parfois avec lui. C'était un grand type brun, le front assombri par d'épais sourcils, les épaules en dedans qui révélaient son manque de confiance en lui-même, avec le visage émacié et les yeux fiévreux d'un personnage du Greco. Distant, formel, il n'exprimait aucun sentiment personnel et fuyait dans les généralités, comme s'il avait peur de s'abandonner. Il devenait ennuyeux à force de coller à son image de banquier. Mais elle l'aimait ainsi, avec son air austère, rigide, sans grande fantaisie. Des rencontres frustrantes qui lui laissaient un malaise : si peu d'intimité, si peu de chaleur, alors qu'ils se connaissaient depuis plus de dix ans; et après ce qu'il y avait eu entre eux! Un épisode dont ils préféraient ne pas reparler. Quelle sottise que la vanité masculine! Tant d'hommes l'avaient aimée, désirée, et le seul qu'elle aurait pu aimer ne lui avait manifesté ni vrai désir ni véritable amour. Elle lui faisait peur.

Elle ne prévoyait pas de venir au Rosebud. Elle devait dîner avec François de Bargis, son amant du moment ; un brillant sujet, un des patrons d'une grande société nationalisée ; une armoire à glace aux yeux de lapis-lazuli, un peu empâté, le visage couvert de taches de son, qui passait ses loisirs à retaper un château de famille dans une province inhospitalière, près de Clermont-Ferrand ou de Saint-Étienne, avec des frères et des cousins officiers de marine, le crâne rasé, les oreilles rouges et décollées, mariés à des pondeuses disgracieuses qui traînent des ribambelles d'enfants. Depuis son histoire ratée avec Édouard de Verres, Diane avait un penchant pour ces aristocrates pas très cultivés, ni très vifs, mais moralement impeccables, qui seraient morts à la guerre si on le leur avait demandé et qui plongeaient profondément leurs racines dans un pays, dans son histoire. Ces grands garçons simples la rassuraient. Elle recherchait des hommes aussi différents d'elle que possible : elle détestait ce qu'elle était, une météorite dangereuse, brûlante, venue d'on ne sait quelle planète et se dirigeant on ne sait où.

François était marié. Il trompait sa femme pour la première fois. Pour lui, c'était un drame. Seul l'amour fou qu'il éprouvait pour Diane avait vaincu ses scrupules et l'avait jeté dans une liaison qui offensait sa morale, son éducation, ses principes religieux. Et l'état de santé de sa femme ne laissait de le préoccuper ; les difficultés dont elle avait souffert pour avoir un enfant avaient perturbé son équilibre : elle passait de cures de sommeil en tranquillisants ; maintenant, enceinte de trois mois, elle vivait dans l'angoisse que l'enfant n'arrive pas à terme. Sans la dépression nerveuse de sa femme, François n'aurait pas hésité à lui avouer sa liaison. Son caractère franc, carré, ne le portait pas aux demi-mesures.

François avait téléphoné à Diane, en fin de journée, pour se décommander : sa femme avait eu un malaise, il ne pouvait la laisser seule. Diane avait accueilli cette nouvelle d'abord avec indifférence – elle n'était pas amoureuse de Francois –, puis avec soulagement : depuis longtemps elle éprouvait l'envie de sortir seule, de dîner n'importe où et de s'égarer dans les rues la nuit.

Alors que Diane se préparait à partir, François avait rappelé : il pouvait se libérer, le malaise de sa femme s'était dissipé. Diane répondit qu'elle venait d'accepter une autre invitation (ce qui était faux). François eut beau insister, elle ne céda pas.

« Avec qui sors-tu? demanda-t-il d'un ton emporté.

– Avec des amis. Tu ne les connais pas.

– Et après le dîner, je peux passer?

– Non, il sera trop tard et je veux dormir tôt. »

La communication coupa brusquement. François avait raccroché en entendant sa femme.

Diane venait de finir son chili con carne. Elle n'aimait pas s'attarder. L'homme du bar la fixait toujours. Elle se demandait ce qu'elle allait faire : prendre un verre au Select? la Closerie des Lilas? Ces lieux gardaient ce parfum bohème qu'elle leur avait connu dans sa jeunesse, quand elle n'avait pas un sou et pourtant savourait la vie à pleins poumons. Parfois, il lui arrivait de ne pas savoir le matin où elle allait dormir. Cela ne l'empêchait pas d'être confiante dans les ressources de la vie. Aujourd'hui, elle était riche et l'avenir lui semblait fermé. Tout ce qu'elle avait espéré, elle l'avait. Elle n'attendait plus rien.

Sa vie s'était déroulée trop vite. Elle avait brûlé les

étapes. Une jeunesse si lente, si pesante dans l'ennui de la province, avec un sentiment d'étouffement, la peur d'être enfermée à jamais dans un village d'Alsace, Guebwiller, entre les colères d'un père tyran domestique et une mère effacée, larmoyante. Très tôt, elle s'était sentie faite pour un autre destin, pour l'espace, pour la liberté. D'où lui venait cette haine de la médiocrité, haine qu'elle ne savait contre qui diriger? Sa révolte l'avait dressée contre sa famille, ses professeurs, avec cette seule idée : fuir, fuir le plus loin possible. À treize ans, première fugue, retour à la maison avec les gendarmes. Le souvenir qu'elle en gardait, ce n'était pas celui de la raclée administrée par son père, mais la joie de ces deux jours de liberté, l'exaltation d'avoir ouvert une brèche et d'avoir respiré l'air d'un monde inconnu, vierge de tout souvenir. À dix-sept ans, elle était partie pour ne jamais revenir. Auto-stop, la lumière fastueuse de Juan-les-Pins, coucheries à droite et à gauche. Et puis un de ces gosses de riche, désœuvré, flambeur, brave type, qui l'héberge et qui au lieu de la renvoyer dormir sur la plage lui présente un photographe, le premier d'une longue lignée qui, en six mois, allait la propulser de la dèche à la célébrité. La suite à côté paraissait banale. Elle allait presque de soi. Des hommes riches qui connaissent des hommes encore plus riches et qui délirent devant la beauté. Un mariage avec un agent de change new-yorkais, juif, névropathe, jaloux, qui dure six mois; nouveau mariage à Oxford avec un richissime baron allemand, impuissant, voyeur, qui la comble de cadeaux et pleure dans son lit le soir comme un enfant. Cela dure deux ans. Pourquoi cette malchance au départ, cette chance insolente ensuite, et cette solitude maintenant? Aucune explication. Elle était née sous une étoile excessive, elle qui rêvait d'une existence modérée, avec des transitions douces au lieu de ces fulgurantes volte-face à l'issue desquelles on ne sait plus ni qui on est ni ce que l'on veut.

Elle paya et se leva. Quand elle traversa la salle, les regards convergèrent dans sa direction. Elle passa tout près de l'homme du bar qui réglait sa consommation, si près que sa présence lui inspira du dégoût. « Pourvu qu'il ne me parle pas », se dit-elle. Elle se retrouva avec soulagement dans la rue Delambre. Du boulevard Montparnasse, une brise tiède soufflait une odeur de poussière et de vieux tickets. Devant une porte cochère, un souvenir lui revint : c'était là qu'Édouard l'avait embrassée la première fois. Ce souvenir du baiser la fit sourire puis la rendit triste.

À l'angle du boulevard, elle découvrit son reflet sur la vitre en biais de la terrasse du Dôme. En s'approchant pour mieux se voir, elle s'aperçut qu'on la suivait. Machinalement elle se retourna. Elle regretta ce mouvement. C'était l'homme du Rosebud : il lui adressa un sourire, l'air sûr de lui. Elle hâta le pas pour se perdre dans la foule.

5

Le comité avait commencé à six heures. On devait prendre plusieurs décisions, notamment la plus importante : décider la date du départ de l'avion-cargo qui transportait dix tonnes de vivres et de médicaments en Éthiopie. Chacun donnait son avis sur l'opportunité de cette livraison préparée depuis deux mois, qui monopolisait toutes les énergies de l'Association pour le tiers-monde. Certains se prononçaient en faveur d'un décollage rapide, d'autres énonçaient les risques inhérents à ce genre d'opération sans l'aval des autorités gouvernementales d'un pays déchiré par la guerre civile. La présidente de l'Association, Mme Beauchamp, énergique quinquagénaire de belle allure, penchait pour l'attente, tandis que Lucila Penweiler, brillante et jolie brune, faisant étinceler ses lourds bijoux, plaidait pour un départ immédiat. On attendait qu'Édouard de Verres, qui exerçait un ascendant certain sur cette assemblée en majorité féminine, se prononçât pour sortir de l'impasse. Mais lui-même semblait indécis. Ses traits émaciés étaient recouverts d'un masque taciturne comme s'il avait à résoudre un grave cas de conscience. En fait son esprit s'absentait de la discussion. En dépit de son attitude pénétrée en accord avec le ton des exposés, son regard glissait vers Sandrine, la jeune assistante de la présidente, qui n'était pas insensible à cette marque d'attention et y répondait par des poses pleines de coquetterie.

Depuis qu'il avait vu la jeune assistante dans le bureau de la présidente, Édouard se sentait en sa présence encombré d'un poids oppressant, tandis qu'une sensation de fébrilité accroissait, jusqu'à le rendre douloureux, le malaise qui lui était pour ainsi dire constitutionnel. Toujours mal dans sa peau, il ne trouvait de bien-être et d'apaisement qu'en de rares occasions, après de rudes marches en montagne ou d'épuisantes randonnées à ski. Sa conduite envers les femmes avait toujours été irréprochable. Le contraire d'un homme volage, sérieux jusqu'à l'ennui, et ne s'autorisant avec les jeunes personnes qu'il fréquentait aucune attitude ni aucun propos équivoques : il se comportait avec elles de la même manière, empruntée, brusque et formelle. On ne pouvait imaginer que, sous son allure austère, il avait un cœur qui battait pour une femme, et encore moins pour une jeune fille qu'il avait toujours paru ignorer.

Édouard s'inquiétait de son attirance pour Sandrine. Pourquoi elle? Les occasions de rencontrer des filles tout aussi jeunes et jolies ne manquaient pas. Il avait mis du temps à admettre que le malaise, la peur panique qu'il éprouvait en sa présence étaient en réalité de l'amour. Il ne savait comment se sortir de cette situation d'autant plus pénible qu'il était marié et pensait aimer sa femme, Judith.

Pour juguler la passion qu'il sentait naître, Édouard s'était appliqué à l'indifférence. Il avait d'abord battu froid à la jeune fille, ce qui, étant donné son caractère peu expansif, ne se voyait guère; il lui adressait le moins possible la parole et toujours d'un air pète-sec. Il feignait de ne pas s'apercevoir d'une présence qui en réalité le brûlait. Un jour, en tant que trésorier de l'Association, il avait dû régler une question administrative qui la concernait. Le contrat à durée déterminée de Sandrine arrivait à son terme, fallait-il ou non le renouveler ? La question se ramenait à une simple alternative : l'engager ou la renvoyer. Édouard penchait pour la seconde solution. La situation financière peu brillante de l'Association justifiait la suppression d'un poste. Sans se l'avouer, le départ de Sandrine lui paraissait le seul remède qui lui rendrait la paix de l'âme. Dans son for intérieur, sa décision de l'écarter était prise, mais il avait du mal à en assumer le caractère injuste. Sandrine faisait bien son travail, manifestait du zèle, et s'était bien intégrée à l'équipe bénévole. Incapable de venir à bout de ses contradictions, il avait consulté le dossier de Sandrine.

Une fin d'après-midi sinistre du mois de mars où une bise agressive qui balayait l'avenue Marceau s'infiltrait dans son bureau – le chauffage était en panne –, ayant pour vis-à-vis les moignons des marronniers dépouillés qui semblaient lui adresser des supplications de clémence, tourmenté comme s'il allait se rendre coupable d'une forfaiture d'autant plus grave qu'elle frapperait une victime sans défense, Édouard s'était emparé du dossier de Sandrine, réduit à une simple fiche, où s'étalaient, impudiques, les fragiles traces d'une vie : née à Montluçon; père officier de gendarmerie; diplôme : B.T.S. de secrétariat; adresse : rue Jean-Jaurès à Bagnolet. Le malaise d'Édouard se mua en honte : honte de ses privilèges et du pouvoir qu'il s'arrogeait, honte de l'acte ignoble qu'il avait failli commettre. En conséquence, Sandrine n'avait pas été révoquée mais engagée aux conditions les plus favorables. Et chaque fois que l'occasion se présentait de lui octroyer une prime, il la lui accordait. Ce favoritisme ne suffisait pas à l'apaiser. Il se sentait impuissant à réparer l'injustice qu'incarnait à ses yeux l'existence de Sandrine : ce nom de Bagnolet devenait pour lui un symbole à la fois émouvant et chargé de malédiction sociale. Il imaginait avec horreur le monde de H.L.M., hanté par les loubards, où elle était condamnée à vivre.

La réunion s'éternisait. Édouard s'efforçait de ne pas regarder Sandrine; sa lèvre supérieure s'humectait de sueur sous l'effet de la timidité. Le spectre de Bagnolet lui apparaissait, attisant son sentiment de culpabilité, tandis que son oreille était agressée par le bruit des discussions qui opposaient la présidente et Lucila Penweiler. Il ne comprenait pas le motif de cette animosité qui soulevait les deux femmes, il y a peu les meilleures amies du monde. En réalité, tout les séparait. Mme Beauchamp, élégante, pleine d'allure, quittait peu à peu une jeunesse dont Lucila Penweiler jouissait avec arrogance de tout l'éclat de sa beauté; la première, mariée à un austère président de société nationalisée qui avait fait carrière dans l'administration préfectorale, habitait une rue morne près des Invalides, faisait confectionner ses robes par une habile couturière de quartier. Sa seule distraction était le bridge. La seconde, mariée à un riche industriel en cosmétiques, grand amateur d'art moderne, habitait avenue Georges-Mandel, s'habillait chez les grands couturiers, passait l'été au cap d'Antibes et les vacances d'hiver aux Caraïbes à se baigner dans des eaux tièdes et à bronzer son corps sur des yachts. Quant à son principal divertissement en dehors de l'Association et des expositions de peinture, c'était l'adultère (elle était en ce moment la maîtresse de l'écrivain Hugo Fortis). Leur rivalité ne s'était réveillée qu'à cause d'un jeune médecin, le docteur René Petit.

C'était un petit blond au physique apollonien un peu fade, doué de grandes qualités morales; sa bonté, son abnégation (il avait sacrifié une carrière de brillant urologue pour se consacrer aux maladies infectieuses du tiers-monde) en faisaient la coqueluche de l'Association. Mme Beauchamp, qui l'avait découvert et le considérait comme son protégé, s'inquiétait des manœuvres de séduction que Lucila Penweiler exerçait sur lui, pour l'instant sans succès. Le beau médecin regardait toutes les femmes d'un uniforme regard bleu, vide de concupiscence.

Édouard dans ce cas manquait de subtilité. Il ne percevait pas l'origine de cette tension – il faut être soi-même d'une nature sensible à l'amour pour en percevoir les ravages –, il ne voyait que les tracas engendrés par l'opposition de ces deux femmes qui ajoutait de la confusion à des questions matérielles déjà passablement épineuses. Lui, qui, comme banquier, n'avait à résoudre que des problèmes de rentabilité financière, affrontait une situation insaisissable, sursaturée d'affectivité. C'était une gageure de concilier l'idéal personnel de chacun et l'action de l'Association qui, pour l'instant, se résumait à une seule question : comment faire décoller dans les meilleures conditions un avion-cargo muni d'un plan de vol, emportant dans ses flancs dix tonnes de vivres qu'il devait déposer dans un territoire hostile? Édouard commençait à éprouver de la lassitude. On n'avançait pas. On reprenait les mêmes arguments spécieux. On discutait dans le vide. Aussi la réunion dérivait-elle dangereusement vers la nuit.

Sans en être conscient – sinon il se serait considéré comme un salaud –, c'était ce à quoi aspirait Édouard. Comme tous les hommes en proie à un dilemme, il comptait sur les heures qui passaient et sur la nuit pour résoudre son conflit personnel. Il pressentait que la réunion traînerait ainsi jusqu'à minuit, heure où il ferait pencher le plateau de la balance vers l'une ou l'autre décision, laquelle serait aléatoire. Personne ne pouvait assurer que l'une comportait moins de risques que l'autre. En réalité elles se valaient.

À minuit, on se séparerait. Édouard, en adoptant ce parti, ne pouvait pas ne pas avoir entendu les paroles inquiètes, dites à mi-voix par Sandrine à la présidente : « Pourvu que la réunion ne dure pas trop tard sinon je n'aurai plus de métro pour rentrer. » Il ne fit rien en tout cas pour abréger la discussion qui s'égara dans des arguties, tandis que l'on dépassait l'heure limite après laquelle l'avion n'avait plus l'autorisation de décoller du Bourget.

Le regard d'Édouard croisa celui de Sandrine et sa lèvre supérieure s'humecta de sueur. Il se sentit pris dans la lumière de ses yeux bleus; sa belle poitrine se souleva comme si elle se tendait vers lui. Une image émergea, la sensation d'une ressemblance, non pas dans les traits, mais dans l'impression qui émanait d'elle. Il éprouva cette émotion faite de crainte et de désir qui l'affolait avec Diane. Oui, le désir et la peur.

6

Chaque fois que, comme en cette fin d'après-midi, Hugo Fortis descendait le bel escalier du palais vénitien où il avait un appartement, et se retrouvait sur le quai du Zattere, au milieu des chats qui se frottaient contre la pierre encore chaude, face au soleil tombant sur la Giudecca qui faisait resplendir le dôme du Redentore, avec au premier plan le chassé-croisé des vaporettos, une sensation de plénitude le caressait : il avait atteint un de ces buts secrets qu'on se fixe dans l'adolescence. À l'origine, il n'aimait pas Venise ; il n'y avait été attiré que par le snobisme, le goût de la pose, du drapé littéraire qu'il affectionnait. Il croyait ainsi, avec cet appartement loué à l'année, imposer sa légende. Il lui semblait être entré vivant dans l'histoire littéraire. Il se voyait descendre l'escalier avec les yeux d'un jeune homme ébloui qui verrait en lui l'égal de Byron au palais Mocenigo, d'Henri de Régnier au Dario.

Au fond, toutes ses jouissances étaient mentales. Il ne tirait un plaisir sensuel de rien : ni de son travail d'écrivain, ni de la célébrité qu'il recherchait mais qu'il méprisait, ni des femmes qu'il séduisait, ni de l'argent qu'il accumulait, ni de son influence. Mais il savourait d'avoir conquis une position qu'on jalousait ;

il aimait sentir les haines, les ressentiments, que son succès suscitait. Cela l'excitait d'être devenu à son tour l'équivalent des écrivains qui autrefois l'avaient fait rêver. Presque tout dans son attitude était fabriqué. Même son donjuanisme. Une belle femme dans son lit ne représentait pour lui qu'une mince satisfaction; son plaisir résidait dans la réputation flatteuse qu'il se créait : une touche de lumière supplémentaire à sa légende. La femme qui se préparait pour le dîner, dans la chambre au plafond à caissons, devant un grand miroir de Murano, avait le profil qui lui convenait. C'était une magnifique Africaine qui le dépassait d'une tête et appartenait à une famille princière. Représentant le Gabon à l'Unesco, parlant cinq langues, diplômée de Cambridge et de Yale, elle venait de divorcer d'un riche Suédois, fils d'un magnat de l'industrie du bois qui l'avait quittée pour vivre avec un couturier new-yorkais. Elle avait vingt-sept ans et était en poste à Paris. Hugo Fortis l'avait rencontrée à Genève, à l'hôtel Richmond, où il donnait une conférence.

Aglaé Mowumba-Sivers n'avait qu'un défaut : elle se vexait pour des vétilles. Hugo subissait ses emportements et ses scènes de jalousie avec flegme. Parfois il les provoquait. Jamais il n'écrivait si bien que par les temps d'orage et de convulsions nerveuses que provoquaient ses amoureuses. Sentimentalement, il vivait au bord d'un gouffre. Le réseau compliqué de ses amours, constitué d'anciennes, d'actuelles et de futures maîtresses, exerçait sur lui une pression d'angoisses, de mensonges et de culpabilité sans lesquels la vie lui aurait paru insipide et la création impossible.

Son principal souci consistait à maintenir Agnès, sa femme, dans l'ignorance de sa vie. Il retrouvait près d'elle, dans le trantran familial, une quiétude un peu morne; il reprenait des forces et rechargeait ses nerfs. Il la craignait et, à sa manière, la respectait. Avec elle, il prenait ce bain de loyauté, de pureté, de beauté morale, nécessaire aux âmes les plus dépravées. Il vivait dans l'angoisse qu'elle ne découvrît l'étendue des mensonges dans lesquels il l'entretenait. Ainsi à Venise, quand il emmenait une maîtresse, il mettait sur pied une savante organisation pour que rien ne pût trahir une présence étrangère.

Hugo Fortis fit quelques pas sur le quai jusqu'à la fondamenta Bragadin. Un énorme paquebot s'engageait dans le canal en partance pour la mer Égée, salué par un vol de mouettes. Des effluves d'eau croupie se mêlaient à l'air humide de l'Adriatique. On rangeait les chaises sur la terrasse face à la Pensione Seguso. Un groupe de touristes français égarés passa devant lui. Deux dames d'âge respectable le dévisagèrent avec insistance et avertirent une troisième qui se tourna dans sa direction d'un air intéressé. Hugo Fortis huma sans déplaisir ce parfum de gloire glané à l'improviste. Il revint en sifflotant vers le palais.

Une heure plus tard, il sortit au bras d'Aglaé, moulée dans une longue robe blanche largement décolletée, un châle noir sur les épaules, les cheveux ramenés en chignon. Le motoscaf piaffait sur le canal. Le pilote les aida à monter à bord. Et le bateau glissa sur l'eau sombre en direction du Grand Canal.

Le motoscaf les déposa sur le ponton du Gritti où ils firent une arrivée remarquée. Les regards des dîneurs se tournèrent vers ce couple peu banal. L'air romantique d'Hugo Fortis, son beau visage torturé, joint à la beauté exotique d'Aglaé excitaient la curiosité des vieux couples de touristes et les distrayaient du somnolent tête-à-tête conjugal. Hélas il y avait peu de chance que les Américains et les Japonais attablés reconnaissent Hugo Fortis, et une moindre chance encore qu'ils eussent jamais lu un de ses livres. La vérité était pire : ils n'avaient jamais entendu parler de lui. Hugo Fortis le pressentit et ce manque d'intérêt pour la culture européenne le piqua au vif. Installés à une table, Hugo et Aglaé s'efforçaient de ne pas se laisser envahir par le sentiment d'accablement qu'inspire cette ambiance guindée d'ennui riche. Hugo lisait le menu nerveusement. Il releva la tête au passage d'un vaporetto; une vague vint inonder le ponton de bois. Il revit Diane Serp à cet endroit, quelques années plus tôt.

Elle dansait sur ce ponton un flamenco endiablé, tapant du talon sur les planches, un peu ivre; sa poitrine se soulevait, elle était très belle. On l'applaudissait. Une vague l'avait arrosée : ruisselante, elle avait continué à danser sous les applaudissements redoublés. Ce souvenir de Diane ravivait chez Hugo Fortis un souvenir humiliant, une de ces blessures qu'on ne pardonne pas à une femme surtout quand on l'a beaucoup aimée.

« À quoi pensez-vous? demanda Aglaé, vous avez l'air sinistre.

– Oh, à rien, ou plutôt si, à mon roman. »

Il prit la main d'Aglaé et y posa ses lèvres.

7

Le Basil était de ces vieux hôtels de King's Road, feutré, patiné par le temps, où tout semble fait pour absorber le bruit et donner une impression chaleureuse : gravures anciennes, canapés profonds, fauteuils à oreillettes disposés devant une cheminée accueillante pour les lecteurs du *Times* et les fumeurs de pipe. Quand Julien y pénétra, il fut sensible à cette ambiance rassurante dont il espérait qu'elle calmerait son angoisse. Il abandonna avec soulagement son imperméable trempé de pluie, qu'il prenait en grippe depuis que Tina lui avait dit qu'avec ses petites jambes qui en dépassaient il ressemblait à un basset. Il se précipita vers le bureau du concierge avec une nervosité et une expression dramatique qui détonnaient dans ce lieu paisible, et demanda si on avait laissé un message.

« No message, sir », dit le concierge au visage blafard et impassible. Et il se leva pour détacher la clé du tableau dans un crissement de chaussures. Subissant le regard hautain de l'homme qui le dominait du haut de sa longue carcasse grêle, Julien en état d'infériorité le détesta.

Il s'efforça de ne pas laisser paraître son agressivité. Son esprit se mit à battre la campagne et à imaginer le pire. Tina avait oublié sa venue. Il se voyait passer la soirée seul, sans nouvelles d'elle, avec pour compagnie les images atroces qu'il gardait de sa visite au professeur Tchekhov, et la vision obsédante de la jeune fille morte à la pilosité exubérante. Il monta l'escalier qui menait à sa chambre avec l'air d'un homme qui va se jeter par la fenêtre. Là, il s'allongea tout habillé sur le lit, le visage enfoui dans le mol oreiller en duvet. Son accablement était tel que composer le numéro de téléphone de Tina lui parut un effort surhumain. Le répondeur se mit en marche; il entendit le message de Tina. La sensation de parler dans le vide accroissait son pressentiment de l'avoir perdue. Il lui dit ces banalités qui s'effacent si vite sur un répondeur, qu'il l'aimait, qu'il l'attendait. Et il se rallongea sur le dos, les yeux fixés au plafond.

Ses pensées erraient. Pourquoi était-il ici? Jamais il n'aurait imaginé qu'un jour il rejoindrait Tina à Londres. Elle l'avait rappelé à propos d'un problème de visa. Comment ce visa avait-il amené cette soirée avec elle à la Comédie-Française pour assister à une représentation de *La Tempête*? Quelle logique dans tout cela? Sinon que *La Tempête* racontait l'histoire d'une trahison mais il ne s'en souvenait plus en y allant. Il l'observait à la dérobée pendant la pièce. Une liaison semblait impossible entre eux. Question d'âge, de convenances. Il y pensait cependant comme à ces plaisirs dangereux auxquels on renonce pour avoir la paix. Et elle, y pensait-elle? Ils s'étaient promenés après la représentation sous les arcades du Palais-Royal. Il faisait froid. Le jardin était voilé par la brume. Leurs pas résonnaient sur les dalles avec un bruit lugubre comme dans les films d'Orson Welles. Il n'avait pu résister à la tentation de lui prendre la main; mais elle avait retiré sa main sans un mot. Et commença une série de rendez-vous dans un salon de thé de ce même Palais-Royal, un puis un autre, et un autre encore; Julien ne pouvait oublier que ce salon de thé n'était qu'à une centaine de mètres de l'hôtel où il avait emmené Maria-Eugénia, la mère de Tina. Combien de ces après-midi fades et irritants à boire du thé au milieu de vieilles dames soupçonneuses avant qu'elle n'accepte de lui abandonner sa main, puis ses lèvres, et qu'il la tienne contre lui, adossée au rideau de fer d'un magasin de soldats de plomb, cherchant sa langue furtive, tandis que ses petites mains agrippaient les revers de son imperméable! Cet air sévère avec lequel elle l'avait fixé après ce baiser, lui disant :

« Je vous préviens, ne vous faites pas d'illusions, jamais je ne coucherai avec vous. »

À quoi bon demeurer dans cette chambre? Julien étouffait. Mieux valait marcher pour se changer les idées. Il descendit, tendit sa clé au concierge, qui se leva faisant crisser ses chaussures, et se dirigea vers Hyde Park. Il pensait à l'article sur Poussin qu'il avait à écrire et au conservateur de la National Gallery qu'il devait voir : le prétexte de son voyage. Eva Haupman, directrice de *La Revue des Arts*, s'était fait tirer l'oreille. Il eut un mouvement d'humeur en songeant au manque de sentiment artistique de cette Allemande couperosée, autoritaire, boudinée dans ses tailleurs Chanel, qu'il supportait depuis deux ans. Pourquoi ne donnait-il pas sa démission? Il en avait les moyens. Mais il ne pouvait tout de même pas vivre de ses rentes à son âge! Que dirait sa mère! Au fait il ne l'avait toujours pas appelée.

La pluie avait cessé. La chaussée était luisante. La nuit tombait. Les arbres de Hyde Park se dessinaient sur un ciel sombre et tourmenté : c'était un charmant endroit pour se faire égorger. Il se souvenait s'être promené ici avec Diane Serp. Ils avaient échangé quelques mots au Basil et pris un verre au bar. Elle n'était alors qu'un jeune mannequin à la lisière de la célébrité. Une de ces soirées chaudes et un peu humides d'été où la nuit ne tombe qu'à regret. Un couple de cavaliers trottaient dans le crépuscule et, sur la rive du lac, une dame plantureuse pêchait à la ligne. Quand l'obscurité les avait enveloppés, il était devenu difficile de ne pas avoir quelques idées derrière la tête : elle était si belle. Il l'avait embrassée, un baiser qui promettait beaucoup, mais qui avait peu tenu : elle avait refusé de venir dans sa chambre : « C'est un peu trop classique, ne trouvez-vous pas? Soyons original ce soir. Nous aurons d'autres occasions. » Pourquoi l'avait-il écoutée? Il n'y avait jamais eu d'autres occasions. Ce baiser volé dans Hyde Park avait curieusement donné naissance à une amitié, une amitié obligée qu'on accepte faute de mieux et qui vous paralyse. Un piège, cette amitié. Elle lui laissait un goût amer. Il en voulait à Diane, lui qui la désirait tant, de n'avoir jamais eu d'attirance pour lui. Pourtant les coucheries ne lui faisaient pas peur, elle l'avait prouvé. Ce corps qu'elle livrait à tant d'hommes, elle le lui avait refusé. Son désir s'effilochait avec le temps. Non pas le regret, vif, agaçant, d'avoir trop peu insisté ce soir-là.

Une occasion manquée, par timidité, par scrupules. Des scrupules qu'Hugo Fortis n'avait pas eus. Julien se sentait idiot. Il était le seul à n'avoir pas réussi à coucher avec Diane. Ce soir aussi, il était idiot : si une femme vous fait marcher, vous pose un lapin, vous trompe, c'est que d'une certaine manière on est un idiot.

Il fallait rentrer. Tina avait dû appeler au Basil.

8

Au Select, Diane s'assit en retrait devant un guéridon et commanda un alexandra. La foule s'écoulait devant elle, compacte, affluant vers les cinémas, avant de s'éparpiller dans le désert nocturne du boulevard Raspail. Elle observait les visages : peu de beaux hommes ; quelques femmes passables, Suédoises, Nordiques, que distinguaient leurs visages clairs, frais, au milieu de cette engeance grise et poussiéreuse, ou alors de belles Noires cambrées à la démarche souple, avec une touche de couleur dans les cheveux. Personne ne venait l'aborder. Son air hautain décourageait. Qui pouvait imaginer qu'elle était seule ? Alors pourquoi perdre son temps ? À nouveau elle ressentit cette pulsion, ce désir de quelque chose de dur, de crapuleux, de sale. Se cogner contre quelqu'un, un inconnu, un type qui ne fait pas de chichis, pas un de ces séducteurs mondains, sucrés, qu'elle fréquentait. De ceux-là, elle avait sa dose. Une rencontre rapide, violente, là tout de suite dans les toilettes du Select, debout contre les annuaires du téléphone. Un beau type qu'elle ne reverrait jamais.

« Je peux m'asseoir ? »

L'homme du Rosebud se dandinait devant elle, l'air amusé, les yeux rougis, son petit bedon serré dans un pantalon trop étroit fermé par une ceinture à la boucle dorée. Elle s'entendit répondre sèchement :

« Non, j'attends quelqu'un. »

L'inconnu ne désarma pas. Il tenta de plaisanter.

« Je peux l'attendre avec vous?

– N'insistez pas.

– Vous n'êtes pas très marrante. »

Il tourna les talons, vexé. Elle l'examina tandis qu'il s'en allait, satisfaite de l'avoir humilié. Non, décidément, il ne lui plaisait pas; un type quelconque. Elle aurait préféré un ouvrier ou un loubard, un de ces zonards qui fleurissent dans la banlieue Nord, des types à blouson clouté avec des bottes de cow-boy. Le découragement l'empoigna. Quelle solitude que sa vie! Tant d'êtres, d'amants, de relations, cette mondanité étouffante, et, au fond, personne. Même ce stupide dragueur qui n'a pas insisté. Pourquoi les hommes se résignent-ils si vite? Dès que leur amour-propre est touché, ils s'évanouissent. À leur place, elle se serait acharnée. Il lui semblait que le désert s'accroissait autour d'elle, un désert peuplé d'ombres, de souvenirs, de vestiges. Sa beauté, sa richesse et ce je-ne-sais-quoi de plus qui la distinguait, tout cela la coupait du monde où l'on était gai, où l'on s'amusait, des amitiés faciles d'autrefois. Maintenant on n'osait plus l'aborder, lui téléphoner. On la croyait inaccessible. Sa beauté intimidait. Et pourtant jamais elle n'avait eu autant besoin de chaleur, n'importe laquelle, même cette petite chaleur qui vous monte au cœur quand un homme vous veut vraiment.

Elle paya sa consommation. Peut-être qu'en marchant dans la rue, la nuit, elle aurait l'air moins impressionnante. Elle fit quelques pas lentement comme une femme qui ne sait pas où elle va – une allure de petite michetonneuse, pensa-t-elle. Elle affrontait la foule qui glissait sur elle par vagues. Des hommes la regardaient avec des yeux effrontés, la fixant, la dévoilant, la pénétrant. Rien de plus. Ils s'effaçaient derrière d'autres yeux qui disparaissaient à leur tour. Elle parvint rue Vavin où elle avait garé sa voiture, une Lancia. Elle se sentait frustrée. Il lui faudrait rester seule avec cette boue qui montait en elle.

Elle démarra et descendit le boulevard Raspail. À un feu rouge, elle eut l'impression qu'on l'observait. Elle tourna la tête. L'homme du Rosebud en voiture lui fit un petit signe de la main et sourit. Cela la rendit furieuse. Elle repartit en trombe et brûla le feu rouge de la rue du Bac, mais elle fut à nouveau immobilisée par un embouteillage près des quais. Elle regarda dans son rétroviseur. Ne voyant plus la voiture de son poursuivant, elle crut l'avoir distancé.

Au pont de l'Alma, elle fut arrêtée par deux feux rouges. Coup de klaxon : c'était lui encore, hilare. Elle se sentit prise dans un piège. Elle remonta à toute vitesse l'avenue du Président-Wilson, prit la rue de Longchamp et arriva rue Spontini. Elle avait une place en face de chez elle, un peu petite. Dans son énervement, elle dut refaire sa manœuvre plusieurs fois. Elle sortit de voiture et fut devant sa porte. Elle chercha sa clé; une fois sur deux, elle l'oubliait. Elle la trouva et l'introduisit dans la serrure. Elle aperçut une ombre près d'elle. L'homme du Rosebud était là, goguenard. Un mouvement de rage la saisit. Elle lui jeta un regard courroucé.

« Je peux monter? » demanda-t-il avec un air devenu sérieux.

De sa gorge s'éleva une repartie cinglante, du genre

« Fichez le camp ou j'appelle la police ». Mais une autre phrase s'y substitua qu'elle s'entendit dire malgré elle.

« D'accord. Mais vous ne manquez pas de culot. »

9

Après une pause, on allait reprendre la discussion. Sandrine était descendue acheter des sandwichs au bar-tabac de l'avenue Pierre-Ier-de-Serbie, créant une atmosphère de dînette improvisée. Chacun, sa faim rassasiée, oubliait sa résolution d'aboutir et se plaisait à l'idée de prolonger le plaisir buissonnier d'une soirée loin de chez soi. La joute entre la présidente, Mme Beauchamp, et Lucila Penweiler ajoutait du piquant et maintenait les esprits éveillés. La discussion tournait au débat théologique. C'était l'occasion, pour qui le souhaitait, d'exprimer sa vision du bénévolat, de l'avenir du tiers-monde, toutes choses passionnantes mais qui étaient peu faites pour aider un avion à décoller. En dehors d'Édouard, le comité, composé à une très large majorité de femmes, ne comprenait que deux messieurs chenus : un vieux beau aux cheveux blanc argenté, tiré à quatre épingles, qui avait fait fortune dans l'industrie agro-alimentaire et subventionnait l'Association. Il ne disait pas un mot. Et un vieil ambassadeur égrotant, aux yeux bleu pâle, qui manifestait un charmant opportunisme. Dans ses votes, il se ralliait toujours à la majorité. Il semblait craindre de déplaire à on ne sait quel ministre invisible qui eût pu barrer son avancement dans les ordres colorés qui fleurissaient sa boutonnière.

Édouard, lui, menait deux combats. L'un, apparent,

pour faire aboutir la discussion en faveur du départ de l'avion, quelque risque qu'il y eût à ne pas attendre l'accord d'un gouvernement composé de tueurs, d'assassins, au mieux de voleurs et de menteurs auxquels on ne pouvait de toute façon pas se fier. Des risques, il y en aurait toujours. Il s'efforçait d'obtenir l'adhésion de la présidente en la flattant avec habileté. L'autre combat, invisible, c'était contre lui-même qu'il le menait, pour ne pas succomber au charme de Sandrine. Plus la soirée avançait, plus ce charme l'ensorcelait, et moins il se sentait le courage d'y résister.

Une anecdote éclairera le caractère d'Édouard. Il écrivait des poèmes à ses moments perdus. Comme il ne les trouvait pas mauvais, il décida de les publier. Un éditeur, qui l'avait vu venir, lui proposa de se charger de leur diffusion *à compte d'auteur* et, bien entendu, l'escroqua. Non seulement Édouard paya d'un prix prohibitif l'impression de son mince recueil – se laissant gruger par les mirages typographiques qu'on lui faisait miroiter –, mais il poussa la naïveté jusqu'à inviter le margoulin plusieurs fois dans les meilleurs restaurants. Si antipathique que lui parût l'homme, Édouard était confiant dans la sincérité de ses éloges et ne pouvait se défendre d'être grisé par la façon un peu directe dont il lui assenait du « C'est génial! », « Des textes de cette qualité, monsieur, c'est rare. Autant dire que ça n'arrive jamais ».

Il n'avait pas publié ses poèmes sous son nom en raison de ses responsabilités dans une banque. Le livre imprimé, il attendit les critiques avec fièvre. Rien ne se passa en dépit de son inutile abonnement à l'*Argus de la presse.* Personne ne mentionna son livre. D'abord il avait espéré que son ouvrage ferait l'objet de grands articles, de ces feuilletons prestigieux tenus par des écrivains notoires. À mesure que le temps passait, ses prétentions se réduisaient : une notule en bas de page, une simple recension dans le plus obscur des journaux de province l'eussent comblé. Il demanda des explications à son éditeur. Celui-ci lui fit une réponse dilatoire, citant les exemples de Baudelaire et de Verlaine dont les chefs-d'œuvre n'avaient pas été, eux non plus, accueillis par les fanfares de la critique. Mais Baudelaire et Verlaine avaient eu au moins la ressource de se dire qu'ils étaient Baudelaire et Verlaine, tandis qu'Édouard n'avait pas d'échappatoire à son sentiment du ridicule. Il flaira enfin l'escroquerie. Il adressa à l'éditeur une lettre comminatoire qui demeura sans réponse.

Édouard s'était retrouvé possesseur d'un lot de deux cent cinquante volumes de son recueil de poèmes qu'il avait, faute d'une autre destination, entassés dans les rayons de la bibliothèque de sa gentilhommière. La contemplation des deux rayons remplis lui inspirait des sentiments qui variaient selon son humeur : tantôt il était accablé comme si le poids de ces invendus pesait sur ses épaules, tantôt il en tirait une fierté puérile comme s'il n'avait pas devant lui seulement une mince plaquette mais toute une œuvre.

Alors qu'il avait perdu tout espoir, un miracle se produisit. Il reçut une lettre renvoyée par l'éditeur qui le dédommagea de tous ses déboires. Elle commençait par « Cher Poète » et couvrait son livre d'éloges. Y était jointe une coupure de presse qu'Édouard lut et relut avec ce sentiment d'irréalité qu'inspire un grand bonheur. Ce ne fut qu'ensuite qu'il s'aperçut que l'article était extrait d'un mensuel professionnel des vins et spiritueux de Bourgogne, ce qui évidemment était moins prestigieux que *La N.R.F.* ou la revue *Fontaine*, mais cela ne l'empêcha pas de s'en délecter. L'article lui parut si bon qu'il s'abonna au journal.

Il écrivit à l'auteur de l'article, qui lui répondit et une correspondance s'établit entre eux. Le critique n'eut pas à regretter son coup de cœur : non seulement il fut royalement traité lors de ses venues à Paris, mais Édouard lui fit accorder par sa banque un prêt à un taux des plus intéressants pour s'acheter un appartement. Ainsi était Édouard.

Le moment de la décision approchait. C'était aussi l'heure après laquelle Sandrine n'aurait plus de métro. Édouard se répétait les raisons qui pouvaient le dissuader de succomber au charme de la jeune fille. N'était-il pas marié, père de deux enfants? N'était-il pas surtout l'homme qui décidait du salaire de Sandrine? Quelle marge de liberté disposait-elle vis-à-vis de lui? N'était-ce pas une forme insidieuse de harcèlement? « Non, je ne la raccompagnerai pas », se disait-il, tandis qu'il entendait la présidente se ranger à son avis, signe que l'on arrivait à la décision. « Je ne tenterai rien. Ce serait trop moche. Je ne pourrais plus me regarder dans la glace, ni regarder en face Judith et les enfants. » Il eut le bref sentiment de remporter une victoire sur lui-même, sur ses désirs.

La décision prise, on se leva. Le mouvement que fit Sandrine en quittant sa chaise, inclinant son buste et le relevant, incendia le cœur d'Édouard. Il ressentit presque avec douleur l'attrait irrésistible que Diane avait exercé sur lui. Ces seins lui rappelaient l'étreinte de la rue Delambre et une nuit à laquelle il préférait ne pas repenser. Ses résolutions furent balayées. Désormais, les choses ne dépendaient plus de lui.

10

Hugo Fortis s'ennuyait et, pour échapper à l'ennui, il buvait. La terrasse du Gritti – pourtant un de ses lieux préférés – lui paraissait sinistre. Cela tournait à l'asile de vieux milliardaires. C'était une de ses manies de rechercher le monde des gens riches, célèbres, les endroits à la mode, mais, quand il s'y trouvait, il ne pouvait les suppporter plus de cinq minutes. Agacé, impatient de partir, il regardait d'un œil mauvais le Grand Canal aussi sombre que la nuit qui l'enveloppait, négligeant Aglaé, pourtant très en beauté. C'était un autre de ses traits de languir auprès de femmes, de n'avoir rien à leur dire. Il les voulait à ses côtés pour la parade, dans son lit, mais ce qu'elles disaient, ce qu'elles étaient, ne l'intéressait pas. Le restaurant du Gritti l'insupportait de plus en plus. Aucune de ces personnalités inévitables à Venise qui auraient pu le distraire, le flatter ou lui être utile : un producteur de films, un metteur en scène, un éditeur, un journaliste.

Cette soirée représentait ce qu'il détestait : un dîner qui ne servirait à rien. Jouir de l'instant, gratuitement, sans arrière-pensée, était pour lui un plaisir inconnu. Toute son existence tendait à faire fructifier chaque minute, chaque rencontre, au bénéfice de ses livres, de sa carrière, pour élargir la toile de ses relations et accroître sa réputation. À quoi aurait pu lui servir d'épater quelques Japonais, de vieux Américains et deux couples de Français en voyage de noces? Alors il buvait. Deux cocktails, une bouteille d'Aspretto blanc frappé. Aglaé, elle, ne buvait que le silence et cette nuit profonde comme aucune ville du monde n'en connaît, ou alors justement l'Afrique. Une soirée ratée que ne rattrapait même pas un de ces regards appuyés suivis d'un chuchotement, un de ces « Est-ce bien lui? » murmurés sur son passage. Personne ne l'avait reconnu.

La reconnaissance lui devenait une drogue. Peu importait de qui elle venait. Il lui suffisait de voir s'allumer dans le regard cette petite lumière caractéristique : on savait qui il était. Sinon, comme ce soir, le cafard l'envahissait; le sentiment de ne plus exister, d'être exilé dans les ténèbres, d'où son énergie et son talent l'avaient fait sortir. Des angoisses l'assaillaient qu'il combattait en buvant. Son caractère fort, coriace, avait des ratés, de singulières fragilités, des sensibilités d'enfant gâté.

Dans ces moments de marasme, Aglaé ne se révélait pas d'un grand secours. Ce qui chez elle l'avait attiré, à présent l'agaçait : sa beauté, son air altier, sa propension aux robes et aux bijoux excentriques; jusqu'à son corps aux exigences torrides qu'il trouvait bestial. « Elle n'a pas d'âme », se disait-il. En réalité, il ne supportait pas son caractère indomptable. Ce qu'il aimait lire dans les yeux des femmes, c'était l'adoration, l'éblouissement. Et Aglaé se montrait aussi peu soumise qu'une magnifique statue en ébène qu'il aurait dérobée au musée de Dakar.

Il pensait au livre qu'il écrivait. Ce serait bon tout

à l'heure de se replonger dans son roman, de renouer avec ses personnages, de revivre des vies qui rejoignaient la sienne, celle qu'il aurait rêvé d'avoir, celle des autres à laquelle il ajouterait cette atmosphère enfin respirable de rêve et d'infini. Il avait hâte de regagner son cabinet de travail, sous les vieilles boiseries, bien calfeutré, protégé par la nuit, et de renouer avec une excitation fébrile. Il se voyait taillant ses crayons, prêt à plonger dans ce monde qui le délivrerait de tout, de ses angoisses, des contradictions de sa vie et même d'Aglaé. Existe-t-il un moyen plus efficace pour effacer ce qui vous dérange et vous permettre de reconstruire ailleurs le monde tel qu'il vous chante ? La drogue peut-être, mais elle tue, tandis qu'écrire le faisait vivre d'une vie plus pleine, plus généreuse.

Le motoscaf accosta au ponton devant le restaurant et les emporta dans la nuit fraîche. Debout près du pilote, ils devaient se baisser en passant sous les ponts. Hugo Fortis prit Aglaé par la taille. La poésie de la ville le rendait sentimental. Le bateau emprunta la fondamenta Bragadin, déboucha sur le canal de la Giudecca et les déposa sur le quai.

Hugo Fortis accompagna Aglaé dans la chambre. Tout de suite, il voulut passer aux actes. Mais il souhaitait expédier les choses afin de se remettre vite à son roman. Ce qu'il désirait d'elle – but escompté de ce voyage destiné à la rendre compréhensive –, c'était une caresse particulière qu'elle s'acharnait à lui refuser. Il manifesta son intention de manière significative en approchant son sexe de la bouche d'Aglaé. Avec fermeté, elle le repoussa.

« Non, dit-elle, pas ça !

– Pourquoi ?

– Je ne peux faire ça qu'avec quelqu'un d'amoureux. Vous n'êtes pas amoureux!

– Mais si, voyons, je suis amoureux, s'indigna Hugo Fortis d'un ton agacé.

– Ne mentez pas! »

Il n'insista pas. Ce sentimentalisme l'exaspérait. Il tenta de la prendre. Mais Aglaé ne l'entendit pas ainsi. Il dut passer par ses volontés, se plier à de longs préliminaires, feindre la tendresse et promener avec patience sa langue sur les pourtours de son sexe rose au goût de cigare éteint. Cette pratique l'ennuyait. Il ne s'y résignait qu'en cas de nécessité et parce que cela faisait partie du rituel des séducteurs. Il n'y prenait pas le moindre plaisir. Cela lui paraissait une fastidieuse concession au féminisme contemporain. Tandis qu'il la caressait, il ne pouvait s'empêcher d'avoir l'esprit ailleurs et de songer à ses personnages qui l'attendaient.

Aglaé lui céda enfin. Le corps de la belle Noire s'anima d'une telle frénésie, comme soulevé par une tempête intérieure, qu'il cessa de penser à son livre. Elle poussait des cris stridents qui déchiraient le silence du palais, comme si on y commettait un assassinat. Hugo Fortis avait rarement connu de tels débordements. Même si ces manifestations excessives flattaient sa vanité, elles le déroutaient et lui paraissaient grandiloquentes. Ces cris avaient quelque chose d'inhumain, qui le gênait.

Une demi-heure plus tard, il s'évada de la chambre et se réfugia dans son cabinet de travail. Il avait enfilé un vieux jean, une chemise écossaise déchirée, chaussé des espadrilles trouées – les ennemis personnels d'Agnès, sa femme, qui menaçait de jeter ces loques. Avec quel bonheur il se mit à compulser ses feuillets, extraits d'une chemise cartonnée qui avait contenu un manuscrit de Pierre Jean Jouve. Un talisman qu'il gardait depuis des années. Et bientôt plus rien n'exista : Aglaé, le dîner au Gritti, Venise disparurent. Il était dans un autre monde.

11

Julien gravit les marches du Basil dans un état de grande tension nerveuse. Du hall d'entrée il interrogea du regard le concierge au visage blafard, assis sous le tableau des clés où devait l'attendre la petite feuille bleue pliée qui lui délivrerait le message de Tina. L'homme se leva en faisant entendre à nouveau l'agaçant crissement de ses chaussures, et lui tendit sa clé.

« Pas de message? demanda Julien.

– No, sir. »

C'était ce que Julien redoutait. Son cœur s'arrêta – du moins, il en eut la sensation –, il vacilla, s'efforçant de ne pas laisser paraître son trouble devant son ennemi. Il avait mal, un mal diffus. Si Tina s'était décommandée, il aurait pu au moins s'accrocher à une certitude. Mais rien, le vide où l'imagination erre sans fin et se blesse à toutes les éventualités. Aurait-il la force d'endurer ce supplice toute la soirée? Il marcha lentement vers sa chambre, l'air hébété, serrant la clé dans sa main. Soudain, il accéléra le pas : il craignait de manquer l'appel de Tina, peut-être le téléphone sonnait-il dans la chambre. Il monta l'escalier quatre à quatre, courut dans le couloir et arriva essoufflé devant sa porte. Il était si énervé qu'il eut du mal à l'ouvrir.

Le lit était préparé pour la nuit. Une lumière artificielle dorait la chambre. Julien se jeta sur le lit. Il éteignit la lampe de chevet qui lui brûlait les yeux. Ainsi dans l'obscurité, il n'avait plus qu'à attendre que la soirée, que la nuit passent, que chaque seconde, que chaque minute le traversent. Il pensait à la mort. Qui se souviendrait de lui? Quelle trace subsisterait de son passage? Quelques amis, quelques femmes. Le mariage construit des choses; l'amour rien. Quoi de plus falot que le sentiment qui le reliait aux êtres qu'il avait aimés : plus de désir, plus rien à leur dire, une complicité qui s'amenuise. Un petit feu éphémère et beaucoup de cendres. Personne ne le regretterait. Tina ce n'était pas la peine d'y penser. Personne sauf peut-être l'autre femme qu'il aimait en secret, mystérieuse, inconnue de ses amis, étrangère, mariée, riche, vivant entre quatre pays et deux continents. Cette femme, il ne pouvait dire son nom ni rien avouer sur elle. Ce secret, ils le gardaient en vertu d'un accord tacite; pas seulement parce que les circonstances les y contraignaient, mais parce que eux-mêmes y goûtaient un charme infini. Quoi de plus merveilleux qu'un amour qui échappe au monde, qui ne prête le flanc à aucune indiscrétion, qu'on savoure pour soi seul!

Cette liaison lointaine, douce et réconfortante, durait en dépit de la distance, des rares rendez-vous entourés de précautions. Ni elle ni lui ne signaient les lettres qu'ils s'adressaient. Ils s'étaient juré de les détruire s'ils se quittaient. Quand elle arrivait dans son appartement de Paris, venant de Londres, de Madrid, de New York, elle trouvait toujours un petit bouquet de violettes. C'était le signe que Julien lui adressait.

La passion que Julien éprouvait pour Tina ne diminuait en rien son amour pour *la femme dont on ne peut dire le nom.* Comme si ces deux passions si différentes ne pouvaient se concurrencer, tirant leurs sources dans deux cœurs séparés, au rythme indépendant, sans la moindre incidence l'un sur l'autre.

Julien ralluma la lampe de chevet. Il décida de téléphoner à cette femme. Il composa un numéro dans une ville étrangère. La sonnerie retentit. Elle était absente. Avec son mari, à un dîner, ailleurs? Julien raccrocha. Aussitôt la sonnerie du téléphone tinta dans la chambre. Il entendit la voix haïe du concierge.

« Un message pour vous : Miss Tina a appelé pour dire qu'elle ne pourrait pas dîner avec vous : elle est désolée.

– Pourquoi ne m'avez-vous pas passé la communication? protesta Julien au comble de la fureur.

– I am sorry, sir, she didn't want to speak to you. Seulement laisser un message. »

12

L'homme du Rosebud était affalé dans le canapé vert du petit salon rouge; ses chaussettes trop courtes laissaient entrevoir un mollet blanc. Le front luisant, il inspectait les meubles et les objets, un luxe qu'il n'aurait pas imaginé. Diane éprouvait une sensation de vertige. Pourquoi avoir ouvert la porte à ce monde tapi aux lisières du sexe et de la voyouterie? Un jeu dangereux : on pouvait la retrouver au petit matin baignant dans une mare de sang. Sa crainte pour l'instant était surtout qu'il commence à dire des banalités. « Pourvu qu'il ne parle pas », se disait-elle. Une conversation gâcherait tout. Ce type redeviendrait banal, insupportable de banalité comme tant d'autres, tandis que là, elle pouvait encore rêver sur cette situation bizarre, imaginer qu'il avait surgi chez elle. Il ne fallait pas qu'il rompe le petit mystère qui l'entourait. Elle ne voulait pas savoir qui il était; il devait rester un homme sans identité, sans passé, sans avenir; un homme qui croit faire ce qu'il veut et ne fait que ce qu'on lui demande.

« Vous voulez boire quelque chose? demanda-t-elle.

– Non. C'est drôlement chouette ici! Hier, j'étais à Londres. Je suis pilote. » C'était faux : il était chef de cabine, mais il trouvait que pilote sonnait mieux, surtout auprès des femmes. « J'ai été invité chez un Russe bizarre qui a une très jolie femme. » Un sourire vaniteux se peignit sur son visage.

Elle ne répondit pas (« Pourvu qu'il ne parle pas ») et ferma la porte qui donnait sur le grand salon. Ainsi, de la rue, on n'apercevrait aucune lumière. Elle sourit en pensant à la tête de François s'il débarquait et voyait ce type. Elle s'assit sur l'accoudoir d'un fauteuil, un verre de whisky à la main qu'elle but à petites gorgées. L'alcool lui brûlait agréablement la gorge. Des larmes lui montaient aux yeux. Elle était excitée et anxieuse. Maintenant, quel allait être le scénario? Elle se sentait prête à affronter ce qui arriverait – n'importe quoi –, comme s'il s'agissait d'une autre qu'elle; l'impression d'assister à la projection d'un film dont elle serait à la fois l'héroïne et la spectatrice.

Elle vit l'homme se lever, passer derrière elle et, avant le contact de sa main qui lui caressait la nuque, elle sentit son parfum sucré, désagréable, d'eau de toilette bon marché. D'un ton avantageux, il dit :

« Venez dans votre chambre. »

Elle obéit. Ce ne fut pas l'homme du Rosebud qui la conduisit dans sa chambre, qui l'embrassa goulûment, la dévêtit, s'empara de ses seins, de son sexe, qui la roula sur le lit, la heurta, la pénétra, ce fut surtout ce parfum entêtant qu'elle détestait qui se collait à elle avec un corps en sueur; et ces yeux de bête malade, cernés de rouge, à l'expression porcine qui la fixaient. Elle ravalait son désir de crier, de se révolter, et trouvait du plaisir dans cette soumission à ce qui lui répugnait. Cette jouissance qu'on éprouve à se rouler dans les ordures. Comme si elle avait à payer très cher une dette inconnue.

L'homme du Rosebud prenait son plaisir avec lenteur. La sonnerie du téléphone retentit. L'homme redressa la tête et s'immobilisa, les yeux inquiets, comme un fauve dérangé dans un festin par un bruit suspect. Le répondeur se mit en marche. Le message enregistré de Diane emplit la chambre et bientôt la voix de François lui succéda, plaintive, suppliante.

« Mon amour, je veux te voir. Puis-je venir? Je t'en supplie, réponds, Diane... Diane... tu ne peux savoir combien je t'aime... j'ai besoin de toi... mon amour, réponds-moi. »

L'homme rassuré avait repris sa besogne. La voix de François continuait à emplir la chambre de ses lamentations, comme s'il se grisait de protestations d'amour et ne pouvait se résigner à perdre tout espoir de la voir. Diane pensait à Édouard : elle aurait tant aimé que ce fût lui qui prononce ces mots! Pourquoi ne les lui avait-il jamais dits? Et, comme elle sentait cette image d'Édouard bafouée, profanée, l'homme l'amena peu à peu à ce plaisir qui la traversait rarement avec les hommes.

« Frappe-moi, dit-elle, plus fort, cogne-moi. Fais tout ce que tu voudras! »

13

Tina arriva chez John McKenzie avec beaucoup de retard. Le studio de photo où il habitait occupait le rez-de-chaussée et le premier étage d'une maison en brique de Chelsea. La baie vitrée de la vaste pièce où il travaillait et recevait donnait sur la rue; de grands stores blancs tirés protégeaient des regards. Des photos ornaient les murs, notamment un montage de Man Ray représentant une femme nue avec en surimpression une gigantesque toile d'araignée qui se déployait à partir de son sexe. Ces œuvres se mêlaient à celles de grands photographes contemporains. Aucune photo de John à l'exception de deux portraits côte à côte qui représentaient deux femmes très belles dans la même posture, assises en maillot de bain noir sur un fauteuil en osier; l'une était Nina Dyer, l'autre Diane Serp. Elles avaient la même beauté fière et sauvage.

Tina salua le boy de John, un Ceylanais en pantalon et chemise blanches, qui s'affairait dans la cuisine ouverte, séparée de la pièce par un bar en brique sur lequel étaient posés trois plateaux en matière plastique : un vert pomme, un bleu céruléen, un orange vif. Une odeur de curry flottait.

Assise sur un canapé en face de la table basse où brûlaient des bâtonnets d'encens qui célébraient un très beau buste de jeune femme khmère au sein mutilé, une jeune fille lisait un magazine, au milieu de coussins bariolés. Tina reconnut Cynthia, une Hollandaise qui travaillait pour Model's In. Cette présence lui inspira un malaise.

« Hi, Cynthia!

– Hi, Tina », dit la jeune Hollandaise levant des yeux un peu globuleux et observant Tina avec un regard vide.

Le malaise de Tina augmentait. Elle savait où John voulait en venir en invitant Cynthia. Ses scrupules d'avoir abandonné Julien la reprirent. Pourquoi lui avoir fait faux bond au dernier moment? Elle était incapable de se l'expliquer. Une impulsion incontrôlable. D'ailleurs, ces derniers temps, sa vie lui échappait. Des images de Julien lui revinrent pleines d'affection et de tendresse. Son air de petit matador tragique, un peu perdu, la passion qu'il avait pour elle, tout cela l'émouvait. Il était la seule personne qui eût tenté de la comprendre et de l'aider. Elle lui en était reconnaissante et, en même temps, elle avait envie de lui faire mal. Elle l'imagina au Basil, triste, effondré.

« Où est John?

– Là-haut, il téléphone, répondit Cynthia.

– Dis-lui que je suis partie.

– Tu pars! » s'exclama Cynthia. Une expression ahurie passa dans ses yeux globuleux.

Tina se dirigea vers la porte et saisit la poignée avec une impression de délivrance. Elle entendit la voix de John.

« Bimby, Bimby, qu'est-ce que tu fais? Viens ici! »

Cette injonction la figea. Sa détermination de partir s'évanouit. John s'approcha d'elle, la prit par l'épaule et l'embrassa.

« Ne fais pas l'idiote, reste ici! »

Tina se retrouva près de Cynthia sur le canapé. Quelques plaisanteries de John détendirent l'atmosphère. Une bouteille de vin rosé apparut. Le boy porta les plateaux où fumait un odorant curry. Tina oublia Julien.

John avait la réputation d'adorer les femmes mais on ne lui connaissait pas de liaison. À la fois mondain et solitaire, il était tout aussi capable d'organiser de grandes fêtes que de rester seul chez lui pendant des semaines sans donner signe de vie. Parfois, il partait pour une destination inconnue – souvent vers l'Asie – et il réapparaissait. Il avait eu des débuts fulgurants à New York où on le donnait comme successeur de Richard Avedon; il était la coqueluche des stars. Puis sa carrière avait stagné, par sa faute. Il s'était laissé vivre. Il n'acceptait que les photos qui lui plaisaient et avait peu à peu cessé de courtiser les rédactrices en chef des grands journaux de mode. On chuchotait beaucoup de choses contradictoires sur lui : on disait qu'il couchait avec tous les mannequins qu'il photographiait, on laissait même entendre qu'il était assez pervers, mais on murmurait qu'il était impuissant et certains affirmaient qu'au fond il n'aimait pas les femmes. On lui avait aussi prêté une passion impossible pour une riche Pakistanaise. Ces potins variaient selon que l'on parlait avec les amis de John à Londres, ou avec ceux de New York, de Rome ou de Paris.

On fuma, on but, on s'amusa. Le boy s'éclipsa après avoir rangé les plateaux multicolores. Et la séance de photos commença. Des projecteurs et des réflecteurs en papier argenté étaient dirigés vers le canapé recouvert d'une indienne où s'allongèrent Tina et Cynthia. Elles étaient nues. John derrière son appareil, qui reposait sur un trépied, indiquait les poses. La musique des Pink Floyd isolait le studio des bruits extérieurs, le rendant semblable à une île sonore, à un atoll du Pacifique, balayé par la lumière violente du flash. Les poses restaient artistiques, même si certaines avaient un net caractère saphique. John prit une vingtaine de clichés.

« O.K. Cynthia », dit John.

La jeune Hollandaise se leva et se dirigea, l'air impassible, vers la pièce où elle s'était déshabillée. Tina voulut l'imiter.

« Non, Bimby, toi tu restes. »

Tina obéit. Elle s'étira sur le canapé et prit un album de photos rangé sous la table basse. Elle le feuilleta pendant que John raccompagnait Cynthia. Une photo de vacances déjà ancienne attira son attention : un groupe d'amis dans le midi de la France, assis sur des transats ou allongés dans l'herbe. Elle reconnut Julien, le plus petit de la bande, un Julien plus jeune, plus beau, aux traits reposés. Près de lui, elle identifia Diane Serp. Qui étaient les autres ? Le grand brun un peu triste (c'était Édouard), la très jolie jeune fille blonde (Agnès, la future femme de Hugo) et ce type brun, l'air romantique, au regard intense (Hugo Fortis) ?

« Il y a une photo de Julien ! s'exclama Tina en se tournant vers John revenu devant son appareil.

– Ah bon », dit-il.

Il la fixa dans son objectif tandis qu'elle continuait à feuilleter le vieil album ; il la saisit, le bras tendu, dans son effort pour ranger l'album sous la table basse ; puis encore, tandis qu'elle demeurait songeuse avec une expression enfantine ; et il continua à la photographier toujours nue pendant que peu à peu le sommeil la gagnait.

14

La voiture filait sur le boulevard périphérique. Édouard silencieux, glacé, semblait accomplir un devoir funèbre. Sandrine, pour égayer l'atmosphère qui devenait lourde, demanda la permission de mettre la radio. La voix rauque de Ray Charles emplit la voiture. Édouard ne desserrait pas les dents. Il se sentait de plus en plus gêné. Il passa son doigt sur sa lèvre supérieure pour en effacer la sueur d'angoisse. Il cherchait à dire des phrases banales, mais les trouvait idiotes. Les mots qui lui venaient à l'esprit lui semblaient solennels et empruntés. Il éprouvait de l'envie pour ces hommes désinvoltes capables de dire aux femmes ce qui leur passe par la tête, de leur parler simplement, de plaisanter avec elles, de leur prendre la main et de les embrasser. Pourquoi cette facilité lui était-elle interdite? Pourquoi était-il enfermé dans ce corps raide?

Il ne s'expliquait pas comment Sandrine avait fini par se retrouver dans sa voiture. D'habitude, il gouvernait sa vie; là, elle lui échappait. Même si le désir de raccompagner Sandrine à Bagnolet l'avait traversé, il s'était promis de n'y pas céder. Et maintenant il était entraîné dans une aventure qu'il craignait de ne plus pouvoir contrôler. Il avait beau se dire qu'il n'y avait aucun mal à reconduire une jeune fille chez elle, il ne pouvait vaincre les arrière-pensées qui le tracassaient. Ni se distraire du sentiment qu'il allait à sa perte.

Tout à ses réflexions, Édouard rata l'échangeur de Bagnolet. Apercevant le panneau trop tard, il freina brutalement; la voiture fit une embardée et faillit percuter un camion. D'un coup de volant, Édouard réussit à éviter l'accident. La voiture reprit son allure, conspuée par le klaxon du camionneur.

« J'ai eu une sacrée frousse, dit Sandrine, les mains encore posées sur le tableau de bord.

– Excusez-moi. Je suis vraiment maladroit. Vous n'avez pas eu trop peur?

– Non, ça va. »

L'accident évité de justesse fit à Édouard un effet d'électrochoc. L'émotion le ragaillardit. Un sang chaud irriguait ses veines. Sa timidité se dissipa.

« Sandrine... je suis peut-être indiscret... pourquoi habitez-vous Bagnolet? »

Sitôt posée, sa question lui parut ridicule, pis, indécente, grossière.

Sandrine rit.

« Devinez! »

Édouard toussota d'un air gêné.

« Comment voulez-vous que je devine?

– Ce n'est pourtant pas bien difficile. »

Il était de plus en plus gêné. Il allait obliger la malheureuse jeune fille à avouer qu'elle n'avait pas d'argent et à s'humilier.

« Vous savez, ce n'est pas facile de se loger à Paris, surtout si on n'a pas beaucoup...

– Oui, je comprends, coupa Édouard. Mais cela a l'air sympathique. »

Ils traversaient à cet instant une zone industrielle des plus sinistres, clôturée par des murs en ciment surmontés de fils de fer barbelé.

« Attention, s'exclama-t-elle, tournez à droite sinon vous allez encore vous tromper. »

La voiture s'engagea dans une voie bordée de grandes H.L.M. fantomatiques. Cinq cents mètres plus loin apparurent les vestiges de bâtiments plus anciens.

« C'est un peu plus loin », dit Sandrine.

Ils arrivèrent dans une petite rue défigurée par une rénovation brutale. Les maisons dans le style des faubourgs d'autrefois avaient perdu leur charme après le passage des promoteurs et des architectes qui s'étaient ingéniés à en faire disparaître les traces d'humanité déposées par les années.

La voiture s'arrêta.

« Merci, monsieur. » Ce « monsieur » glaça Édouard. « C'est vraiment très gentil à vous. Est-ce que vous allez retrouver votre chemin?

– Oui, ne vous inquiétez pas », répondit Édouard qui regardait droit devant lui.

Elle rit.

« Vous aviez l'air si empoté tout à l'heure. »

Elle rit à nouveau.

« Vous savez, je ne viens pas souvent dans ce... dans ce quartier.

– Vous m'étonnez! Allez, montrez-moi le plan, je vais vous expliquer. »

En tendant la main vers le vide-poches, il frôla l'épaule nue de Sandrine et tressaillit. Il était si énervé qu'il n'arrivait pas à l'ouvrir. Elle vint à son aide, sortit le plan et le déplia sur ses genoux. La lampe du plafonnier éclairait mal. Édouard se pencha et sentit les cheveux de Sandrine contre sa joue.

« Regardez, nous sommes ici. » Elle pointa un index ravissant à l'ongle vernis et rose sur la carte. « Surtout ne prenez pas la direction de Noisy-le-Sec. Vous suivez d'abord cette petite rue...

– La rue Henri-Barbusse!

– Non, pas du tout. Vous ne comprenez rien. » Elle s'empara du doigt d'Édouard et le posa au bon endroit sur le plan. « Là, rue Jules-Guesde! »

Leurs doigts se touchaient et ni l'un ni l'autre ne pensait à le retirer. Édouard, engourdi, comme sous l'effet d'un puissant narcotique, entendait les explications de Sandrine à travers un épais brouillard. Il n'était plus capable d'aucune pensée. Il n'était que la sensation de cette chevelure parfumée, que celle de cet adorable index qui touchait le sien dont le contact le grisait. « Pourvu qu'elle ne le retire pas. »

Le silence pesait sur eux. Sandrine s'aperçut du trouble d'Édouard, dont la main tremblait. Édouard sentit que la magie allait se rompre. Il lui prit la main et se tourna vers elle avec appréhension. Elle lui tendit sa bouche entrouverte, plantée de deux petites incisives qui lui donnaient à la fois un air d'enfant et de petit carnassier.

15

Judith s'installa à son bureau retour d'Égypte, alluma la lampe d'opaline verte et ouvrit le Dalloz. Elle plaidait le lendemain. À portée de main, elle avait les cotes de l'instruction, mais elle les connaissait par cœur. Cela faisait longtemps qu'elle n'avait pas plaidé au pénal. Ses responsabilités à la tête d'un cabinet devenu important la détournaient de cette besogne peu lucrative. Elle avait pourtant fait ses armes à l'époque avec des flagrants délits. Du véritable abattage judiciaire. Pourquoi avoir choisi cette affaire qui lui prenait beaucoup de temps et n'était pas rentable? D'abord le plaisir d'affronter une partie civile constituée de deux ténors du barreau qu'elle admirait quand elle était étudiante, et avec lesquels elle ne pouvait imaginer être un jour sur un pied d'égalité. On ne finit jamais de régler des comptes avec ses rêves de jeunesse. Le plaisir aussi de se baigner délicieusement non plus dans l'étroite estime de ses confrères, mais dans la haute mer de la notoriété.

L'absence d'Édouard ne la préoccupait pas. Le souci de la réussite de sa plaidoirie monopolisait son esprit. N'eût été celle-ci, elle ne s'en fût pas inquiétée non plus : elle faisait partie de ces femmes que la raison domine. Elle était intelligente et le savait. Ce qu'elle ignorait, c'est qu'elle avait une intelligence limitée au raisonnement, aux faits. Elle ne se perdait pas dans les nues ni ne s'égarait dans les chimères. C'était une petite machine précise et efficace; un esprit positif très bien adapté à la vie professionnelle, conscient des réalités, habile aux manœuvres, soucieux exclusivement de son intérêt, que rien ne freinait : ni la générosité, ni la pitié, ni l'abandon au doute ou au sentiment de l'à-quoi-bon qui rend sympathiques les pires arrivistes. Une intelligence parfaite pour réussir dans une profession, gagner de l'argent et de la considération; une intelligence que tout le monde estimait mais que personne n'enviait.

D'ailleurs, on ne l'aimait pas. Elle sentait cette hostilité et la mettait sur le compte de la rivalité professionnelle, prétexte qu'elle invoquait toujours pour justifier ses insuffisances humaines. Les avocats stagiaires, les secrétaires, desséchés, déprimés, quittaient son cabinet les uns après les autres sans avoir rien de précis à lui reprocher, avec le soulagement qu'on éprouve après avoir traversé un désert. L'hémorragie chronique de son personnel favorisait sa manie de la persécution. Elle imaginait des complots fomentés par ses confrères et leur imputait d'abracadabrantes manœuvres pour la déstabiliser. Elle ne s'attachait à personne. Ne l'avait blessée que le départ d'une belle avocate stagiaire qui lui avait dit son fait de manière cruelle. Judith, bizarrement entichée d'elle, l'avait gâtée au point de lui prêter – elle si chiche de son argent – un ravissant petit appartement.

L'affaire Obsborne, dans laquelle Judith devait plaider, était des plus troubles, des plus scabreuses, des plus sordides. Lady Obsborne séparée de Lord Spengler Obsborne, ancien chancelier à l'Échiquier, s'était retirée sur la Côte d'Azur. Elle vivait entre son appartement de Monaco et son luxueux pied-à-terre à Neuilly. Elle avait été belle, séduisante, très mondaine et assez excentrique notamment dans ses amours : elle aimait les femmes plus que les hommes. Avec l'âge, son caractère s'aigrissant, elle s'était assagie, se cantonnant dans un lesbianisme sentimental. Ayant rompu avec sa famille, ses amies disparues, la solitude s'épaississait autour d'elle. Une de ses anciennes fréquentations, Violaine de Morny, lui avait présenté une jeune femme stricte aux cheveux courts et aux yeux de pierre, qui faisait partie de son sérail d'amazones. Lady Obsborne avait voué à Vivian Colere la passion que l'on place dans un dernier amour. La jeune femme lui faisait l'effet d'un sérum Bogomoletz : elle sortit dans les boîtes de nuit, on la vit au Kathmandu vêtue d'un smoking. Puis la maladie porta un coup d'arrêt brutal à cette vie de bamboche. Véritable épave, moribonde, entourée d'appareils de réanimation, crucifiée d'aiguilles et de tuyaux, Lady Obsborne luttait contre la mort. Le dévouement de sa protégée fut exemplaire. À ceci près que Lady Obsborne mourut, ainsi que devait le révéler l'autopsie réclamée par la famille, après avoir bu un breuvage mortel administré par sa jeune amie et légataire universelle. Ultime preuve de dévouement ou assassinat ? C'était ce dilemme que devait trancher la cour d'assises où Judith avait la charge de défendre Vivian Colere.

Plus Judith passait le dossier au crible, plus elle en retirait la conviction que sa cliente était coupable, n'avait agi que par intérêt, et plus elle éprouvait pour elle de la sympathie et désirait la soustraire au châtiment. Elle ne pouvait s'empêcher de lier bizarrement cette affaire à l'épisode de l'avocate stagiaire qui l'avait trahie, l'associant à Vivian Colere, tandis qu'elle-même se voyait dans le rôle de la vieille bienfaitrice assassinée. Ainsi, avec une étrange délectation, avait-elle l'impression de défendre une séduisante ingrate qui lui avait fait du mal. S'y ajoutait l'orgueil : défendre un innocent, c'est seulement dissiper les brumes qui dissimulent la vérité; défendre quelqu'un qu'on sait coupable, c'est reconstruire la réalité, inventer un moment de vie imaginaire et le substituer à l'acte criminel.

Judith se sentit distraite dans son travail par une sensation désagréable. D'instinct, elle regarda sa montre. Pourquoi Édouard n'était-il pas rentré? Elle jugeait les activités tiers-mondistes de son mari avec une indulgence hautaine et les estimait à peu près aussi puériles et vaines que ses poèmes. Elle n'allait pas jusqu'à le lui dire. Elle feignait même d'en être fière et clamait que tout ce que faisait Édouard était remarquable. Une ligne de conduite à laquelle elle se tenait depuis toujours : rassurer son mari, l'ancrer dans la conviction qu'elle était son indéfectible alliée. Grâce à cette duplicité, Édouard avait le sentiment d'avoir une femme d'une loyauté sans faille.

Pourquoi Édouard tardait-il à rentrer? Judith était irritée. Non qu'elle eût le moindre doute sur la conduite de son mari, mais elle n'aimait pas qu'Édouard en prît à son aise. Cependant la perspective de la dure journée qui l'attendait la conduisit rapidement au lit. Là, elle eut une pensée pour l'avocate stagiaire et l'image de la belle ingrate conduisit sa main vers son sexe. Mais elle se ressaisit, songeant qu'elle aurait besoin de toutes ses forces pour le procès. Elle mit ses mains sur le drap pour s'éviter toute tentation et s'endormit.

16

L'éclairage de la rue dessinait dans la chambre un étrange ballet d'ombres. Julien allongé tout habillé sur le lit observait les fantasmagories. Pourrait-il tenir ainsi la nuit entière? Non, il souffrait trop! Il cherchait d'où pouvait venir le remède. Un appel de Tina? Il n'y croyait plus. Elle ne rappellerait pas. Pourtant, contre toute vraisemblance, il gardait espoir. Il n'arrivait pas à comprendre comment il avait pu se monter à ce point la tête avec Tina. L'âge? Quarante ans est une bonne époque pour contracter le virus des jeunes filles. Cela commence par une petite inquiétude quand on les courtise : on se demande si elles ne vont pas nous rire au nez. L'amour, c'est toujours la rencontre d'une angoisse et d'un visage. Ce visage peut donner quelque temps l'illusion qu'on s'est rassuré. Très vite l'angoisse revient, s'empare du visage, règne sur lui. Il n'y a plus qu'une angoisse à laquelle on peut donner un nom. Son angoisse maintenant s'appelait Tina.

Elle débarquait chez lui à l'improviste deux ou trois fois par semaine après ses cours à la fac. Elle faisait irruption au milieu de ses objets d'art, bousculant ses habitudes, mettant du désordre dans ses livres et dans sa vie. Elle prenait le thé, se laissait voler un ou deux baisers selon son humeur. Parfois n'accordait rien. Par exception, elle concédait une étreinte pleine de fougue sur le pas de la porte, offrant une bouche enflammée. Elle ne voulait pas entendre parler d'autre chose.

Julien téléphonait souvent rue de Chambiges où habitait la famille de diplomates argentins chez qui logeait Tina. Il lui envoyait des fleurs et des lettres parfois un peu déraisonnables. Tina l'encourageait; elle se délectait du théâtre de la passion. Julien, oubliant que la femme du diplomate et Maria-Eugénia, la mère de Tina, se connaissaient depuis le collège, ne prenait aucune précaution. Un jour, la femme du diplomate ouvrit par mégarde une lettre de Julien. Ce fut le drame. Elle téléphona à Julien et le somma de ne plus appeler Tina et de ne plus lui écrire sinon elle préviendrait ses parents. Désormais, Julien et Tina savaient à quoi s'en tenir : ne plus se voir ou accepter de se laisser enfermer dans le mal. Ce drame avait eu les conséquences les plus heureuses : alors que Tina était sage – autant que peut l'être une jeune fille – et n'éprouvait pour Julien qu'un penchant platonique, l'interdiction de le voir avait créé chez elle le désir de commettre le mal dont on la soupçonnait à tort. On ne pouvait mieux agir pour la rendre vraiment amoureuse.

Un après-midi, elle était venue chez lui le cœur battant d'enfreindre l'interdiction et y trouvant un piquant nouveau. Ils s'étaient embrassés sur le canapé; peu à peu, ils avaient glissé vers la chambre. Après le jeu des refus sur le grand dessus-de-lit cramoisi – quelles habiletés tactiques ne faut-il pas déployer pour venir à bout de vêtements si légers! –, elle était nue, n'ayant conservé qu'une fine petite culotte blanche à demi transparente. Julien ému caressait pour la première fois ses beaux seins fiers, son corps si jeune, dense, vigoureux. Un corps de femme à sa perfection. Sa main rôdant autour de son ventre et de ses cuisses passa sous le tissu soyeux et rencontra quelque chose de plus doux encore, quelque chose de tendre et de frémissant comme un oiseau captif. Son doigt glissa lentement dans le repli de son corps tandis qu'elle se tendait et s'arc-boutait. Il demeura un long moment ainsi à épier le plaisir qu'il lui donnait.

Après qu'elle fut partie, songeur, il huma le doigt avec lequel il l'avait pénétrée, se grisant de l'odeur d'algue et de pain chaud qui s'y attachait.

Par la suite, Tina s'assagit; il ne fut plus question de se mettre nue. À la veille de Noël, elle lui annonça qu'elle rentrait en Argentine. Elle y resterait deux semaines, peut-être plus. « Tout dépendra », dit-elle, énigmatique. Julien fut saisi par un sombre pressentiment. La gorge sèche, le regard anxieux, il lui demanda :

« De quoi cela dépendra-t-il?

– De beaucoup de choses. » Elle prit un air mutin : « Vous savez pourquoi je rentre à Buenos Aires?

– Pour voir tes parents, je suppose.

– Je vais me fiancer. »

Julien blêmit.

« Allez, ne faites pas cette tête-là, dit-elle, les fiançailles ne sont pas le mariage. Venez! »

Elle l'entraîna dans la chambre et, de la manière la plus naturelle, sans paraître le moins du monde affectée par l'aveu qu'elle venait de faire, elle se déshabilla, ne gardant que sa minuscule culotte en dentelle blanche.

Empressé, Julien voulut l'étreindre. Elle le repoussa.

« Non, attends. D'abord, il faut que tu m'attaches. » Julien s'exécuta. À l'aide de cravates, il noua ses pieds et ses mains écartés aux quatre coins du lit. Il s'approcha d'elle pour la prendre.

« Pas encore. Masturbe-toi. Voilà! Maintenant regarde-moi et dis " je vais te tuer ". Non, pas comme cela, avec plus de conviction. » Elle prit l'air agacé. « Comme si tu voulais me faire mal, comme un vrai sadique qui m'aurait séquestrée. »

Il s'efforça de lui obéir. Tina tirait sur ses liens jusqu'à les rompre, agitée de soubresauts d'animal pris au piège, le visage crispé. Soudain, elle reprit ses esprits et rit comme s'il s'agissait d'une farce.

« C'est bien, dit-elle, maintenant tu peux venir. Non, ne me détache pas! »

C'était de ce jour où il avait fait l'amour avec Tina que Julien avait perdu confiance en elle. Il la voyait comme une créature du mensonge. Il se méfiait d'elle, et cherchait toutes les occasions de la prendre en défaut. Quelle manie ont les amoureux de se montrer si sourcilleux sur l'exactitude des faits, eux qui vivent dans un monde imaginaire, qui passent leur temps à se duper sur leurs propres sentiments, à se nourrir d'illusions? Quelque temps après son retour d'Argentine, lorsque Tina décida d'aller habiter à Londres pour on ne sait quelle raison (soi-disant pour perfectionner son anglais!), Julien lui fit subir un interrogatoire serré.

« Pourquoi veux-tu vivre à Londres? Tu n'y connais personne.

– Si, j'ai une amie.

– Qui est-ce?

– Un mannequin, une Brésilienne que tu ne connais pas.

– Où habiteras-tu?

– Chez elle, ou ailleurs, je trouverai bien.

– Avec quel argent? »

Elle avait éclaté de rire.

« Je me débrouillerai.

– Pourquoi ris-tu?

– Je pense à ce que m'a dit mon amie.

– Qu'a-t-elle dit?

– Je ne peux pas le dire.

– Pourquoi?

– Tu serais furieux.

– Mais non, fais-moi confiance, je peux tout comprendre. »

Elle avait réfléchi, mordillé l'ongle de son pouce.

« Il y a deux agences de mannequins à Londres avec lesquelles mon amie travaille : l'une c'est Model's In, une agence comme il y en a partout où on vous met en contact avec des photographes et des couturiers. L'autre...

– L'autre?

– Non, ça m'ennuie d'en parler.

– L'autre? insista Julien.

– L'autre, c'est l'agence Black's.

– Black's!

– Oui, Black's. À l'origine, c'était une agence de mannequins spécialisée dans les filles de couleur, Éthiopiennes, Indiennes, toutes ces créatures qui débarquent du Kenya, de Ceylan ou d'Indonésie. Peu à peu, ils ont aussi recruté des Suédoises, des Danoises... Ces filles-là ne travaillent plus pour les photographes, elles servent d'escorte pour les hommes d'affaires, les milliardaires, tous les types qui veulent se payer une jolie fille. »

Julien était abasourdi.

« Que font-elles avec eux?

– Elles passent une heure ou deux avec eux dans des hôtels luxueux.

– Et ton amie a accepté?

– Une fois ou deux, comme ça, pour s'amuser.

– Et toi aussi tu pourrais... »

Elle rit.

« Oh moi, je ne sais pas. Peut-être, si je n'avais plus un sou. Ou alors pour voir ce que ça fait. Ça doit être grisant de coucher avec un type qu'on ne connaît pas uniquement pour de l'argent. »

Malgré sa promesse, Julien s'était mis en colère. Il avait failli la gifler. C'est ainsi que, cherchant qui pouvait l'aider, il s'était souvenu d'un vieil ami qui habitait Londres, un photographe, John McKenzie. Il lui avait donné son adresse.

Julien ouvrit les yeux. Quelle heure était-il? Les ombres dansantes sur le mur avaient disparu. Il alluma la lampe de chevet. Sa tête éclatait. Des images le traversaient : sa vieille mère abandonnée, sans nouvelles de lui; le professeur Tchekhov et ses histoires monstrueuses; Eva Haupman furibonde parce qu'il n'avait pas écrit son article; Tina livrée à ses fantasmes, ouverte à toutes les propositions vicieuses de la grande ville. Il souffrait trop. Plus jamais il ne laisserait Tina s'éloigner. Il devait l'épouser. Sans lui, elle risquait de tomber très bas. Une idée le traversa. Il se leva d'un bond, prit son imperméable, et descendit l'escalier. En passant, il jeta un regard haineux au concierge.

17

Édouard, précédé de Sandrine, pénétra dans le vestibule du petit immeuble figé dans le béton ; la lumière électrique violente accusait l'aridité et la laideur de la cage d'escalier. Une odeur surette de poubelle stagnait, mêlée à des effluves de pesticides. Il tremblait d'émotion. Tant de sentiments affluaient en lui : la sensation d'entrer par effraction dans ce monde étranger où vivent les gens simples, les démunis. Son cœur se ramollissait de pitié et de reconnaissance. Pourquoi Sandrine lui avait-elle fait ce merveilleux cadeau, sa bouche, la faveur de se laisser étreindre ? Et cette invitation si simple : « Si vous voulez, vous pouvez venir chez moi. »

Le studio était au premier étage. De l'entrée, Édouard aperçut dans la salle de bains de la lingerie qui séchait sur un cintre. Il détourna les yeux. Sandrine rangea la planche à repasser sur laquelle du linge s'empilait. De l'évier de la cuisine ouverte sur la chambre, remontait un léger remugle d'eau croupie. Ce dénuement attendrissait Édouard. Loin d'éprouver un sentiment de supériorité sociale, il se reprochait ses privilèges. Jamais ils ne lui avaient paru aussi lourds. Ils l'embarrassaient, l'éloignaient de Sandrine.

« Ce n'est pas très grand, dit Sandrine, mais à mon âge ce n'est déjà pas si mal. Et puis, je ne compte pas rester ici toute ma vie. »

Édouard essayait de dissimuler son trouble.

« C'est un endroit très sympathique, très jeune... Sandrine... vous êtes merveilleuse.

– Ne vous moquez pas de moi. Si vous saviez comme en face de vous, je...

– Ne dites rien, Sandrine! »

Ils se retrouvèrent sur le dessus-de-lit jaune pâle. Sandrine éteignit la lampe. La lune à son plein apparut dans l'embrasure de la fenêtre diffusant dans la chambre une lumière froide. Tandis qu'il embrassait Sandrine, Édouard sentait renaître sa vieille angoisse : la panique qui vous saisit en face d'un être qui attend quelque chose, qui attend trop de vous. Sandrine n'offrait aucune résistance. Sa poitrine, sa bouche, la véhémence de son corps affolaient Édouard. Il redoutait ce qu'il désirait.

« Si vous me demandiez de me déshabiller, dit Sandrine, je crois que je le ferais. »

La proposition le glaça.

« Bien sûr, Sandrine, j'aimerais tellement...

– Vraiment!

– Oui, vraiment! » soupira Édouard.

Prestement elle retira sa jupe; son chemisier voltigea vers une chaise. Elle se trouva nue contre Édouard.

« Voulez-vous que je vous dise un secret? demanda Sandrine.

– Bien sûr.

– La première fois que je vous ai vu, j'ai compris que je ne pourrais jamais rien vous refuser. Vous êtes tellement différent, tellement... »

Il posa un doigt sur ses lèvres, puis l'embrassa. Plus il la serrait contre lui, plus l'appréhension l'étreignait. Ce corps lui rappelait un autre corps aussi voluptueux, aussi violent; une chambre chaude dans le Midi, les persiennes ouvertes sur la touffeur nocturne, les cyprès dressés comme des lances, et au loin la piscine qui luit sous la lune pleine. Une nuit faite pour l'amour. Il revoyait Diane sur le lit et revivait la même humiliation. Avec nervosité, Édouard serra Sandrine dans ses bras, mais ses forces l'abandonnèrent. Il s'acharna sans parvenir à ses fins. Mortifié, il s'allongea sur le dos et poussa un soupir.

« Ne vous en faites pas », dit Sandrine en lui caressant les cheveux.

Ces mots de consolation l'accablèrent. L'humiliation le brûlait. Il s'en voulait, il en voulait à son sexe qui pendait, lamentable, sur sa cuisse.

18

Un large store en toile écrue occultait la baie vitrée qui donnait de plain-pied sur la rue. Dans la partie supérieure, par des interstices lumineux, on pouvait voir ce qui se passait à l'intérieur du studio. Mais pour cela, il fallait monter sur le rebord d'une petite fenêtre grillagée puis, en prenant appui sur une niche, se hisser à la bonne hauteur. On pouvait aussi se rompre le cou, ou se faire très mal. Surtout dans l'état de surexcitation où était Julien. Sans hésiter, il commença à escalader la façade. L'idée qu'il allait savoir la vérité stimulait son agilité. Surprendre Tina avec John exaspérait sa joie mauvaise et l'enivrait. Des éclairs de folie le traversaient; des images hallucinées d'orgie et de dépravation à l'agence Black's. Son cerveau s'emballait. Dans un ultime effort, il parvint à son objectif. Par la fente lumineuse, il aperçut John penché sur le corps d'une jeune fille dévêtue. Il exulta. L'émotion faillit lui faire lâcher prise. C'était Tina.

Julien descendit de son observatoire. En sautant sur la chaussée, il se récupéra mal. L'articulation de sa jambe craqua. Il était en sueur. Il passa sa main noire de poussière sur son front. Sa folie était à son comble : « Je vais les tuer. » Il se répétait cette phrase qui le soulageait. Il voulait surtout tuer cette image de Tina et de John qui le hantait. Des pointes rouges lui vrillaient le cerveau. « Je vais me tuer aussi. » Il chercha un moyen d'entrer dans le studio. Il eut l'idée de lancer un pavé dans la baie vitrée. Il regarda aux alentours : aucun pavé. Il se résigna à sonner. D'abord, il n'eut pas de réponse. Il insista appuyant longuement sur la sonnette. Une silhouette finit par écarter le store et la porte s'ouvrit. Julien s'y engouffra.

Ébloui par les lumières du studio, il se trouva face à John qui l'observait, un sourire aux lèvres, dans une attitude désinvolte.

« Salut, Julien. Tu as l'air un peu nerveux. »

Julien leva la main vers lui dans un geste menaçant : « Salaud, dit-il, tu es un salaud. Tu m'as... vous m'avez... »

Il ne trouvait plus ses mots. Le sol vacillait; ses yeux se voilaient; il ne savait plus ce qu'il était venu faire ici. Les meubles du studio tanguaient dans une atmosphère d'irréalité.

« Tu ferais mieux de t'asseoir, dit John, on va s'expliquer calmement. » Et il le prit par le bras.

Julien sortit de sa torpeur. « Non, non, s'exclama-t-il avec rage en se dégageant, où est Tina? »

Il regardait John d'un air suppliant. Il espérait que son ami allait le détromper. Un photographe à Londres a tant de filles à sa disposition, toutes prêtes à se mettre nues et à faire ses quatre volontés. Alors pourquoi Tina?

« Elle descend dans un instant. Je lui ai dit de partir. Mieux vaut ne pas la mêler à tout cela. »

Julien, hébété, fixait John. Il n'avait donc pas rêvé. Aucun doute n'était plus possible. L'envie de tuer lui revint, mais il n'en avait plus la force. Il se laissa tomber dans un fauteuil et ferma les yeux.

Ce qui se déroula ensuite lui parvint de manière indistincte à travers un brouillard rouge : le verre que John lui tendit et qu'il but, son goût amer et pharmaceutique; Tina devant lui, l'air désolée, qui prononçait des paroles confuses. « Ne m'en veux pas. Je t'expliquerai. Tu sais que je t'aime. » Tout cela n'avait aucune logique : son ami, la femme qu'il aimait, cette distribution de rôles qui s'égarait dans le non-sens, l'absurde. Un mauvais rêve.

Ses membres se ramollissaient pareils à du coton. L'angoisse se relâchait. La tension nerveuse se calmait. Il sentit une main posée sur son front.

« Calme-toi, disait John, tout va bien! Repose-toi. Ne pense à rien. »

Toutes les sensations affaiblies de Julien se concentraient sur cette main, cette main qui avait caressé Tina et qui maintenant lui procurait douceur et plaisir. Cette main qui l'amenait à une paix profonde, inimaginable après tant de fureur.

19

Le réveil sonna à six heures. Hugo Fortis déjà éveillé se leva du canapé sur lequel il avait dormi, toujours enroulé dans sa couverture – une manie contractée lorsqu'il était étudiant parce qu'il avait froid dans sa chambre de bonne et la flemme de faire son lit. Il ouvrit les volets intérieurs de son bureau puis la fenêtre à ogive. Il plongea son visage dans la fraîcheur de la nuit finissante, ferma les yeux et les rouvrit. Un rougeoiement dramatique dans le fond du ciel sombre annonçait le jour ; la dentelure des églises et des palais de la Giudecca commençait à se dessiner. Ce bain de fraîcheur dissipait les vapeurs du sommeil et de l'alcool.

Il rangea avec soin son manuscrit et monta dans la chambre réveiller Aglaé. Son grand corps d'ébène était allongé de tout son long en travers du lit à colonnes. Quand Hugo Fortis l'éveilla, elle fulmina contre l'heure matinale et se leva en maugréant. « Quel caractère ! » soupira Hugo Fortis. Décidément, il préférait humer la légende des femmes que partager leur intimité. Il n'était pas mécontent que le séjour touche à sa fin. Cette vision matinale, ce caractère l'aidaient à instruire le mauvais procès qu'il lui intentait : il voulait se convaincre qu'il devait rompre avec elle.

Sa valise bouclée, Hugo Fortis descendit dans la salle à manger. L'odeur de café qui flottait le rassura sur la présence de la femme de chambre, mais l'irrita : cette odeur lui rappelait des souvenirs d'enfance qui lui déplaisaient. Il s'assit devant la table et feuilleta *La Republica*. Il passa rapidement sur les pages politiques et éplucha la rubrique culturelle. Que ce soit en France ou à l'étranger, il était avide de journaux et ne les ouvrait jamais sans être piqué par le pressentiment, parfois vérifié – trop rarement –, qu'on y parlait de lui. Cette fois, il en fut pour ses frais.

Lucia, la femme de chambre, apporta le plateau du petit déjeuner. C'était une petite femme très laide, très noire et très poilue. Son menton arborait un grain de beauté surmonté d'un long poil hargneux. Elle se pencha pour poser le plateau et déversa sous le nez d'Hugo Fortis une copieuse odeur de transpiration. « Ça, c'est vraiment Venise », pensa Hugo Fortis en se reculant sur sa chaise. Il eut l'idée d'une chronique : il y décrirait une Venise différente de celle d'Henri de Régnier et de Ruskin, une Venise odorante, charnelle, qui n'avait rien à voir avec les cucuteries, les chromos, et les mièvreries des confiseurs de la littérature. Il parlerait de l'odeur de pipi de chat surchauffée au soleil qui vous prend aux narines certains après-midi d'été sur les quais du Zattere; les relents entêtants de poisson après le marché sur le campo Santa Margherita; l'éclat de saphir des sacs-poubelle qui dérivaient entre deux eaux sous les rayons du couchant : ça, comme Lucia, c'était la vraie Venise.

Hugo Fortis examinait la femme de chambre en clignant de l'œil comme un peintre : la laideur donne aussi de l'art. Qui aurait pu saisir la beauté éternelle qui se cachait sous l'apparence disgracieuse de Lucia? Holbein, Goya, Courbet, oui, Courbet. Il aurait extrait de ses formes massives alourdies par les travaux, empâtées par la mauvaise hygiène, la belle âme du peuple. Se sentant observée, Lucia se retourna. Hugo Fortis lui adressa un sourire plein d'indulgence comme si, à travers elle, il saluait la matière première d'un artiste.

Pourquoi Aglaé ne descendait-elle pas? Ce temps qu'il lui fallait pour se préparer! Il regarda sa montre avec exaspération. Il hésitait à aller la chercher. Il y renonça. Il ne voulait pas gâcher ses derniers instants à Venise. Mieux valait savourer la belle perspective qui s'offrait à travers le jardin, un délicieux Carpaccio. Aglaé parut enfin. Elle emplit la pièce d'un lourd parfum qui irrita encore Hugo Fortis : à tout prendre, il préférait l'odeur de transpiration de Lucia. Le parfum l'indisposa si fort qu'il s'arracha à sa contemplation et se mit à marcher de long en large.

Lucia annonça que le motoscaf les attendait. Hugo Fortis se brûla en avalant trop rapidement sa tasse de thé. Il houspilla Aglaé qui s'attardait.

Le motoscaf les emporta dans une gerbe d'écume en pleine lagune. Le soleil se levait, faisant scintiller les coupoles dorées. Des embruns fouettaient le visage d'Hugo Fortis. Le bateau soulevait des effluves d'eau croupie qui se mêlaient aux senteurs salines. Hugo Fortis, ivre de soleil, de vent, de mer, de beauté, avait l'impression de dominer le monde : il était dans un accord cosmique avec la gloire. Aglaé, frileuse, se réfugia dans l'habitacle. Hugo Fortis lui avait déjà mentalement donné congé. À Paris, il allait retrouver sa femme, Agnès, et Lucila Penweiler, sa maîtresse. Toutes deux ignoraient son escapade vénitienne : pour elles, il faisait une conférence en Allemagne, à Heidelberg, sur « Création romanesque et fonction sociale ». Il ne suffit pas de mentir : si on veut éviter les ennuis, il faut inventer un mensonge qui n'allume pas le désir. De préférence un pays maussade et un thème rébarbatif. Jamais Venise ni un pays favorisé par le soleil.

20

Quand Édouard retrouva sa voiture, il eut un sursaut : une grande croix gammée à la peinture acrylique barbouillait la portière. Le taggeur, sans doute dérangé, ne l'avait pas terminée. Édouard s'inquiéta : quelle justification allait-il donner à Judith ? Cette déprédation lui semblait l'aveu de son escapade à Bagnolet. Dans la voiture, il se sentit protégé. La vieille Peugeot prolongeait le giron familial. Avec elle, chaque matin, il déposait les enfants à l'École alsacienne.

Édouard était accablé; accablé de honte, de mépris pour lui-même, de hargne contre son incapacité à vivre et à aimer. C'est ce qui l'occupait tandis qu'il commençait à se perdre dans les lacis de la banlieue, tournant résolument le dos au boulevard périphérique qu'il était censé rejoindre. Depuis si longtemps il craignait ce verdict. Toute sa vie, il avait été hanté par la menace d'une insuffisance dont le souvenir le glaçait. Il avait maintenant la preuve que ses angoisses étaient fondées. Il ne pouvait donc pas échapper à Judith. Elle le tenait. Sa culpabilité vis-à-vis d'elle ne l'empêchait pas de regretter de n'avoir pu aller jusqu'au bout de sa faute. Il n'avait pas eu le plaisir et il avait l'humiliation.

Sans ce poisseux sentiment d'échec, la soirée lui aurait apporté un coup de fouet. Se retrouver seul, la nuit, dans une banlieue déserte représentait une petite aventure. À l'excitation de rompre avec la routine du chez-soi s'ajoutait l'attrait du plaisir défendu; la satisfaction d'amour-propre qu'on éprouve toujours à plaire et à se savoir aimé, surtout d'une fille jeune. La perspective de devoir rentrer lui gâchait cette délicieuse sensation d'audace et de liberté. Devait-il avouer son infidélité à Judith? Pour la première fois depuis leur mariage, il allait lui cacher un manquement grave. L'aspect moral de la dissimulation lui répugnait. Mais en aurait-il la force? Il lui disait tout. Et la tentation était grande de se confier à elle et d'épancher son désarroi. Il avait besoin qu'elle le pardonne et davantage qu'elle le console. Il craignait ses reproches : il les méritait. Il redoutait surtout d'avoir à renoncer à Sandrine.

Comment dénouer le nœud qui l'emprisonnait? Cette situation était la pire qu'il eût connue. L'idée de porter seul le fardeau de sa faute, de connaître les affres de la dissimulation, ces maux inséparables de l'adultère, l'effrayait. Mais l'image fraîche, émouvante de Sandrine, de son jeune corps plein de vitalité, suffisait à suspendre ses craintes. Quel démon lui murmurait que c'était elle, ce fruit délicieux qui donnerait enfin de la saveur à sa vie, qu'il devait choisir contre ses principes, contre la morale? Il hésitait, se rongeait les sangs, ressassait ses scrupules.

Sa conduite envers Sandrine n'était-elle pas, elle aussi, blâmable? Quel avenir pour une jeune fille d'être la maîtresse d'un homme marié? Une position dégradante, humiliante. Alors que de tout son cœur il ne songeait qu'à l'aider, il allait peut-être devenir l'instrument de son malheur. Seul un égoïste pouvait accepter de profiter d'elle, de sa jeunesse, sans se soucier des conséquences. Qu'attendait-elle de lui, qu'il divorce et l'épouse? Quitter Judith, les enfants, quel courage il lui faudrait, un courage qui lui semblait au-dessus de ses forces. Il pensa avec effroi à l'image de son couple dévasté.

Même s'il ne divorçait pas, rien ne serait pareil avec Judith. Cette soirée lui avait fait entrevoir une sensualité qu'il voulait fuir. Il s'y était soustrait dans le mariage par une pratique presque monastique : habitudes austères, sexualité affadie par le devoir et la monotonie au point de n'avoir plus aucun rapport avec ce qu'on appelle la volupté; un renoncement à toute existence tant soit peu personnelle, soumission à la règle familiale, à sa femme, aux besoins des enfants. Un mariage fait d'obligations acceptées et accomplies sans joie, qu'il ne voulait à aucun prix remettre en cause. Sinon, c'était la porte ouverte à l'explosion, porte qu'il tenait soigneusement verrouillée et derrière laquelle, parfois, il étouffait un sentiment de révolte. En compensation, il avait trouvé la paix, une âme sereine, l'équilibre que donne une existence maussade, dévitalisée, guérie de tout excès, du désespoir comme de l'extase. Une vie de mutilé volontaire contre laquelle, s'il n'avait pas connu Sandrine, l'idée ne lui serait jamais venue de se rebeller.

Avec Sandrine, il retrouvait intact le dilemme intime qui, dix ans plus tôt, le ravageait avec Diane Serp, et qu'il avait résolu en se réfugiant dans le mariage. Et tandis qu'Édouard empruntait la bretelle d'autoroute qui le menait enfin au boulevard périphérique, les images des deux femmes se superposaient ranimant en lui des bouffées de sensualité et de souffrance, lui inspirant un sentiment violent où se mêlaient le désir et la peur.

21

À sa descente d'avion, Hugo Fortis eut un pressentiment funeste : et si Agnès l'attendait à Roissy? Une déveine d'autant plus injuste qu'il avait décidé de quitter Aglaé et éprouvait pour sa femme un regain de tendresse. Il se remémora le lacis de mensonges qui rendait peu plausible cette éventualité, sans pour autant se rassurer. L'angoisse le tenait de manière irraisonnée. Peu de risques en revanche de voir apparaître sa maîtresse, Lucila Penweiler : elle n'était pas moins jalouse, mais aucun soupçon ne serait assez fort pour l'extraire de sa paresse à l'aube; elle n'était pas loin de considérer comme héroïque de se lever avant dix heures. Il songeait aux histoires abracadabrantes qu'il lui faudrait inventer si sa femme avait déjoué ses mensonges. Il n'avait jamais été en peine de raconter n'importe quoi. Un talent mineur pour un romancier, simple gymnastique pour dégourdir son imagination. Il reconnaissait à sa femme une perspicacité certaine pour percer à jour les faiblesses de son emploi du temps. Mais elle avalait sans broncher ses justifications emberlificotées. Était-elle dupe, Hugo Fortis ne se posait pas la question.

Son passeport tamponné, il se dirigea vers la salle des bagages. Il s'écartait le plus possible de sa compromettante compagne, jetant des regards inquiets de l'autre côté de la vitre, là où l'on attendait les passagers. Agnès eût-elle été en face de lui, il ne l'aurait pas vue tant il était agité. Il appréhendait cette impression glacée de main au collet qu'inflige ce genre de mésaventure conjugale. Poussant son chariot devant lui, le cœur prêt à se rompre, il franchit la douane d'un air indifférent. Personne ne l'attendait. Il fut agréablement surpris de constater qu'il s'était monté la tête pour rien. Il allait retrouver Agnès à la maison. Tout se terminait le mieux du monde. Un esclandre avec Agnès, étant donné le caractère d'Aglaé, aurait dégénéré en pugilat. Il lui aurait fallu au moins une semaine pour recoller les morceaux avec sa femme, une semaine d'énervements, de disputes, d'explications, qui aurait perturbé la bonne marche du roman qu'il commençait. Il adressa à Aglaé un sourire de satisfaction qui, en réalité, n'était pas destiné à elle mais à Agnès qui avait eu l'intelligence et la discrétion de rester sagement chez elle. Quant à Aglaé, dont le sort était scellé, il se jugea très chevaleresque de la déposer en taxi.

Avenue Charles-Floquet, il monta dans le vieil ascenseur atteint de la maladie de Parkinson. L'appartement donnait sur le Champ-de-Mars, à un jet de pierre de celui où avait vécu Paul Morand. Il ouvrit la porte avec la joie attendrie que l'on éprouve à retrouver sa famille, surtout lorsque l'absence l'a idéalisée. Il s'attendait à des exclamations, sinon à de l'exubérance, au moins à du bruit. Rien. Le silence. Une paix inquiétante. Et une étrange odeur de papier brûlé. Quelle idée de faire du feu en cette saison? Il se mit à fureter dans l'appartement, les sens aux aguets. Rien de suspect, sinon ce désert. Pas même la bonne portugaise. Il pensa à ce passage du *Hussard sur le toit* où Giono décrit une maison désolée par le choléra. Après avoir inspecté les chambres et la cuisine, il revint dans le vestibule. Là, une vision le glaça : bien en vue sur la table espagnole où l'on déposait le courrier, s'étalait une facture à l'en-tête familier (comment ne l'avait-il pas vue en arrivant?). L'agence de voyages qui organisait ses escapades amoureuses y dressait un récapitulatif de ses services; la liste de ses frasques depuis six mois comptabilisée avec précision : dates, noms des hôtels et des femmes qui l'accompagnaient, Aglaé comprise. Un commentaire rageur, ordurier, en lettres capitales rouges, striait la feuille : RESTE AVEC TA PUTAIN!!! BAISE-LA BIEN!!! SALAUD!!!

Hugo Fortis était anéanti. Plus rien ne tournait rond. Pas de doute possible, Agnès avait écrit ces horreurs. Mais pas l'Agnès qu'il connaissait, une autre Agnès que douze ans de mariage ne lui avaient pas permis de soupçonner. Il ne se reconnaissait pas dans le froid constat d'une vérité qui saccageait sans pitié le monde douillet qu'il avait tissé entre lui et ses proches. La vérité, le mensonge, quelle foutaise quand on y réfléchit! Ses mensonges rattrapaient l'homme qu'il n'était plus (presque plus); à cet instant, il aimait tendrement Agnès, voulait rompre avec Aglaé, et se fichait complètement de ses autres maîtresses. Son passé l'accusait. Mais le présent de son cœur, qui lui rendrait justice? Ces femmes complices de ses adultères qu'on lui jetait à la figure, elles étaient mortes, plus refroidies pour lui que des cadavres. Un sentiment d'injustice l'atterrait. Quel tribunal (et Agnès moins que n'importe quel autre) lui donnerait raison au bénéfice de sentiments improuvables contre des faits avérés?

Sa valise à ses pieds, il se sentait un intrus dans l'appartement. Le décor familier se chargeait d'une atmosphère hostile. Ni femme, ni enfants, pas un signe de bienvenue pour l'aider à passer allégrement la zone sensible qui sépare l'infidélité de la vie conjugale. Il était perdu, déboussolé, comme si on l'avait déjà chassé de son seul havre de paix et qu'il s'y introduisait en fraude. Même les lieux lui refusaient leur aide. Hugo Fortis ignorait tout de leur fonctionnement ménager, à peine s'il savait où se trouvait le frigidaire.

L'odeur de brûlé lui inspira un horrible soupçon. Il se précipita vers la cheminée du salon. Dans l'âtre reposait un tas de cendres froides dans une boîte à chaussures à demi calcinée. Il pressentit la catastrophe : les lettres qu'il avait adressées à Agnès. Croyant à une mise en scène pour l'effrayer, il courut vers la chambre et ouvrit fébrilement le tiroir de la commode où sa femme conservait la précieuse correspondance. La boîte en carton avait disparu. Il revint devant la cheminée, l'âme délabrée. Il regarda les cendres avec accablement. Au-delà du crime commis contre lui-même, contre leur amour, ce saccage irréparable ne le concernait pas seul : il atteignait la littérature.

Que faire? Son arsenal de justifications et de mensonges était désormais sans objet. Pas d'adversaire, personne à convaincre, la stratégie de la terre brûlée. Sa pensée allait à son roman, la principale victime (lui-même mis à part). Une semaine de fichue où il ne pourrait pas y travailler; pire, quinze jours de grabuge, de scènes, de négociations, qui absorberaient son énergie nerveuse et gaspilleraient ses forces créatrices. Les aphorismes de Montherlant sur le mariage des écrivains lui revinrent. Soudain une préoccupation l'affola, qui éclipsa bizarrement toutes les considérations sentimentales sur son malheur : si Agnès le quittait, qui taperait son manuscrit à la machine?

22

La première pensée qui vint à Agnès, lorsqu'elle découvrit la liaison de son mari, fut de se venger en le trompant avec le premier venu. Elle songea d'abord à Julien. Elle lui téléphona. Il était absent. Dommage! Avec lui, elle aurait agi sans ambages : « Baise-moi ! » Un langage direct en accord avec sa nouvelle conduite. Son malheur, loin de tourner en larmes, se chargeait de fureur sexuelle. Dans son esprit défilaient toutes les occasions qu'elle avait eues d'être infidèle – en général ses refus ne lui coûtaient pas beaucoup, sauf une occasion qui avait exigé d'elle une certaine force morale. Elle se souvenait d'un jeune et séduisant peintre polonais, Zapanski – aujourd'hui célèbre, mais alors totalement obscur –, qu'elle connaissait pour lui avoir acheté un tableau (plus précisément elle n'avait acquis le tableau que parce qu'elle avait vu sa belle gueule d'artiste slave). Il l'avait invitée dans un restaurant russe, La Tchaïka. Un moment délicieux. Cette sensation trouble de se retrouver, à l'insu de son mari, avec un inconnu, un peintre, qui lui murmurait de merveilleuses fadaises et lui prenait la main avec effusion. Pendant le repas, elle s'était demandé si elle allait céder au charme du Polonais. Sous une douceur presque féminine, des airs langoureux, la manière captieuse avec laquelle il la berçait de rêves, elle sentait l'homme viril, dur, qui attendait son heure. Le félin nonchalant prêt à sortir sa griffe.

Au moment de se séparer, carrefour de l'Odéon, au pied de la statue de Danton, elle avait eu un moment d'abandon. Elle était prête à succomber. Il lui avait pris le bras : « Viens à mon atelier. Il y a des nouvelles toiles que tu ne connais pas. » Ce tutoiement chaleureux des Slaves! « C'est tout près d'ici, rue des Canettes. Tu viens? » Une invitation trop pressante, trop explicite. Elle s'était rebellée. S'il n'avait rien dit, se contentant de la conduire par le bras jusqu'à chez lui – elle toujours dans son rêve –, peut-être que ses scrupules ne se seraient pas réveillés à temps. Elle n'avait repoussé sa proposition que par réflexe. Mais ce refus l'aidait, un rempart sur lequel elle s'appuyait pour se défendre de ses avances. Il insista. Elle refusa. Elle n'avait plus le choix depuis qu'elle avait dit non. C'était une mécanique : elle donnait toutes les raisons qui lui passaient par la tête sans être très convaincue. Puis, elle avait marché rue de l'Odéon jusqu'au jardin du Luxembourg, tourneboulée, la tête en feu. Heureusement, il ne l'avait pas rejointe. Elle n'aurait pas répondu d'elle. Le regret la lancinait. Elle lui en voulait de sa maladresse qui l'avait obligée à refuser ce qu'elle était prête à lui donner. Elle s'était juré de ne plus lui parler au téléphone. Il avait dû se vexer car elle n'avait plus reçu d'invitations à ses vernissages. Quand ses pas la conduisaient vers la place Saint-Sulpice et le Luxembourg, ou qu'elle entendait évoquer ce simple nom « rue des Canettes », la nostalgie lui fendait l'âme. Plus tard, lorsque Zapanski avait commencé à devenir célèbre, et que les journaux publiaient des photos, des articles sur la nouvelle coqueluche de la F.I.A.C., elle les regardait avec une impression étrange, comme si le Polonais lui adressait, par-delà leur aventure avortée, un signe de connivence sensuelle.

Sous le coup de la catastrophe, Agnès n'avait perdu ni son courage ni sa lucidité. Au contraire, l'humiliation galvanisait ses forces. Elle mit toute son énergie à organiser sa retraite avant l'arrivée d'Hugo. D'abord, elle confia ses enfants à une amie, Linda Boubouris, chez laquelle elle débarqua à l'improviste. L'air navré de son amie faillit entamer son moral d'acier. Ce ne fut que devant une tasse de thé, tandis qu'Agnès racontait les épisodes de son drame, qu'elle éprouva le caractère émouvant de sa situation. Linda Boubouris, qui avait supporté de semblables mésaventures sans broncher, donna des conseils à l'emporte-pièce : « Ne te laisse pas faire. Quitte ton mari et divorce. »

Ses enfants à l'abri, la bonne portugaise mise en congé, Agnès songea alors furieusement à elle. Son désir le plus exigeant était d'assouvir vite sa vengeance. Elle voulait blesser Hugo Fortis, l'humilier de la manière la plus cruelle. Le tromper ne suffisait pas, il fallait qu'il le sût et en souffrît. Elle avait aussi à cœur de se dédommager des jouissances dont elle s'était privée par loyauté conjugale. L'idéal aurait été de contraindre son mari à la voir faire l'amour avec un homme qu'il détestait. Ce scénario comportait évidemment quelques difficultés de mise en scène. Faute de mieux, elle se résigna à coucher avec le premier homme qui passerait à sa portée. C'est pourquoi elle avait pensé à Julien.

Une sourde rivalité opposait depuis longtemps les deux hommes. Julien, amoureux d'Agnès autrefois, avait peu goûté qu'elle lui préférât un écrivain vaniteux. Hugo Fortis lui rendait la pareille : il considérait Julien comme un fils à papa sans envergure, un critique d'art besogneux, un raté incapable d'enfanter le livre dont il bassinait les oreilles de ses amis depuis dix ans. Comme on se voyait encore de temps à autre, on dissimulait ces aigreurs sous des airs de camaraderie.

Tout comme la disparition du communisme a fait réapparaître intactes les anciennes blessures et les passions nationales, anesthésiées mais non guéries, dans les pays sous sa coupe, l'abolition soudaine du principe de légitimité conjugale ramenait Agnès aux dispositions sentimentales qui étaient les siennes à la veille de son mariage, quand elle hésitait entre Julien Thomas et Hugo Fortis. Prendre comme amant son ancien amoureux – détesté de son mari qui plus est – lui paraissait une idée excitante. À l'avantage de rester en territoire connu et même familier, s'ajoutait l'attrait d'une transgression qui avait un goût d'inceste. L'absence de Julien contrecarrait pour l'instant son projet.

Sous l'effervescence des émotions, Agnès renaissait. Une part de sa personnalité, factice, artificielle, construite de sédimentations d'habitudes sociales, de renoncements à soi-même, de rôles qu'elle s'obligeait à jouer, éclatait, libérant la sauvagerie de son caractère et la violence de ses instincts. Elle prit une chambre dans un petit hôtel de Saint-Germain-des-Prés où elle savait qu'Hugo Fortis ne la retrouverait pas. Et, agitée d'une fièvre de vengeance qui exaspérait son tourment sexuel, elle se mit en chasse.

23

Julien revenait peu à peu à lui. Un jour cru tombait de la verrière, écorchant ses yeux. Il avait passé la nuit sur le canapé, enveloppé dans un plaid écossais. John McKenzie, penché sur lui, caressait ses cheveux. Il l'avait éveillé avec des attentions de mère. Julien somnolait. Les bruits de la cuisine lui parvenaient, assourdis. Son corps était endolori, ses membres rompus comme après une chute. Le plaid qui l'enserrait lui donnait la sensation d'avoir perdu l'usage de ses bras. Il éprouvait un grand bien-être à s'abandonner à la présence masculine qui s'activait près de lui, le dorlotait. Il se prenait à appréhender le moment où cette situation de dépendance allait cesser. Quelle douceur, quelle paix après les tempêtes nerveuses et les divagations qui l'avaient secoué!

La porte sur la rue s'ouvrit et laissa pénétrer des bouffées d'air printanier. Le boy ceylanais, vêtu d'une blouse orange, apparut dans l'embrasure portant une bouteille de lait. Julien retrouvait des impressions très anciennes, lorsque, après la mort de son père, il était tombé gravement malade. L'ami de sa mère, Charles, un homme jeune, très beau, venait lui tenir compagnie dans sa chambre, lui apportant des cadeaux, cherchant par tous les moyens à lui être agréable. Cet homme qu'il haïssait, il ne pouvait s'empêcher d'être attiré par lui. Sa présence, son charme l'envoûtaient. C'était le même sentiment qu'il retrouvait avec John.

John se pencha et lui sourit. « Ne bouge pas. Je vais t'apporter ton petit déjeuner. »

Julien se représentait avec gêne le ridicule de la situation, ce côté couple de garçons. Mais il ne bougea pas. John revint avec le plateau vert pomme.

« Je suis content, tu as l'air d'aller mieux, dit John comme s'il n'y avait entre eux aucun motif d'altercation et que Julien avait eu un simple malaise.

– Oui, répondit Julien qui, avec lâcheté, entrait dans son jeu, je me sens seulement un peu vaseux.

– Normal, l'effet du valium. »

Le malaise de Julien augmentait. Il ne pouvait continuer cette comédie. Il voulait une explication et en même temps la fuyait, sachant qu'elle ne mènerait à rien. Qu'apprendrait-il qu'il ne savait déjà? Le mal était fait, irréparable. On ne pouvait revenir là-dessus ni sur les conséquences : il romprait avec Tina, il romprait avec John. Il craignait de découvrir sa part de responsabilité dans ce drame. C'est lui qui avait insisté pour que Tina allât voir John. Voulait-il éprouver la fidélité de Tina ou l'amitié de John? Ou donner à John à travers Tina l'occasion qu'il cherchait obscurément depuis longtemps de le retrouver dans un corps aimé? Une façon de s'offrir à lui en interposant une femme entre eux. Julien ne parvenait pas à lui en vouloir, pas plus qu'à Tina. Il les quitterait sans haine. Ils n'avaient fait tous trois qu'accomplir des vœux du destin dont le sens leur échappait.

Julien fit un effort pour se lever. La tête lui tournait. Il dut s'appuyer au dossier du canapé.

« Tu es sûr que tu ne veux pas rester? » demanda John.

Julien fit non de la tête.

John s'approcha de lui et le serra fort dans ses bras. Puis, il le repoussa brutalement.

« Allez, va-t'en! »

Julien se retrouva dans la rue. Au contact de l'air doux et tiède, l'étendue de sa solitude lui apparut. La façade de la maison lui rappelait les pénibles souvenirs de la veille. John ne lui serait plus d'aucun secours, ni Tina.

Un cab le déposa à l'entrée du Basil. Devant l'hôtel, l'animation donnait une impression estivale. Pour la première fois, Julien gravit les marches sans espoir. Il n'attendait plus rien.

Le concierge au visage blafard et impassible se leva pour lui donner sa clé, faisant à nouveau entendre l'exaspérant crissement de ses chaussures.

« Sir, il y a des messages pour vous. »

Julien d'un air méprisant prit les messages et les fourra dans sa poche sans les regarder. Sûrement Tina. Tout cela venait trop tard. Il serrait les papiers avec un sentiment de hargne. Comme un condamné qui s'entendrait annoncer sa grâce après l'exécution de la sentence. Il n'avait qu'une certitude : plus jamais il ne reverrait Tina.

24

Hugo Fortis allait de désillusion en désillusion. Après le coup porté par la fugue de sa femme, il s'était cru au bout de ses peines. D'un point de vue raisonnable, son cas n'était pas désespéré. Agnès, la colère retombée, reviendrait au bercail. En l'attendant, ses amis émus par son infortune lui apporteraient soutien et compassion. On le plaindrait, on le dorloterait; sa situation d'homme abandonné attendrirait les femmes. Déjà, il se plaisait dans ce rôle. Il rêvait. Rien ne se passa comme prévu. Loin de trouver facilement la piste d'Agnès, il se heurta à un mur de silence. Au lieu du soutien attendu, on l'accueillit avec froideur. Non seulement son infortune n'émut personne, mais on la jugeait pleinement méritée. Ceux à qui il s'adressait lui manifestaient de l'ironie voire de l'hostilité – surtout les femmes. Quant au rôle de victime qu'il tentait de s'attribuer, personne ne le prit au sérieux. Après une matinée passée en démarches infructueuses, il dut se rendre à l'évidence : ce n'était pas lui qu'on plaignait, mais Agnès.

Chaque coup de téléphone qu'il donnait l'accablait un peu plus. Il ne pouvait donc compter sur personne! Il avait toujours vécu dans l'idée que le couple reposait entièrement sur lui. Par son talent, sa célébrité, son intelligence mais aussi par sa chaleur humaine, il s'imaginait en être la personnalité intéressante. Son éclat éclipsait Agnès, cantonnée dans un rôle de comparse, de meuble charmant, utile mais sans importance. Les invitations, les amitiés et les relations prestigieuses, tout ce poids social qu'ils représentaient n'existait que grâce à lui. Il découvrait avec stupeur qu'elle aussi comptait, qu'elle était aimée, appréciée, et que son statut d'écrivain ne suffisait pas à lui garantir l'impunité dont il pensait jouir.

Agnès ralliait tous les suffrages. Personne ne lui donnait tort. Peu à peu, Hugo Fortis subissait le charme du portrait que ses amis brossaient d'elle. Disparue, elle lui paraissait parée de plus de magie. Ses qualités qu'il avait négligées s'éclairaient d'une lumière nouvelle. Physiquement, elle devenait attirante. Présente, elle l'indifférait, lointaine, elle lui manquait. Une autre femme se révélait, rebelle à la soumission, douée de caractère. N'avait-il donc pas su la regarder? Usure de l'habitude, lassitude inhérente à ce mariage si lourd, si encombrant pour un artiste. Il n'avait vu Agnès que comme le gardien de l'ordre moral qui tentait de contrecarrer ses plaisirs et de restreindre sa liberté, un cerbère dont il devait sans cesse déjouer les soupçons. Maintenant, il lui rendait justice et magnifiait ses qualités avec le même emballement d'imagination qu'il exagérait ses défauts peu de temps auparavant.

Plus Hugo Fortis réfléchissait à sa situation, plus elle lui semblait catastrophique. Il imaginait maintenant le pire : Agnès ne reviendrait plus; il perdrait la garde de ses enfants; on le condamnerait à verser une lourde pension alimentaire qui lui semblait presque légère en comparaison de ce que cette séparation lui coûterait en déchirement et en remords. Et pire, son livre sombrerait à jamais dans les chicanes, les rendez-vous d'avocat, les perturbations de tous ordres qu'entraîne un divorce. Réduit à la dernière extrémité, il échafauda un plan insensé : il allait devenir fidèle à Agnès, rompre avec ses maîtresses, s'amender, devenir un mari impeccable.

Cette belle résolution présentait deux inconvénients : sa femme le croirait-elle, serait-il capable de tenir sa promesse ? Il se livra à un difficile exercice de casuistique afin de définir la durée raisonnable à laquelle le soumettrait son obligation de fidélité. Il avait un argument à sa décharge : écrivain, il n'était pas tout à fait un homme comme les autres. Il ne se sentait pas assujetti aux lois communes. Les infidélités d'un écrivain, loin d'avoir ce caractère grivois, vulgaire, vaudevillesque propre à celles des jouisseurs à la petite semaine, appartiennent à la légende. Les expériences amoureuses étaient liées à son art et à son destin d'exception. Pouvait-il sacrifier pour de simples convenances personnelles les devoirs qu'il avait envers sa création ? Sans cette source vive, où allait-il puiser son inspiration ? Ses livres, dépourvus des ingrédients et des épices dont les rehaussaient ses amours coupables, n'allaient-ils pas devenir de fades et insignifiantes bluettes ?

Devant la nouvelle Agnès qui surgissait, idéalisée par l'absence, il se sentait prêt à renoncer à ses incartades, la littérature dût-elle en pâtir. À cet instant, il l'aimait comme jamais et voulait la reconquérir. Aucune autre femme ne lui paraissait comparable. C'était grâce à elle qu'il avait trouvé cet équilibre, cette assurance et cet appétit de vivre qu'il dilapidait avec d'autres. Sans elle, il se morfondrait, perdrait le goût de la vie et des plaisirs; en proie à ses mauvais démons, allant d'errance en errance, sans le lumineux point fixe qui avait guidé ses pas, il serait un homme perdu.

25

Édouard s'éveilla en sursaut. La présence de sa femme endormie à son côté exaspérait son sentiment de culpabilité. Dans la crudité du petit jour, sa faute devenait insoutenable. Judith ouvrit enfin les yeux. Il attendit des reproches. En vain. Préoccupée par l'audience de son procès aux assises, elle ne fit aucune allusion à son retard de la veille. Cette indifférence le déçut et accrut son malaise. L'aveu lui brûlait les lèvres. Mais il ne savait comment l'amener. La tiédeur du lit, la chaleur que diffusait Judith créaient un climat de mansuétude maternelle propice à la confidence et au pardon. Le souvenir de sa défaillance avec Sandrine lui revint. Son angoisse sur ses capacités viriles relégua au second plan le tourment de sa culpabilité. Son corps avait plus besoin d'être rassuré que son âme. D'un mouvement brusque et maladroit, il se pencha sur Judith et commença à l'étreindre. Devinant sa mauvaise humeur, il tenta de la caresser de manière nerveuse. Sous le poil ras, sa main rencontra un sexe moite doucement cuit par la nuit. Elle se dégagea en prétextant l'heure. En réalité, elle ne voulait pas gaspiller en fredaines une énergie dont elle avait besoin pour affronter sa dure journée, ni laisser sans rétorsion la rentrée tardive d'Édouard.

Comme il insistait, elle se leva, et l'abandonna, insatisfait et humilié.

Le petit déjeuner se passa dans un silence aigre. Judith était agacée contre Édouard. Elle lui en voulait de ne manifester aucun intérêt pour son procès; pas une question sur le déroulement des audiences, pas un mot de soutien! Était-il égoïste au point d'ignorer qu'elle plaidait cet après-midi dans une affaire qui faisait les titres des journaux, dont tout le monde parlait au Palais? Elle examinait avec une rancœur froide cet étranger dont elle partageait la vie, et se demandait s'il allait enfin sortir de son mutisme, manifester ce minimum de solidarité qu'en un tel jour elle était en droit d'attendre. Mais Édouard, incapable de se distraire du dilemme qui le minait, ressassait des idées noires. Il ne voyait aucun moyen de sortir de son impasse. Cet échec n'était pas fortuit: toute sa vie l'y conduisait. Il l'attendait et le redoutait depuis toujours. Il avait cru pouvoir atermoyer, échapper à lui-même par les mensonges dont il se berçait. Maintenant, il était face à son incapacité à vivre. La vérité le rattrapait.

Devant la journée qui s'annonçait, il ne savait comment lutter. Que faire? Avouer son infidélité? rompre avec Sandrine et quitter l'Association pour ne pas se retrouver en sa présence? Aussitôt, le parti inverse s'offrait: ne rien dire à Judith; continuer à voir Sandrine. L'idéal serait un panachage: parler à Judith et, avec son accord, poursuivre sa liaison. Pourquoi pas un ménage à trois dans le genre de *La Nouvelle Héloïse*? C'était un rêve, bien sûr, mais seul ce rêve pouvait concilier ses contradictions. Tout autre choix le rendrait malheureux. Il était trop scrupuleux pour vivre dans le mensonge et trop attaché à Sandrine pour rompre. Qui pouvait le conseiller? Il avait beau passer en revue ses amis, il ne voyait personne. Ni Hugo Fortis, ni Julien ne pouvaient l'aider, leurs relations s'étaient trop distendues. Il n'avait pas assez confiance en eux pour leur exposer un drame aussi personnel. Incapable de trouver une solution, il revenait à son point de départ. La seule personne à qui il pouvait se confier, auprès de laquelle, d'instinct, il trouvait toujours refuge, c'était sa femme. Et c'était impossible.

Ses inquiétudes sur sa virilité le reprirent. À quoi bon continuer à voir Sandrine s'il était inapte à faire l'amour avec elle? Pourquoi aller au-devant d'autres humiliations? Cette perspective le terrorisait. Les femmes le terrorisaient. Cette preuve qu'elles attendent toujours, l'angoisse de ne pouvoir être à la hauteur, la déception qu'on craint de lire dans leurs yeux. L'obsession de sa défaillance ne le quittait pas. Ses pensées l'y ramenaient sans cesse. Il enrageait de voir qu'avec toute son intelligence il n'était pas capable de conclure pleinement un acte que tant d'imbéciles commettent chaque jour sans même y penser.

À mesure qu'il réfléchissait, une contradiction lui apparaissait. Son aventure avec Sandrine aboutissait à l'inverse de ce qu'il cherchait : au lieu de trouver dans l'infidélité l'occasion de reprendre confiance sexuellement en lui, son échec augmentait son besoin d'être rassuré par sa femme et le rendait plus dépendant d'elle. En même temps, cette expérience dessillait ses yeux. Il ne voyait plus Judith comme avant. Il craignait de découvrir que non seulement il ne l'aimait pas, mais qu'il ne l'avait jamais aimée; que seule sa lâcheté devant le sexe l'avait conduit à se réfugier dans ses bras. Pire, maintenant il doutait qu'elle l'eût aimé. Elle ne l'avait choisi qu'à cause de ses défaillances qui lui permettaient d'exercer sur lui un pouvoir sans partage. Pas de férule plus despotique que la sienne : elle l'avait arraché au cercle de ses amis, avait fait le vide autour de lui pour assurer son règne. Et lui, en échange d'une fausse image de virilité, d'un camouflage qui lui donnait l'illusion d'être un homme, il avait accepté une complète soumission. Il était enfermé dans un tête-à-tête sans issue. L'angoisse le gagnait. Il observait sur le visage fermé de sa femme qui finissait de boire son thé une dureté, une détermination froide, qui corroboraient ses craintes. Non, elle ne le lâcherait pas et il n'aurait jamais le courage de lui échapper. Pas de solution. Il pensa à son père, à sa faiblesse, lui pourtant avait eu assez de courage pour...

Il se leva et se dirigea vers la chambre. Il ouvrit le tiroir de la commode où il conservait le revolver de son père, un Smith and Wesson, souvenir de la Résistance avec lequel il s'était tué. Un de ces accidents comme il en arrive dans les familles, auxquels, à force de ne pas vouloir se poser trop de questions, on ne cesse de penser. L'arme dans son coffret doublé de satin vert bouteille lui apparut comme le seul ami qui lui restait. Il la contempla avec effroi.

Il sursauta en entendant la voix de Judith qui lui parlait de la salle de bains où elle se coiffait.

« Je sais bien que ce qui me concerne ne t'intéresse pas beaucoup, mais tu aurais pu quand même me demander comment se passait le procès. J'aurais peut-être plus de chance si je plaidais en Éthiopie... »

Effrayé, Édouard referma le tiroir avec la mauvaise conscience d'un enfant pris en faute.

« Ah, c'est vrai, tu plaides cet après-midi, dit-il sur

un ton d'intérêt feint, j'espère que tu vas gagner. » En réalité cette histoire de gouine captatrice d'héritage ne l'avait jamais passionné et lui semblait une péripétie dérisoire par rapport à son drame.

Quand ses enfants vinrent le chercher dans son bureau pour qu'il les conduise à l'École alsacienne, il eut honte : il craignait que les pensées qu'il venait d'avoir, son adultère, les horreurs sur leur mère, son désir de mourir, ne fussent restées imprimées sur son visage. Ce sentiment le reprit lorsqu'il leur ouvrit la portière de la voiture, stigmatisée par la croix gammée, et qu'il dut, à eux aussi, leur mentir.

26

Dérangée par une présence étrangère, Diane s'éveilla brutalement. Elle distingua quelqu'un dans la pénombre de la chambre. Effrayée, elle se dressa sur son lit et cria :

« Qui est là... qui est là? »

Il lui semblait que l'homme du Rosebud était revenu. Pourtant, elle l'avait mis à la porte cette nuit, mais il avait continué à la poursuivre dans ses rêves.

« Madame la Baronne, c'est moi, Suzanne », dit la gouvernante d'une voix minaudante en s'avançant, et elle se confondit en contorsions et en excuses. « Je ne pensais pas vous déranger. Si j'avais su... pardon, je suis désolée... mais c'est Monsieur le Comte de Bargis qui est là et qui a insisté... je ne savais pas si Madame la Baronne... je croyais que peut-être... je suis désolée... »

Les manières emberlificotées de la gouvernante, sa révérence excessive, son humilité avaient le don d'agacer Diane autant que son impeccable chemisier au col lavallière et sa façon de se dandiner devant les noms du Gotha. Exaspérée, elle la coupa sèchement.

« Assez de chichis, vous m'agacez à la fin... »

Devant l'air contrit de la vieille gouvernante, essoufflée d'avoir poussé son gros derrière dans l'escalier, et prête à fondre en larmes, elle se radoucit :

« Allez! Ça ne fait rien, Suzanne. Vous avez bien fait. Dites-lui de monter, et apportez-moi une tasse de thé... et aussi quelque chose contre la migraine.

– Pardon, Madame la Baronne... »

« Baronne de... » Une grossièreté la traversa. Elle avait horreur d'avoir pitié : cela la mettait en rage. Elle se rallongea sur le lit. Ce mouvement réveilla les effluves du patchouli. L'oreiller sentait; les draps sentaient. Son corps devait sentir. L'odeur sucrée et vulgaire attachée à sa peau faisait remonter les souvenirs de la nuit. Elle aurait dû changer la literie, prendre un bain, ouvrir grandes les fenêtres... Elle n'en avait pas eu la force. Elle s'était endormie dans les salissures. Une odeur tenace, comme l'homme du Rosebud : il ne voulait pas partir; elle avait dû le menacer pour qu'il s'en aille enfin. Elle ne pouvait s'en dépêtrer. Et même après, seule, elle avait eu l'impression qu'il la collait encore. Dès qu'on couche avec un homme et qu'on commet avec lui quelques cochonneries, il se croit tous les droits. L'odeur avait pénétré en elle, sous sa peau. Elle ne pourrait s'en débarrasser. Il lui faudrait vivre avec cette sensation de corruption intime, de dégradation, comme après un viol. Elle haïssait en elle la femme capable de tomber si bas, qui avait ouvert sa porte à un inconnu qu'elle méprisait et qui lui avait laissé faire sur son corps des choses dégoûtantes. Les épisodes de la nuit lui paraissaient aussi étrangers et absurdes que si elle les avait vécus dans un cauchemar. Elle n'avait même pas l'excuse d'en être à sa première incartade : elle connaissait le prix à payer. Rien ne l'en détournait, ni la dépression, ni le sentiment de gâchis, ni le dégoût de soi, ni même l'envie d'en finir qui la prenait à la gorge. Ces rendez-vous fatals l'épouvantaient. C'était comme si, chaque fois, elle découvrait l'horrible bête tapie en elle qui exigeait sa ration d'ordure.

Diane alluma la lampe de chevet et enfila une robe de chambre aux impressions indiennes. Ses seins bombaient sous la soie. Elle se brossa les dents et se coiffa en jetant des coups d'œil haineux dans la glace : sa laideur l'accablait. Elle était toujours aussi belle, seulement plus pâle, et les cernes de ses yeux approfondissaient son regard. Elle déboucha un flacon de parfum : rien à faire, l'odeur détestée persistait. Elle l'avait dans la tête. Allongée sur son lit pour attendre François, elle pensa soudain à Édouard. Une idée folle s'empara d'elle : et si c'était Édouard qui allait venir? Bien sûr, ce n'était pas son genre de débarquer le matin sans prévenir. Contre toute logique, elle se persuadait qu'Édouard montait l'escalier tapissé de gravures anglaises, un peu voûté dans l'effort, l'air austère et emprunté. Après tout, Suzanne avait pu se méprendre. Son désir de le voir s'amplifiait si fort qu'elle n'imaginait plus possible d'être détrompée. « C'est lui, j'en suis sûre. » Et elle le voyait entrer avec son air hésitant, s'asseoir sur le fauteuil rouge en pliant son long corps encombrant, le regard fuyant, la lèvre supérieure humectée de sueur.

On frappa à la porte. La poitrine de Diane se comprima douloureusement. Elle craignait le bonheur qui allait l'assaillir. François apparut, massif, pâle, agité. Elle le regarda avec dureté : elle lui en voulait de ne pas être celui qu'elle attendait. Il se précipita vers le lit et l'étreignit en geignant. Elle eut un mouvement pour le repousser, mais par lassitude le laissa faire. Son contact lui était désagréable; il l'écrasait. Elle le trouvait pataud; les ridicules taches de rousseur sur son visage l'horripilaient. Ses questions, lourdes elles aussi, l'ennuyaient : « Où étais-tu? Avec qui? À quelle heure es-tu rentrée? » Quand il se releva et se dirigea vers la porte, qu'il ferma à clé, elle n'eut pas la force de protester. Il l'embrassa, l'étreignit sans l'émouvoir. Elle sentit ses lèvres glisser sur son ventre et éprouva le soulagement d'être débarrassée de sa masse pesante. Il embrassait son sexe. François ne se doutait pas qu'il goûtait la substance d'un autre, de l'homme du Rosebud. Cette idée la traversa et lui procura une satisfaction perverse : cela la vengeait de l'ignominie des hommes. Ce qui se passait ne la concernait pas. Elle était indifférente, comme morte. La pensée d'Édouard lui revint. Elle avait envie de pleurer. « Pourquoi les rêves ne se réalisent-ils jamais? Pourquoi n'était-ce pas Édouard? » Les caresses de François ne lui donnaient aucun plaisir. Quand il remonta son visage vers le sien, elle lui en voulut d'interrompre sa songerie et d'être si pesant. À nouveau l'odeur de patchouli remonta des draps; à chaque mouvement de François, les effluves stagnants se réveillaient. Elle avait l'impression que deux hommes pesaient sur elle.

Ce que François lui dit ensuite, ses protestations d'amour, ses pleurnicheries, le récit de ses problèmes avec sa femme, elle les écouta avec tant de lassitude que ses propos s'épaissirent comme un brouillard; elle s'endormit doucement. Plus tard, quand elle s'éveilla, seule, la lampe de chevet toujours allumée, elle eut un instant d'incertitude : elle ne savait plus ce qui, de sa nuit, appartenait au rêve ou à la réalité. Elle se demanda si elle avait fait l'amour avec Édouard.

27

Quand Édouard arriva à son bureau, rue Boissy-d'Anglas, la secrétaire s'étonna de son air hagard. Il semblait ne pas entendre les questions qu'on lui posait et marchait comme un somnambule. Il devait prendre une décision importante sur le marché des devises. Mais les chiffres se brouillaient. Apposer sa signature sur le document comptable lui apparaissait un effort surhumain. Il se contentait de le fixer d'un air stupide. La secrétaire entrouvrit la porte et surprit son regard douloureux qui demandait une aide qu'il était incapable de formuler. Il se leva brusquement, s'approcha de la fenêtre et, s'apercevant du vide devant lui, eut un mouvement de recul. Une douleur térébrante appuyait sur ses tempes. À peine rassis, il voulut se relever. Il ne tolérait aucune position. Ses membres étaient comme de la chiffe molle. Il se prit la tête entre les paumes et serra très fort pour en expulser la douleur.

Une seule pensée l'occupait : la mort. Ce gouffre devant lui bouleversait la hiérarchie de ses préoccupations. Les affaires urgentes s'immobilisaient dans une apesanteur morale. L'important et le futile s'égalisaient. Les problèmes à résoudre repassaient dans son esprit, vidés de toute nécessité comme des objets à l'emploi indéterminé. La cession des devises, le déjeuner capital avec une des *huiles* du ministère du Budget, le départ de l'avion humanitaire pour l'Éthiopie, tout cela, dans la perspective du néant, se réduisait à de navrantes vétilles.

Sa vie, ses actes, qui lui avaient toujours paru cohérents, semblaient se désolidariser les uns des autres et se disloquer en tous sens. Il ne savait plus ni qui il était ni pourquoi il avait agi pendant des années. Il était en proie à un phénomène de déconstruction. Seule la mort pouvait enrayer ce processus. Devant elle il se rassemblerait, retrouverait son homogénéité mentale. Sur quoi d'autre de solide pouvait-il s'appuyer ? Il ne comprenait pas comment il en était arrivé à cette extrémité. Sandrine avait apporté à son existence grise un grand souffle de vie et ce souffle allait le tuer. C'était incompréhensible. Tout comme, avec le recul, il lui semblait absurde d'avoir épousé Judith alors qu'il aimait Diane. Dans les deux cas, il avait obéi à un réflexe de peur : se protéger. Judith était une protection. Mais désormais inefficace. Son seul réconfort lui venait de l'image du revolver Smith and Wesson rangé dans son coffret doublé de satinette verte.

La secrétaire entrebâilla la porte; l'air soucieux, elle entra dans le bureau.

« Vous êtes malade ? Vous devriez voir un médecin. »

Il la regarda sans lui répondre. Le sens des mots lui parvenait avec un temps de retard.

« Et le déjeuner avec M. Zarahoui... » demanda-t-elle, espérant l'arracher à son hébétude. Ce rendez-vous si difficile à obtenir, remis deux fois en raison de l'emploi du temps surchargé de l'éminence grise du ministre, les tenait en haleine depuis un mois. Aucune lueur ne brilla dans le regard éteint d'Édouard. Il haussa faiblement les épaules.

« Alors je dois l'annuler? dit-elle avec gravité.
– Oui... C'est cela... annulez!
– Dois-je prendre une autre date? »
Les yeux d'Édouard la suppliaient d'abréger son supplice. Elle se retira.

Le départ de la secrétaire le soulagea. Cela l'humiliait d'être vu par une femme sous un jour aussi défavorable. Maintenant son esprit s'éclaircissait. Il voyait avec netteté comment il allait agir. Le revolver dans la commode de la chambre. Il fallait l'emporter en cachette dans son bureau et attendre qu'il n'y ait plus personne dans l'appartement. Non, il ne pouvait pas faire ça chez lui : les enfants risquaient de le retrouver en rentrant de l'école. Alors la banque? Cela lui parut inconvenant de résoudre une question si intime dans son cadre professionnel. Ce ne serait pas correct vis-à-vis d'Edmond Maillard, le président, qui avait toujours été amical. Il songeait au mauvais effet sur la clientèle. Mieux valait prendre une chambre dans un petit hôtel. Peut-on y débarquer à l'improviste, sans valise? Et si le concierge lui posait des questions? Dans la chambre, il s'allongerait sur le lit. Il introduirait le canon du revolver dans sa bouche. Mais sa langue? Sentirait-il le contact de l'acier avec sa langue? Cette sensation lui paraissait plus déplaisante que la mort elle-même. Il se mit le doigt dans la bouche pour en explorer l'effet.

La secrétaire entra, stupéfaite de le trouver dans cette position incongrue. Troublée, elle lui parlait sans le regarder, ce qui augmentait sa gêne.

« Vous vous sentez mieux? Voulez-vous que j'aille vous chercher quelque chose pour le déjeuner?
– Non... merci... laissez-moi », dit-il en grimaçant un sourire.

Il se replongea dans sa méditation morbide. Laisserait-il une lettre ? Que dirait-il ? Fallait-il donner des raisons ? Mais alors lesquelles ? Et l'assurance-vie ! Y avait-il une clause dans le contrat qui empêcherait Judith de la toucher ? Il fallait se renseigner. Mais ne risquait-il pas d'éveiller des soupçons ? Mourir lui paraissait une situation nouvelle à laquelle il ne s'était pas préparé. Il aurait aimé demander des conseils à quelqu'un. Que doit-on faire en pareil cas ?

Le téléphone sonna. En l'absence de la secrétaire, les communications lui parvenaient directement. Il observait avec méfiance l'appareil en Bakélite noire qui vrombissait, comme s'il avait devant lui un animal bizarre. Il n'avait aucune raison de répondre. Ces sollicitations appartenaient à une vie qui déjà n'était plus la sienne. Soudain, mû par une impulsion, il décrocha. Une voix fraîche, gaie, chanta à son oreille. C'était Sandrine.

« Pardonnez-moi, monsieur, je ne voulais pas vous déranger... il fallait que je vous prévienne... les autorités éthiopiennes ont donné leur accord pour l'avion...

– Leur accord, vraiment, mais c'est formidable ! s'exclama Édouard avec un enthousiasme feint.

– Oui, c'est bien, je suis tellement contente...

– C'est très gentil de votre part de m'avoir prévenu. »

Le silence tomba sur eux. Édouard ne savait comment engager la conversation sur le seul terrain qui l'intéressait. Il n'osait pas. La crainte de perdre cette voix si précieuse le décida à dire n'importe quoi.

« Et vous, Sandrine, vous allez bien ? Pas trop... » Il ne savait plus ce qu'il voulait lui dire.

« Oui, ça va, couci couça... Vous avez retrouvé le chemin hier soir ? » Elle pouffa.

« Oui, grâce à vous. J'ai bien failli me perdre...

– Vous n'êtes vraiment pas doué! »

Édouard interpréta cette réflexion anodine dans le sens le plus désobligeant. Il se demanda sérieusement si elle ne faisait pas une allusion à sa défaillance de la nuit. L'humiliation le glaça. Il pensa à la mort comme au seul moyen d'abolir cet horrible souvenir. Mais le charme de la voix de Sandrine le ramena à la vie. La jolie bouche continuait à prononcer des paroles insouciantes qui gambadaient dans un monde léger. Comment pourrait-il jamais l'y rejoindre? Il se sentait incapable de faire le moindre geste vers elle.

Soudain lui parvinrent des mots qu'il n'espérait plus entendre. L'intonation de Sandrine devint plus grave.

« Je ne veux pas vous ennuyer, mais j'aimerais beaucoup vous revoir. Vous ne m'en voulez pas de vous le dire?

– Sandrine, voyons, mais c'est moi qui... vous ne pouvez pas savoir comme je serais heureux, comme... » Il bafouillait.

« Vous êtes gentil.

– Quand voulez-vous?

– Je ne sais pas. Vous êtes si occupé.

– Tout de suite!

– Tout de suite! Maintenant!

– Oui, vous ne pouvez pas? demanda Édouard d'une voix inquiète.

– Si, je peux. Mme Beauchamp est à un tournoi de bridge. Elle ne rentre qu'en fin d'après-midi. »

Édouard sortit dans la rue Boissy-d'Anglas et s'immobilisa. Il avait l'impression de vivre un rêve. Il respira profondément : l'air avait un goût fort et revigorant comme celui que l'on respire sur le bord de mer.

28

Las d'errer sans but dans l'appartement familial où chaque objet lui était douloureux, et où il se cognait sans cesse sur des souvenirs, Hugo Fortis émigra rue Éblé, dans son pigeonnier. La vaste pièce en désordre ouvrait sur des marronniers et sur l'abside de l'église Saint-François-Xavier. Dans ce capharnaüm s'entassait le rebut bizarre qu'accumule la vie d'un écrivain : archives non classées, cartes postales, vieux articles, livres dépenaillés, dictionnaires à bout de souffle, journaux empilés à même le sol, manuscrits débordant des tiroirs, babioles exotiques, toutes choses qui avaient eu leur utilité pour un livre, avaient correspondu à une curiosité, à un engouement, mais qui ne servaient plus à rien et demeuraient comme les vestiges de passions mortes sans qu'Hugo Fortis pût se résoudre à les trier et à s'en débarrasser. Une sorte de musée personnel s'était constitué, dont les pièces, sans valeur autre qu'affective, témoignaient d'époques révolues, et esquissaient l'histoire d'une existence dispersée dans des intérêts divers et concentrée sur le travail littéraire. Ces pièces disparates avaient un point commun : elles avaient échappé à l'autodafé d'Agnès, qui poursuivait impitoyablement tout objet suspect de n'avoir pas de valeur objective. Elle voyait dans cet attachement à des vieilleries l'expression d'un attendrissement narcissique qui, s'il n'était pas traité à temps, risquait de dégénérer en une forme de clochardisation.

Ici, Hugo Fortis se retrouvait avec lui-même. Il n'était tenu à rien. Dans ce haut lieu de sa vraie vie, aménagé à l'écart des devoirs, des impératifs, des oukases, des conventions, du mariage si contraignant et de la société si vorace, aucune loi ne le régissait autre que celle de son bon plaisir. Là il écrivait; là il recevait ses maîtresses. La table encombrée de papiers, le lit étroit recouvert d'un tissu mexicain : deux terrains d'exercices sans entraves où s'exprimait sa liberté. Des activités profondément liées : n'était-ce pas de l'expérience du lit qu'il tirait l'essentiel de ses livres? Mais les éclaircissements qu'il cherchait, les énigmes qu'il voulait résoudre demeuraient toujours aussi obscurs. Les milliers de pages griffonnées et les multiples corps tourmentés ne l'éclairaient pas plus sur lui-même. Le lit, la table, drôle de proximité! Parfois il se faisait l'effet d'être un professeur de médecine qui donne son cours, les mains pleines de sang, à côté de la table de dissection. Avenue Charles-Floquet, il jouait son rôle d'écrivain consacré, soucieux de sa carrière, qui reçoit des solliciteurs, répond aux demandes de conférences et aux lettres d'universitaires étrangers, signe des pétitions et soigne sa devanture sociale : des obligations bureaucratiques, pompeuses, ennuyeuses, à mille lieues de ce qui lui tenait à cœur. Dans ce pigeonnier, il pouvait se donner l'illusion qu'il restait l'étudiant qu'il avait été, seulement un peu vieilli, l'adolescent monté en graine qui rêvait toujours d'écrire un roman idéal et de rencontrer une belle étrangère qui changerait sa vie. Ici, il maintenait la flamme d'une passion qui ailleurs risquait de s'attiédir. L'idée ne lui serait jamais venue d'écrire un livre dans l'appartement familial. Il aurait trouvé indécent de mêler ses rêves aux lourdes odeurs des préparatifs du dîner et à l'épluchage des carottes, aux pleurnicheries des enfants.

Hugo Fortis, sa blessure d'amour-propre surmontée, en voulait surtout à Agnès pour le risque qu'elle faisait courir à son art. Par son comportement déraisonnable – sa fugue était pour lui une mesure de rétorsion hors de proportion avec la faute qu'il avait commise –, elle mettait en péril l'oasis de solitude et de tranquillité nécessaire à sa création. Les problèmes domestiques allaient faire irruption dans ce sanctuaire. C'en serait fini du savant compartimentage auquel il devait d'avoir gardé intacts son inspiration et son talent, alors que tant de ses confrères enlisés dans la vie conjugale ne publiaient plus que de laborieux romans qui se ressentaient de leur embourgeoisement. Déjà ce lieu ne lui semblait plus aussi propice à la méditation et au travail. Des ondes négatives y circulaient; des germes venus de l'extérieur en contaminaient la quiétude. Le refuge se remplissait de toutes sortes de présences indésirables qui jusqu'alors n'y avaient jamais eu accès. Il n'avait plus le cœur de s'allonger sur le divan pour une de ces grisantes plongées dans le rêve, d'où il ramenait des profondeurs de lui-même des idées et des images; pas l'envie non plus de s'installer à sa table et d'y travailler. Son livre commencé lui inspirait le dégoût qu'on éprouve au réveil quand reviennent les souvenirs refroidis d'une orgie.

La sonnerie de la porte émit un son grêle. Hugo Fortis se souvint avec désagrément de son rendez-vous avec Lucila Penweiler. Les soucis ne disposaient pas son esprit à la bagatelle. Il payait déjà assez cher son incartade vénitienne. Il hésita à répondre. Finalement, il ouvrit. La jeune femme, brune, élégante, apparut dans l'encadrement. Toute sa personne était parfumée d'un luxe et d'un raffinement déplacés dans ce lieu de bohème. On aurait pu croire qu'elle se trompait d'adresse. Comment une femme qui respirait à ce point l'ordre, l'argent et la certitude d'appartenir à la société la plus huppée pouvait-elle s'aventurer sous ces combles et y côtoyer un lavabo miteux dans un couloir éclairé par des vasistas? Sous ses lunettes noires, qu'elle portait toujours dans ces circonstances de crainte d'être reconnue, ses traits crispés exprimaient le mécontentement. Sa voiture avait été immobilisée dans une manifestation d'étudiants et elle avait dû se résoudre à la garer au diable vauvert. À sa façon d'entrer, hautaine et froide, Hugo Fortis perçut sa mauvaise humeur et regretta de lui avoir ouvert.

Elle jeta un regard circulaire dans la pièce comme si elle cherchait l'occasion de dire quelque chose de désagréable. Le désordre l'agaçait : c'était ce qu'en général elle commençait par vitupérer. Elle se soulageait ainsi de la nervosité amassée par son sentiment de culpabilité. Le malaise qu'elle éprouvait chaque fois qu'elle franchissait le seuil du pigeonnier, elle l'attribuait à cette atmosphère de laisser-aller qui la dérangeait, la choquait, et l'attirait. Elle se rebellait d'y voir la préfiguration de ses abandons et de ses désordres. Les contradictions ne la laissaient pas en repos. Cadenassée par des principes qui l'étouffaient, qu'elle venait jeter par-dessus bord dans le pigeonnier, elle en voulait à Hugo Fortis d'avoir besoin de lui autant pour apaiser ses sens que pour fouetter son imagination. À son retour, avenue Henri-Martin, retrouvant avec irritation le cadre bourgeois et cossu de son appartement, elle idéalisait le charme de la bohème qu'elle regrettait, et faisait alors porter sur son brave mari – auquel elle n'était pas loin de reprocher une richesse et un train de vie fastueux ennemis de la fantaisie – tout le poids de son aigreur et de sa mauvaise conscience.

Ne trouvant pas dans la pièce de motif suffisant à critique, elle s'en prit à Hugo Fortis :

« Vous avez une sale tête! Quelle mine! Ce voyage ne vous a pas arrangé. »

Hugo Fortis qui vivait dans la double crainte du vieillissement et de la maladie chercha des yeux un miroir pour se rassurer.

« Vous trouvez vraiment que j'ai mauvaise mine? »

Au lieu de s'abandonner comme d'habitude à ses affres d'hypocondriaque, il lança à sa visiteuse un regard agressif. On ne supporte les désagréments de la mauvaise humeur d'une maîtresse qu'en proportion des désirs qu'elle inspire. Et malheureusement pour elle, Lucila Penweiler ne lui inspirait, ce jour-là, absolument rien. Pourquoi dans ces conditions se laisser traiter de la sorte? Dépouillée de son attrait sexuel, elle se réduisait à une mondaine revêche et importune. Il se demandait quel sortilège avait pu l'abuser et l'aveugler sur cette évidence : elle l'ennuyait, elle l'agaçait, et même elle l'insupportait. Exaspéré, il hésitait à la mettre à la porte, ce qui, étant donné son caractère emporté, équivaudrait à une rupture. Soudain, il fut l'objet d'une hallucination : il vit Agnès debout à côté de Lucila Penweiler, aussi blonde que l'autre était brune, aussi compréhensive, généreuse et vraie que Lucila Penweiler lui paraissait à cet instant égoïste, vaniteuse et frelatée. Jamais sa femme ne lui était apparue dans un tel éclat, parée de qualités qui l'émouvaient, qu'en face d'une de ses rivales. L'image d'Agnès se dissipa.

Lucila Penweiler s'aperçut qu'elle ne jouissait pas de son impunité habituelle. Elle changea aussitôt d'attitude et se mit à prodiguer toutes les savantes cajoleries dont elle était capable. Ces amabilités ne parvenaient pas à dérider Hugo Fortis : sinistre, absent, il paraissait tombé au fond d'un puits noir qui se serait ouvert en lui-même, d'où il ne pouvait remonter. Les besogneuses flatteries de sa visiteuse étaient impuissantes à l'arracher à son obsession morose.

Lucila Penweiler, face au désastre qui la peinait car il lui révélait les limites de sa séduction, ne savait plus quoi inventer pour réparer sa conduite maladroite. Sans se faire beaucoup d'illusion, elle surenchérissait avec des compliments qui tombaient à plat. « Et votre conférence? Comment s'est-elle passée? Vous avez dû être très brillant! » Et ses yeux, en disant ces paroles, s'illuminaient d'admiration.

« Quelle conférence? » bougonna Hugo Fortis qui, au milieu de toutes ces émotions, ne savait plus où il avait la tête et en oubliait ses mensonges.

Un soupçon effleura Lucila Penweiler. La jalousie lui mordit le cœur. Mais n'étant pas dans une position favorable pour se livrer à un interrogatoire et faire une scène, elle ne se départit pas de son ton mielleux.

« Vous n'étiez pas en Allemagne pour une conférence?

– Ah, oui, c'est vrai. Quelle corvée! C'est bien la dernière fois que j'accepte, répondit Hugo Fortis en évitant son regard.

– C'est toujours ce que vous dites. Je suis certaine,

moi, que c'était passionnant et que vous avez remporté un grand succès », continua-t-elle de la même voix suave que contredisaient ses yeux de félin cruel. La jalousie qui la torturait fouettait ses sens. Elle était en proie à un sentiment étrange : plus Hugo Fortis la rendait jalouse, la maltraitait, et se montrait avec elle bougon et désagréable, plus elle s'attachait à lui et éprouvait le désir d'être dans ses bras.

« Que faites-vous ce soir ? » demanda-t-il abruptement.

L'idée de passer la soirée seul lui paraissait soudain insupportable. À tout prendre, même si elle l'agaçait, il lui semblait préférable d'entendre dans un bon restaurant les caressantes balivernes de Lucila Penweiler, que de se morfondre seul en pensant qu'Agnès ne reviendrait jamais.

« Ce soir, ce n'est pas possible. Je dois être au Bourget pour le départ d'un avion humanitaire pour l'Éthiopie. Je ne peux pas faire faux bond à mes amis. Un autre soir, si vous voulez ?

– Non, c'était ce soir ! dit sèchement Hugo Fortis qui voyait sa soirée s'annoncer sous des auspices de plus en plus sinistres.

– Pourquoi pas un autre soir, qu'est-ce que cela change ? »

Furieux d'être à bout d'argument, Hugo Fortis haussa les épaules de l'air de lui signifier qu'elle ne comprenait rien. En dépit de ce climat peu engageant, elle s'approcha du fauteuil où Hugo Fortis se rencognait et commença à le câliner. Elle ouvrit son pantalon, s'empara de son sexe avec vigueur, et entreprit de le sucer, sans pour autant parvenir à effacer l'expression renfrognée du visage d'Hugo Fortis. Lucila Penweiler aurait trouvé incongru d'agir de la sorte avec son mari. Cette caresse, qu'elle réservait à ses amants, lui semblait inséparable de l'adultère. Elle trouvait ainsi son plaisir à sentir vibrer le désir d'un homme, sans éprouver la culpabilité qu'aurait fait naître chez elle le don de son corps.

Lucila Penweiler eut beau déployer des trésors de tendresse, elle n'eut entre ses bras qu'un amant absent et triste, qui ne répondait pas à ses caresses : Hugo Fortis ne pouvait détacher ses pensées d'Agnès et de la soirée déprimante qu'il allait passer sans elle.

29

L'été animait la rue. Des cris d'enfants fusaient; les chauffeurs de cab conduisaient d'une manière plus désinvolte. On se débraillait, on montrait sa peau au soleil. Quelque chose de guilleret dansait dans l'air tiède. Un va-et-vient incessant agitait le Basil Hotel. On entrait et on sortait pour un oui ou pour un non. On s'attardait sur le seuil à parler avec le portier qui, sans son parapluie, paraissait désœuvré. Un brin de soleil avait suffi à raviver les couleurs de la rue et à donner à l'atmosphère compassée du palace un petit air d'opérette.

Julien, allongé tout habillé sur son lit comme un gisant, percevait les manifestations de l'allégresse collective. Les images de la nuit lui revenaient. Il souffrait. Plus aucun espoir et plus la force de réagir. Se laisser couler, emporté dans le courant, disparaître. Mais qui mettrait fin à son calvaire? Soudain il pensa à *la femme dont on ne peut dire le nom* et aussitôt un sentiment de réconfort l'envahit. Il n'était pas seul, abandonné. Quelqu'un, quelque part, l'aimait. Pourquoi n'y a-t-il que l'amour qui puisse soigner les blessures de l'amour?

Il rassembla son énergie pour saisir le téléphone, et composa un numéro dans une ville lointaine. Serait-elle là? À cette heure, il le savait, il avait peu de chances de la joindre. Mais que risquait-il? Une déception de plus? Il touchait le fond. Il ne pouvait descendre plus bas. On décrocha. Des intonations chaleureuses lui parvinrent. La voix le sortit de sa torpeur.

« Julien! Quelle joie! Où êtes-vous?

– À Londres.

– À Londres! Mais pourquoi? Quel temps avez-vous?

– Beau aujourd'hui. Hier il pleuvait.

– De la pluie! Quelle chance! Ici il fait une chaleur accablante. Qui avez-vous vu? Qu'avez-vous fait? Racontez-moi! »

Leur conversation avait toujours ce tour impersonnel. Comme s'ils craignaient l'un et l'autre d'aborder des sujets qui eussent pu les blesser. Les banalités, les anecdotes les protégeaient. Ce n'était qu'une musique derrière laquelle ils sentaient, mieux que ne l'auraient fait des protestations sentimentales, la force du lien qui les unissait. L'essentiel entre eux ne pourrait jamais être dit. Les mots les auraient trahis.

« Vous avez l'air triste, dit la voix lointaine.

– Non, tout va bien », se défendit Julien.

Il était gêné de mentir à la seule personne à qui il eût voulu pouvoir tout avouer. Elle comprenait les moindres nuances de son cœur, devinait certainement la part de sa vie qu'il lui dissimulait. Mais il savait d'instinct que son caractère absolu ne supporterait jamais la présence d'une rivale. L'aveu se pressait pourtant sur ses lèvres. Tout lui dire, Tina, ses souffrances, la nuit atroce, la double trahison. Elle l'eût écouté en silence; elle ne lui eût fait aucun reproche. Mais il l'aurait perdue.

« Quand nous verrons-nous? demanda la voix.

– Viendrez-vous bientôt à Paris?

– Bientôt, je l'espère, vous le savez bien », dit-elle en appuyant sur ces derniers mots.

Quand Julien eut raccroché, sa chambre lui parut moins lugubre. Quelqu'un l'aimait. Rien de vraiment mal ne pourrait lui arriver tant que cette lumière le protégerait. Grâce à elle, il pourrait vivre, s'arracher au désespoir, aimer une autre femme qui remplacerait Tina, puis sans doute d'autres encore. Ainsi il guérirait. Déjà la vie lui semblait plus pulpeuse. Il s'imaginait l'après-midi même déambulant dans Hyde Park, au milieu des flaques de soleil, humant l'odeur fraîche des frondaisons, avançant jusqu'au lac. Là, dans l'allée cavalière, peut-être verrait-il une de ces femmes à cheval, une de ces ladies fantasques qui l'entraînerait dans son manoir gothique.

Le téléphone sonna. Pourquoi répondre? C'était revenir à cette ancienne vie dont il voulait se libérer. « Surtout ne pas flancher, se dit-il, ne pas revenir en arrière. » Il regardait le téléphone vrombir avec la satisfaction que procure l'exercice de la volonté en face d'une tentation. D'où lui venait cette force? Répondre, ne pas répondre, il sentait obscurément que son destin dépendrait de sa décision. Chaque seconde qui s'écoulait augmentait sa chance de prendre la bonne voie. « Encore une fois et la sonnerie s'arrêtera pour toujours. » Soudain, sans qu'il pût la freiner, une impulsion jeta son bras sur le récepteur. Il porta l'appareil à son oreille. La voix de Tina le glaça.

30

C'était une chambre d'hôtel vieillotte, sans confort. Il y faisait chaud. Le soleil donnait dur sur les persiennes fermées. Pas un souffle d'air. De la rue des Petits-Champs montait une cacophonie de bruits urbains : voitures qui démarrent, motos qui pétaradent, auxquels s'ajoutait le solo rageur d'un marteau piqueur. Un bidet près du lavabo brillait de tout son émail et se reflétait dans la glace de l'armoire en contreplaqué. Le lit à l'allure modern style était ouvert. Sur le drap rêche, d'une impeccable blancheur, se trouvait le corps nu d'une jeune fille.

Sandrine était allongée sur le dos, en travers du lit; Édouard, habillé, penché sur elle, parcourait son corps de ses lèvres. Jamais la vie ne lui avait offert un plus beau cadeau. Il s'émerveillait de sa beauté. Il ne se lassait pas de caresser ce corps sur lequel la lumière des persiennes dessinait des zébrures. La scène avait un côté irréel : avec son costume gris foncé d'homme d'affaires, Édouard, couvrant Sandrine de ses ailes noires, faisait penser à un grand vampire posé sur le corps d'une jeune fille endormie.

Sandrine ne bougeait pas. Les yeux fermés, elle dérivait dans une douce torpeur. Sous l'effet de certaines caresses, elle cessait de respirer; puis son souffle reprenait plus rapide, comme après une plongée en apnée : la bouche ouverte, la poitrine haletante. Édouard avait l'impression de vivre un rêve. Il se demandait par quelle opération magique il se trouvait ici, avec Sandrine qu'il n'espérait plus revoir, dans une telle exaltation de bonheur. Pourquoi lui qui, il y a quelques heures, ne voyait d'autre issue que le suicide, bénéficiait-il de cette succession de chances? l'appel miraculeux de Sandrine, le salon de thé rue de Rivoli où ils avaient dû se contenter d'un en-cas au bar, et cette délicieuse errance bras dessus bras dessous qui les avait conduits à la porte de cet hôtel où ils étaient entrés sans un mot, mus par une force insoupçonnée, comme s'ils accomplissaient la chose la plus naturelle du monde. Cette chambre navrante lui était apparue comme le plus charmant des havres. Oui, il y avait un mystère dans ce retournement subit du destin. À quoi tient la vie? À quelques minutes près, au lieu de sentir entre ses lèvres la petite langue de Sandrine, il aurait éprouvé dans sa bouche le contact du canon froid d'un revolver.

Plus il caressait Sandrine, plus il s'en sentait indigne. Sa beauté, sa jeunesse le rendaient plus laid, plus vieux. Il avait honte de sa longue carcasse osseuse, disgracieuse, qu'il craignait de devoir exhiber dans la clarté sans pitié de la chambre. Il détestait son propre corps. Il exécrait son statut d'homme riche et important qui l'encombrait et le gênait vis-à-vis d'elle. Quelle foutaise que cette prétendue supériorité sociale! Il la considérait comme une tare et une injustice qui le rendaient indigne d'elle.

Sandrine lui faisait peur. S'il avait pu, il aurait passé l'après-midi à la contempler, à la caresser, sans prendre le risque de tenter de la posséder. Il regardait son corps avec appréhension comme s'il s'agissait d'un objet interdit, protégé par une glace qui l'empêchait de le saisir.

« Pourquoi ne vous déshabillez-vous pas? » demanda Sandrine en ouvrant les yeux.

Il tressaillit. « Oui, oui, bien sûr », dit-il d'un ton lugubre.

Il se dévêtit, et s'allongea près d'elle, gêné de ne pouvoir dissimuler sa laideur et prêt à s'en excuser. Ses mains tremblaient; son malaise augmentait; l'angoisse l'oppressait. Il regrettait de s'être mis nu.

Dès que Sandrine se serra contre lui, son malaise disparut. Elle le caressait, posait sa main sur son sexe, et chacun de ces gestes l'humiliait pour elle. Il n'imaginait pas possible qu'elle pût éprouver du plaisir au contact de son corps. Peu à peu, il avait l'impression que la peau de Sandrine lui communiquait un peu de sa beauté et de sa grâce. Comme il aurait aimé que cet instant durât toujours! Il s'efforçait d'oublier la terreur que lui inspirait l'acte qu'il allait devoir affronter. Cette idée lui gâchait son plaisir.

« Viens maintenant... Viens... » chuchota Sandrine d'un ton résolu en l'attirant contre elle.

Il eut le sentiment de basculer dans le vide. Il pensa « Mon Dieu, je vous en supplie, faites que ce ne soit pas un échec ». Son corps tâtonnait. Il lui semblait qu'il franchissait l'étape la plus décisive de sa vie. Soudain, la joie l'illumina : son corps existait enfin, non plus misérable, mais fort, glorieux.

Un moment plus tard, immobiles comme s'ils flottaient sur une mer calme, bercés par les bruits de la rue, elle se pencha vers lui et murmura :

« Comme vous êtes beau! »

Cette impression, Édouard la ressentait, non pas comme s'il se fût agi de lui, mais de l'autre homme surgi de cet acte merveilleux, qui se serait substitué à la vieille loque qu'il avait été.

31

Quand Anne-Marie vit rentrer son mari plus tôt que d'ordinaire – François revenait d'un rendez-vous près de la rue Las-Cases –, elle éprouva la sensation que quelque chose n'allait pas. Il la rejoignit dans le petit salon où, sous une tapisserie d'Aubusson, elle relisait avec le plus grand intérêt un fascicule sur l'accouchement sans douleur publié par une association catholique. Depuis quelque temps, elle ne lui trouvait plus son air d'insolente bonne santé, le regard clair, la démarche franche. Les épaules en dedans, le maintien de biais, le front taciturne, elle se demandait s'il ne couvait pas une maladie. Un rapide examen aggrava ses craintes : elle distingua dans ses yeux une lueur rouge qui lui parut un symptôme de fièvre. Aussitôt, elle fut prise de panique. En raison de son état, l'idée d'une maladie contagieuse, rougeole, rubéole, la terrorisait. Elle avait déjà eu tant de mal à être enceinte; maintenant il lui semblait que tout menaçait l'enfant qu'elle attendait. Cet événement, auquel elle ne cessait de penser, était pour elle le triomphe de sa vie de femme. Elle en éprouvait une grande fierté. Stérile, elle se sentait traitée en paria. Son gros ventre la faisait entrer dans la caste orgueilleuse des grandes procréatrices et bientôt dans ce monde de layette, de biberon, de couches, dont elle avait tant redouté d'être à jamais exclue.

L'anxiété revêtait chez elle un caractère constitutionnel : elle avait craint que sa puberté ne vînt pas, craint de rester vieille fille, craint d'être stérile; maintenant elle craignait une fausse couche. À coup sûr, elle craindrait plus tard pour son enfant la mort subite du nourrisson.

Comment n'aurait-elle pas aussi manifesté des craintes concernant François. Elle savait qu'il traversait des difficultés professionnelles. On procédait à une réorganisation dans la société nationalisée où il occupait un des postes de direction après un sévère rapport de la Cour des Comptes. Des têtes allaient tomber; chacun essayait de sauver sa peau en faisant porter sur ses collègues la responsabilité des erreurs de gestion. Anne-Marie se demandait si l'humeur nerveuse de François n'avait pas une autre cause. Peut-être était-il agacé par sa grossesse? Peut-être ne l'aimait-il plus?

François, sauf à de courts instants, n'avait jamais été satisfait de son travail, ni vraiment de son mariage, ni même de sa vie. Il vivait avec le sentiment de trahir une vocation qu'il ne s'était jamais formulée clairement. Il détestait la médiocrité des bureaux, les intrigues, les luttes d'influence. Quant à la vie de couple, elle ne le comblait pas; il s'y ennuyait. Il avait une ambition plus haute, plus exigeante. Il regrettait d'être né trop tard : autrefois, il se serait bien vu officier dans un régiment de méharistes, donnant des leçons d'alphabétisation, discutant avec les marabouts, voué à une existence dépouillée, risquée, ouverte sur l'absolu. Ainsi il aurait pu canaliser la boule de feu qui le dévorait. Mal dans sa peau, frustré dans son désir de grands espaces et de dialogues avec l'infini, il cherchait sans cesse des occasions de rupture, mais n'osait pas les consommer.

Soudain, le spectacle de sa femme sous la tapisserie avec son manuel d'accouchement sans douleur lui procura une insupportable sensation d'étouffement. Comme si son ambition se trouvait condamnée dans ce cul-de-sac de l'embourgeoisement familial. L'image voluptueuse de Diane le traversa; les scrupules l'assaillirent. Cela ne pouvait plus durer. Un désir éperdu de franchise, d'honnêteté le soulevait. Il savait qu'il allait faire souffrir sa femme. Tant pis! Il ne pouvait plus se taire.

Il se planta devant elle.

« Il faut que je te parle.

– C'est grave? »

Il observait son visage tendu et blême qui dans un instant, à cause de lui, serait déformé par les sanglots; ses yeux s'inonderaient; elle gémirait. Tout cela par le simple pouvoir des mots. Il se sentait dans le rôle d'un bourreau qui remplit son devoir sans plaisir, conscient d'exécuter une tâche qui le dépasse. Rien ne l'empêcherait de parler, ni la tendresse ni la pitié qu'elle lui inspirait.

« Oui, c'est grave.

– Mon chéri, implora-t-elle, ne me dis rien qui puisse m'agiter en ce moment, sauf si cela est vraiment indispensable. »

L'allusion à sa grossesse, à laquelle elle ramenait sans pudeur toute chose, l'excéda. Une phrase se présenta à lui, « Je ne t'aime plus ». C'était trop violent et ne correspondait pas à ce qu'il ressentait. Une autre lui parut plus satisfaisante : « Je vais te quitter. » Il fallait peut-être commencer par une considération générale, un propos moins abrupt. Après tout, elle n'y était pour rien.

« Vois-tu, dit-il, j'ai bien réfléchi... »

Une bouffée de souvenirs lui revint : le père dominicain qui avait béni leur union, leur voyage de noces sur le lac de Côme, la générosité qu'elle lui avait manifestée en maintes occasions, une foule d'images associées à sa bonté, une bonté lumineuse et forte qui lui faisait oublier son caractère chichiteux et geignard.

Il fit une nouvelle tentative. « J'ai bien réfléchi... »

Ce membre de phrase lui parut soudain isolé, perdu, comme une barque qui dériverait, la nuit, en pleine mer. Il ne parvenait pas à le rattacher à une pensée construite; ses arguments devenaient si friables qu'ils se désagrégeaient au moment où il allait les formuler.

Anne-Marie le fixait avec des yeux avides. Elle fit un mouvement nerveux pour écarter le col de son chemisier comme s'il l'empêchait de respirer. François aperçut la bretelle blanche de son soutien-gorge. Il pensa à ses seins si déshérités en comparaison de la fastueuse poitrine de Diane. « Je suis en train de commettre un crime par luxure », se dit-il, certain qu'il allait donner le coup de grâce.

Anne-Marie qui se desséchait d'inquiétude essaya de l'encourager : « Allez, mon chéri, parle-moi sans crainte. Tu sais que tu peux tout me dire. »

François sentit qu'il allait tout lui avouer et franchir cette ligne fascinante que trace le destin entre deux existences possibles.

D'une voix solennelle, il dit : « J'ai décidé... »

Un curieux phénomène de report se produisit dans son esprit. Il transposa, sans bien comprendre ce qui lui arrivait, sa décision de rupture conjugale en rupture professionnelle.

« Je vais donner ma démission. Je n'en peux plus. Je n'éprouve plus aucun plaisir à aller à mon bureau. L'ambiance est irrespirable. Je dois changer d'air. »

Plus il parlait et plus les griefs qu'il nourrissait contre le conseil d'administration de la société qu'il dirigeait lui revenaient et fortifiaient sa résolution qui lui semblait peu à peu aussi sage qu'un projet longuement mûri.

« Mon chéri, j'ai eu tellement peur que ce ne soit plus grave. Tu as certainement raison d'agir comme tu le fais. J'ai tellement confiance en toi. »

Tandis que François, échauffé, se lançait dans l'historique de ses déboires avec sa société et énumérait les mauvais procès dont il avait été victime, Anne-Marie, à demi rassurée, se mit à chercher l'origine d'une autre inquiétude : la lueur rouge qui enflammait les yeux de son mari. Et s'il était malade? La rubéole! Elle décida de ne pas se coucher sans avoir consulté le dictionnaire médical.

32

Édouard arriva juste à temps pour le dîner. Il se contenait pour ne pas laisser éclater sa bonne humeur. Son cœur battait. Il avait envie de dire n'importe quoi pour épancher le trop-plein d'émotions qui s'agitaient en lui. Les idées virevoltaient dans son esprit devenu primesautier. Il se demandait comment il pourrait garder pour lui la joie de vivre qu'il ressentait et qui, à force d'être comprimée, devenait presque douloureuse. Judith rayonnait. Sa plaidoirie avait été un succès. Elle ne doutait pas de l'acquittement de sa cliente. L'atmosphère d'abord tendue au Palais, puis les congratulations dont elle avait été l'objet la grisaient encore. Elle observait sa famille avec un sentiment d'irréalité. Elle aurait aimé prolonger sans fin ce moment de gloire auquel ses proches semblaient indifférents. Julie, dix ans, une brunette vive et jolie en dépit de l'appareil dentaire qui donnait à son sourire un éclat métallique, se trémoussait impatiente de passer à table pour y faire étalage de ses succès : outre un carnet de notes excellent, elle venait d'être invitée par la fille d'un riche patron de presse dans leur propriété de Normandie, où l'on montait à cheval et où on menait la grande vie. Seul Pierre-François, douze ans, échalas un peu voûté, l'air renfrogné, n'attendait rien de bon de ce dîner : ses notes, comme d'habitude, étaient désastreuses et, n'eût été la position importante de son père, il aurait été mis depuis longtemps à la porte de l'École alsacienne.

Édouard s'entretenait d'un air pensif avec son verre de whisky dont les glaçons tintaient tout en fredonnant entre ses lèvres l'air du *Temps des cerises* : « Les belles auront la folie au cœur... » Point n'est besoin de dire qu'il songeait à Sandrine : c'était comme s'il avait encore contre lui son corps nu; ses mains continuaient de caresser sa peau; la sensation de sa petite langue frétillante dans sa bouche l'enivrait. Depuis qu'il avait connu le plaisir, il habitait dans un nouveau corps, léger, gracieux, qui ne l'encombrait plus. Le bruit des enfants, qui, déjà à table, se chamaillaient, lui parvenait à travers un nuage. Jamais la vie familiale ne lui était apparue sous un jour aussi agréable et paisible. Il se sentait plein d'une inépuisable indulgence pour ses proches. Pourtant, il hésitait à rejoindre sa famille dans la salle à manger : il craignait de rompre le charme qui le reliait à cet après-midi voluptueux. Comme il aurait aimé pouvoir se confier à un ami et lui raconter cette aventure pour avoir le plaisir de la revivre et de la faire durer. Il regrettait sa vieille amitié morte avec Julien. Lui l'aurait compris.

Il fallut plusieurs appels infructueux de Judith pour l'arracher à son rêve. Il gagna la salle à manger en soupirant. La domestique philippine commença à servir un dîner qui se ressentait de la pingrerie de la maîtresse de maison – il ne paraissait nullement contradictoire à Édouard de se vouer à la cause du tiers-monde et d'exploiter chez lui une Asiatique qui n'était pas déclarée.

Judith se considérait à bon droit comme la personne

intéressante de la journée. Il lui semblait légitime de recueillir auprès des siens les louanges qu'elle méritait, ou tout du moins qu'on parle de son affaire – en bien, en mal, qu'on se rallie même au réquisitoire du procureur, elle ne manquait pas d'arguments à rétorquer en plus de ceux qu'elle avait avancés à l'audience – et qu'on lui donne l'occasion de se libérer des soubresauts de ce procès qui continuait de tempêter dans sa tête. Elle s'attendait à être l'objet d'une curiosité impatiente, d'une boulimie de questions. Mais rien ne venait. On la traitait avec aussi peu de considération que si elle avait passé sa journée à faire des courses au Bon Marché.

Elle se refusait à faire les premiers pas. Question d'orgueil. C'était aux autres, à Édouard surtout, de lui manifester, ne serait-ce que par une élémentaire courtoisie, l'intérêt auquel elle avait droit. Elle rongeait son frein, épiant les sujets susceptibles d'amener la conversation sur le terrain dont elle brûlait de parler. Les propos s'enlisaient dans d'interminables platitudes. On passait du déménagement des voisins du dessus, qui avaient bloqué l'ascenseur provoquant la colère du cardiologue du quatrième étage, au nouveau concierge qui avait une mine patibulaire et qu'on soupçonnait d'être de mèche avec des cambrioleurs. Judith, frustrée, sentait monter une exaspération dont elle se déchargea soudain sur Pierre-François. Celui-ci depuis un moment torturait sa paume avec un couteau de table pour voir jusqu'où il supporterait la douleur. Il répondit à son admonestation cinglante en posant avec lourdeur le couteau sur la table et en haussant les épaules. L'ambiance se rafraîchit. Judith s'abstint d'aborder l'affaire hautement explosive du carnet de notes pour ne pas susciter la rancœur de son futur public.

Édouard parlait sans prendre le moindre intérêt à ce qu'il disait. Il était ailleurs. Avec Sandrine bien sûr. Avant de se quitter sur le seuil de l'hôtel, ils s'étaient donné rendez-vous au Bourget pour le départ de l'avion humanitaire. Il trouverait bien le moyen de la raccompagner à Bagnolet comme la veille. Il se souvenait avec émotion du contact de leurs doigts fixés sur la carte de la banlieue. Ce geste un peu enfantin, comme il était grave! Tant de choses advenaient dans sa vie à cause de ce simple geste. Où cela le mènerait-il? Le plaisir le rendait plus conciliant avec lui-même et endormait ses scrupules.

« Je dois aller au Bourget ce soir, dit-il en observant l'expression de ses proches comme s'ils risquaient de deviner ses arrière-pensées. Une mission importante doit partir pour l'Éthiopie. Il faut que j'y sois. » Il se troubla, ne sachant que dire d'autre; sa lèvre supérieure s'humecta de sueur. Il enchaîna, comme si sa mauvaise conscience le rappelait à ses responsabilités familiales : « Pierre-François t'a montré son carnet? »

Judith hocha la tête de manière affirmative.

« Comment sont ses notes? » Il prit une expression soucieuse.

« Exécrables », laissa tomber Judith.

Édouard tapota avec affection la main de son fils.

« Allez, mon vieux, reprends-toi, fais un effort! »

Judith leva les yeux au ciel pour manifester sa désapprobation. Soudain, elle réalisa qu'Édouard s'absentait pour la deuxième soirée consécutive. Une bouffée de jalousie l'oppressa.

« Pourquoi n'emmènes-tu pas Pierre-François avec toi au Bourget? » dit-elle épiant sa réaction.

Édouard sentit son édifice de mensonges s'écrouler. Pris au piège, il réagit par la colère.

« Ah, ça non, tempêta-t-il, pas avec ces notes exécrables. Ce serait le monde à l'envers! » S'apercevant de son attitude contradictoire, il se radoucit. « Et puis, ce n'est vraiment pas la place d'un enfant. Et Dieu sait à quelle heure cela va encore se terminer. »

Pierre-François, dont les yeux s'étaient allumés à la perspective de se rendre la nuit sur un aérodrome dans une atmosphère trouble d'aventure et d'illégalité, reprit son couteau d'un air maussade et se mit à tracer sur sa paume une croix gammée – celle-là même qu'il avait vue peinte sur la voiture de son père.

« À propos de ton procès, cela s'est bien passé? » demanda Édouard avec une expression feinte de curiosité. Une lumière de satisfaction passa sur le visage de Judith. Elle allait se lancer, mais Édouard se leva en regardant sa montre (trop troublé pour pouvoir y lire l'heure).

« Excuse-moi, je suis en retard. Tu me raconteras tout cela demain au petit déjeuner. Ça a dû être passionnant. »

33

De la vaste pièce – un ancien grenier aménagé –, on pouvait voir à travers la baie vitrée clignoter les lumières de Soho. Julien, après avoir observé d'un air pensif les affiches lumineuses, s'installa sur un canapé défoncé et taché, en face de la cheminée qui avait la forme d'une coquille Saint-Jacques en acier chromé où des bûches se consumaient. Sitôt assis, il eut envie de s'asseoir ailleurs. Il songea qu'il serait peut-être mieux debout. Finalement il ne bougea pas. Il éprouvait un malaise à se sentir en pleine contradiction avec lui-même. Tina s'affairait dans l'étroite cuisine américaine : sa présence et même le bruit des ustensiles de cuisine qu'elle maniait étaient douloureux à Julien. Il ne pouvait chasser une impression de désastre. « Que fais-je ici, à quoi bon ? » se répétait-il, honteux de sa faiblesse. Des images scabreuses de la nuit précédente, dans le studio de John McKenzie, revenaient le torturer, lui inspirant du dégoût.

De temps à autre des questions de Tina lui parvenaient. « Que fais-tu ? À quoi penses-tu ? Tu as faim ? » demandait-elle sans relever la tête. Il l'entendait murmurer des bribes de recettes culinaires, « ... deux pincées de sel... blanchir les oignons... laisser bouillir vingt minutes... ». Elle lui faisait l'effet d'une petite fille qui se parle à elle-même en préparant la dînette de sa poupée. « Elle est inconsciente, se disait-il, c'est comme s'il n'y avait rien eu, aucun drame. » Il pressentait que l'explication qu'il attendait d'elle se réduirait à un babillage d'enfant. Elle ne savait ni la gravité de ce qu'elle faisait ni pourquoi elle le faisait. Comment pourrait-elle s'amender? Elle serait toujours ainsi. C'était charmant mais atroce si on l'aimait. Mais l'aimait-il encore?

Tina abandonna ses préparatifs, s'essuya les mains avec un torchon qu'elle jeta au loin et vint se frotter comme une chatte contre Julien. Cela ne l'émut pas. Des simagrées de plus! Mais lorsqu'elle s'allongea sur lui et qu'il sentit sa poitrine, son corps se lover contre le sien, ses lèvres papillonner autour de sa bouche, tandis qu'elle lui disait à l'oreille « le dîner ne sera prêt que dans vingt minutes », il frissonna. Si désireux qu'il fût de manifester sa bouderie et de rester insensible à ses caresses, le désir le gagnait. Elle prit sa main et la mit sous sa chemise à même sa poitrine qui flottait sans soutien-gorge. Au contact de sa peau, il frémit. Il ne pouvait plus retenir l'impulsion qui le jetait vers elle. Il l'embrassa avec fièvre et dès lors il sut qu'il perdait la maîtrise de lui-même, qu'il ferait ce qu'elle voudrait, qu'il était prêt à subir toutes les humiliations, tous les affronts, pour la posséder encore. Il voulut la mettre nue. Elle l'arrêta.

« Tiens-moi très fort les poignets derrière le dos. Masturbe-toi. Maintenant suce ton pouce et mets-le dans ma bouche », demanda-t-elle de cette voix sourde et décidée avec laquelle elle ordonnait les rites amoureux. Julien s'exécuta. Elle téta son pouce avec lenteur, puis soudain le mordit jusqu'au sang.

« Voilà, s'exclama-t-elle, maintenant, je t'obéirai.

Demande-moi tout ce que tu voudras! Tu peux me punir si tu veux! »

Julien la dévêtit à la hâte. Lorsqu'il fut en elle, tout s'effaça : la rancune, les angoisses, la peur de l'avoir perdue. Mais il n'éprouvait aucune joie. Un sentiment de tristesse l'envahissait, cette poignante mélancolie qui vous saisit quand on atteint un but qui vous a fait rêver et qu'on se demande s'il existe vraiment.

Ce corps, il n'oubliait pas qu'un autre l'avait caressé. Mais, peu à peu, le mouvement qui l'emportait abolissait ses résolutions. Son refus de revoir Tina, son désespoir, son orgueil ulcéré, le sentiment de sa perdition, tout cela lui paraissait vain. La vie était plus simple. Il devait s'habituer à voir Tina sans illusion. Il fallait choisir : qu'aimait-il, elle ou les fantasmes qu'il construisait sur une jeune fille qui n'existait pas?

« Tout doit être brûlé », dit Tina avec un petit rire en se blottissant contre son épaule. Julien d'abord ne comprit pas à quoi elle faisait allusion. « Brûlé, répéta-t-il. – Oui, le dîner. Idiot. » Elle glousa et reprit : « Au fond, tant mieux, j'ai envie d'aller dans un restaurant chinois. »

Julien la regarda d'un air pensif. « Tina, il faut que nous parlions.

– Maintenant?

– Oui, dit-il, cela ne peut plus durer comme ça.

– Tu as raison, cela ne peut pas durer. Mais que faire? »

Que faire? Cette question tourna rapidement dans la tête de Julien sans qu'il pût lui trouver une réponse. Soudain, il entendit prononcer des paroles qui, sitôt dites, lui parurent folles.

« Il faut nous marier », dit-il d'une voix lugubre.

34

« Tu dors ?
– Non !
– À quoi penses-tu ? insista Anne-Marie.
– À rien. »

François mentait. Jamais peut-être il ne s'était posé autant de questions. Diane, sa démission, son avenir, la pesanteur de la vie familiale, ses rêves inassouvis d'évasion et d'absolu. La naissance d'un enfant le réconcilierait-il avec lui-même ? Il en doutait. Une charge de plus. Il lui semblait que, toute sa vie durant, il n'avait cessé de renoncer à ses aspirations pour faire plaisir à ses proches. À sa mère d'abord, pour qui il avait abandonné Saint-Cyr et préparé les concours aux grandes écoles, pour qui il s'était marié (elle voulait des petits-enfants). Maintenant pour sa femme. Et lui ? Quand il se sentait ainsi dépossédé de sa vraie vie, des images de désert affluaient dans son esprit : les dunes s'étendant à l'infini, la douce solitude d'une oasis, des femmes qui, voilées, revenaient du puits portant des cruches sur la tête, les ombres bleues du soir qui tombe, vivre avec rien, quelques dattes, mais éprouver dans son cœur cette plénitude qu'on ne rencontre qu'au contact des choses essentielles.

« Tu ne penses à rien, même pas à moi, même pas

à nous ? » demanda Anne-Marie d'une voix minaudante.

Ce « nous », allusion à l'enfant qu'elle attendait, provoqua chez François une sensation d'écœurement ; une sueur froide humecta son front. Elle cherchait toutes les occasions de l'impliquer dans sa grossesse et plus il regimbait, plus elle revenait à la charge.

« Si, bien sûr, je pense à toi, dit-il d'un ton plein de lassitude.

– Ce sera merveilleux quand il sera né de l'entendre tout près de nous. Tu ne trouves pas ?

– Oui, ce sera merveilleux.

– On dirait que ça t'est égal.

– Pas du tout, ma chérie, je suis très heureux.

– Et tu crois que tout se passera bien ? Parfois j'ai peur.

– Mais non, c'est normal. Toutes les femmes dans ton état éprouvent la même chose.

– C'est ce que dit le médecin, mais j'ai l'impression que c'est pour me rassurer. »

Pris de pitié, il posa sa main sur son front moite et caressa ses cheveux.

« J'ai peur de ne plus te plaire. Je suis devenue comme une sœur pour toi. »

François ne répondit pas. Cela faisait bien un mois qu'il n'avait pas eu de rapport avec sa femme. Il ne savait plus quel prétexte alléguer pour éluder un acte qui, avec elle, ne lui inspirait qu'une invincible répulsion.

« Tu vois, j'ai raison, tu ne dis rien.

– Mais non, tu te trompes, tu me plais toujours.

– Embrasse-moi ! »

Il posa un baiser rapide sur ses lèvres.

« Non, pas comme ça, embrasse-moi vraiment ! »

Il l'embrassa. Sa bouche était fade et tiède. Le corps osseux, sans muscle, semblable à un squelette rembourré avec des chairs molles, qui se pressait contre lui, lui paraissait pathétique d'ingratitude. Il ne put s'empêcher de le comparer à celui de Diane, ferme, si sensuel. Il pensa à la bonté de sa femme et se sentit coupable. « Je dois le faire, se dit-il, c'est mon devoir. »

Il étreignit Anne-Marie sans entrain, d'une manière mécanique. Il songeait à sa fougue le matin même dans la chambre de Diane. D'une voix inquiète, Anne-Marie dit : « Surtout fais attention, pas trop fort ! » Cet avertissement faillit l'arrêter net.

Il la prit. Il n'éprouvait rien et s'étonnait qu'un tel acte ne lui procurât aucune émotion; une sensation insipide qui n'évoquait que fadeur, monotonie et ennui. Comme s'il accomplissait une prescription médicale. Les images les plus éloignées du plaisir le traversaient : images de maternité, d'allaitement. N'eût été la crainte de faire de la peine à sa femme, il n'eût pas poursuivi l'étreinte. Pourquoi continuer ces simagrées? Il pensait à Diane, à sa peau si soyeuse sous sa robe de chambre relevée; d'autres souvenirs plus intimes encore lui revinrent qui échauffèrent son imagination et l'aidèrent à se hisser à la jouissance, ou du moins à ce qu'on appelle d'ordinaire ainsi, qui ne fut pour lui qu'une morne délivrance.

« Tu as chaud, dit Anne-Marie, on dirait que tu as de la fièvre. »

François se sentait fébrile, la nuque raide et douloureuse.

« Tu es sûr que tu n'es pas malade? demanda-t-elle d'une voix anxieuse.

– Mais non, mais non », bredouilla François en sueur, certain maintenant qu'il était malade.

35

« Je ne sais pas ce que les hommes lui trouvent. Bien sûr elle est belle, mais de là..., disait Mathilde d'un ton surexcité.

– Plus que belle, attirante, fascinante, coupa le docteur Zébris avec un sourire satisfait et égrillard de vieux noceur, c'est le genre de femme qui...

– De là à perdre la tête pour elle, non, je ne comprends pas, insistait Mathilde en écrasant avec nervosité sa cigarette.

– C'est parce que vous êtes une femme que vous dites cela », intervint Étienne Davenel.

On parlait de Diane Serp qui devait venir ce soir-là mais s'était décommandée. C'était un dîner comme il y en a tant à Paris au mois de juin dans le quartier de La Muette. Les invités ne savaient pas pourquoi on les avait réunis. Ils se connaissaient vaguement, n'avaient aucune sympathie particulière les uns pour les autres, ne partageaient ni les mêmes goûts ni les mêmes affinités, et devaient pourtant faire semblant d'être des amis. Ils n'étaient requis qu'en raison de la routine sociale qui veut qu'on organise des dîners, de bric et de broc s'il le faut, même si le résultat n'est agréable ni à ceux qu'on invite ni à ceux qui reçoivent.

Mathilde, la maîtresse de maison, quittée par son mari depuis un an, vivait dans la hantise de la solitude. Elle se grisait de sorties, de fêtes et, pour meubler les temps vides, organisait des soirées chez elle. Peu lui importait qui venait, l'important était de ne pas être seule. Elle offrait en toutes circonstances un sourire extatique et se donnait beaucoup de mal pour convaincre qu'elle allait bien, qu'elle n'avait jamais été aussi heureuse, que rien ne valait la vie de célibataire. Et cependant, elle fumait fébrilement cigarette sur cigarette, ne tenait pas en place et jetait des regards inquiets sur son verre toujours vide, attendant qu'un voisin obligeant le remplisse. Encore belle, moulée dans une jupe noire ultracourte, son chemisier en soie largement ouvert sur une poitrine moins appétissante qu'elle ne le pensait, elle voulait montrer que loin de renoncer à la vie, de se décourager, au contraire, pour elle, tout commençait. Vieille amie d'Agnès Fortis, elle l'avait invitée pour lui remonter le moral et glaner quelques informations saignantes sur son accident conjugal; sans aller jusqu'à la réjouir, ses malheurs la rassuraient sur la banalité de son cas et la confirmaient dans son opinion que « tous les hommes étaient des salauds ». Enchantée de cette nouvelle venue au club des abandonnées, elle souhaitait sans se l'avouer que son amie souffre autant qu'elle; sans méchanceté d'ailleurs, mais parce que, dans son pessimisme, elle considérait qu'une femme n'ayant pas encore subi le traumatisme inéluctable d'un divorce restait inachevée, un peu niaise dans son pucelage d'illusion qui lui dissimulait l'atrocité que recèle cette bombe prête à vous déchirer: le couple. En même temps, comme maîtresse de maison, elle espérait qu'Agnès saurait prendre sur elle, ainsi qu'elle-même s'y contraignait chaque jour, serait gaie, amusante, et ne casserait pas l'ambiance avec une mine sinistre.

Le regard brillant, l'air épanoui, Agnès semblait flotter dans la conversation sans y prendre part. Personne ne pouvait imaginer qu'elle traversait une épreuve pénible. À son arrivée, voyant Zapanski, maintenant célèbre, elle avait eu ce léger frisson qui vous parcourt en retrouvant un ancien soupirant. Celui-ci, autrefois si chaleureux et bon enfant avec elle, lui battait froid et feignait de ne pas la reconnaître. Dans d'autres circonstances, elle n'y eût pas attaché d'importance, mais ce soir-là cette attitude l'humiliait et la peinait. Elle s'efforçait de ne pas regarder le peintre qui pourtant lui faisait face à table et écoutait les platitudes du docteur Zébris. Elle se demandait où était Hugo en ce moment, s'il souffrait du coup qu'elle lui avait porté autant qu'elle l'espérait, ou si, protégé par son égoïsme, il prenait avec philosophie son parti de la situation. Elle enrageait en pensant que, si son mari l'avait accompagnée, Zapanski ne l'eût pas ignorée de la sorte : le peintre ménageait trop ses intérêts pour risquer d'indisposer un écrivain qui pouvait lui servir. Désormais, elle devrait se battre seule.

Zapanski ne disait rien. Muré dans un mutisme hautain, il semblait au-dessus de la conversation. Quand on s'adressait à lui, il souriait avec condescendance et lançait un mot ironique. Il se montrait avare de ses précieuses paroles et considérait qu'il payait déjà suffisamment de sa personne en étant présent à un dîner qui ne lui serait d'aucune utilité, puisque Luc Krafner, membre du conseil d'administration de Beaubourg et ami d'enfance de Mathilde, avait eu un contretemps. En réalité, il jugeait avec sévérité non seulement les invités de ce dîner mais toutes les personnes qu'il côtoyait comme si elles appartenaient à une société corrompue. Ayant quitté la Pologne à cause de la rigueur du communisme, il en gardait les préjugés. Cela ne l'empêchait pas de se goberger et de profiter sans vergogne de tous les avantages de la bourgeoisie frelatée et matérialiste qu'il condamnait. Jouissant du double privilège d'artiste et d'exilé, il croyait que tout lui était dû et observait avec cynisme ses relations et connaissances du seul point de vue de son intérêt.

La riche Italienne d'âge mûr qui l'accompagnait et le couvait du regard était l'une de ses utilités du moment, maîtresse et mécène, plutôt l'autre que l'une; elle favorisait son inspiration en l'invitant à Venise, dans son palais plein à ras bord d'une bimbeloterie d'art contemporain, où il rencontrait parfois Hugo Fortis – ils se croisaient au Harry's Bar et se grimaçaient des sourires avec des airs de coqs de combat.

Ce dernier faisait d'ailleurs les frais de la conversation lancée par Étienne Davenel, qui, arrivé en retard, ignorait qu'Agnès était sa femme. On observait le journaliste tandis qu'il ironisait de manière amusante sur le film déplorable tourné d'après un livre d'Hugo Fortis. Il devenait grinçant et on se demandait s'il savait où il mettait les pieds. On écoutait avec un mélange de curiosité et de crainte, sans oser regarder Agnès, les propos de plus en plus mordants et moqueurs du journaliste.

Mathilde essayait de détourner l'attention d'Agnès qui, fascinée, fixait Étienne Davenel.

Près d'elle, Alexandre, un jeune homme de vingt ans auquel personne n'avait prêté attention, qui ne disait pas un mot, rougissait en silence, les yeux enflammés, plein d'émotions contenues, de discours rentrés et de reparties ravalées. Il trouvait Agnès très belle mais n'osait lui parler. Il lui manifestait son soutien en jetant des regards combatifs au journaliste discourtois.

Tandis qu'on évoquait son mari, Agnès ouvrait de grands yeux; il lui semblait qu'on parlait de quelqu'un de lointain à propos duquel elle brûlait d'avoir des renseignements. Des milliers de particules, comme des atomes de sensation cristallisés, vibraient en suspens dans son cerveau. Peu à peu, ces particules se mirent en mouvement et formèrent une masse compacte. Cette masse, sous une mystérieuse impulsion, se précipita, aspirée par un abîme. Et Agnès éprouva une souffrance lancinante : tous les souvenirs heureux qu'elle gardait de son mariage, comme autant de petits éclats coupants, ulcérèrent son âme, tandis qu'une amère vague de rancœur remontait en elle.

Elle pâlit; ses mains tremblèrent; sa bouche s'assécha; un goût âcre emplit sa gorge. Elle releva fièrement la tête dans un mouvement qui ressemblait à un défi et regarda les convives avec des yeux vitreux et égarés comme si elle se demandait où elle était. Son visage se déchira et elle éclata en sanglots. Doucement, avec une lenteur de spectre, elle se leva et quitta la pièce, laissant l'assistance pétrifiée.

La stupeur passée, Mathilde, le visage courroucé, se leva pour rejoindre son amie, lançant à Étienne Davenel un « Vraiment, c'est malin! » qui le laissa pantois; pas plus qu'il ne comprenait pourquoi des regards réprobateurs se braquaient sur lui. Le docteur Zébris, dont les yeux s'éclairaient de cette lueur vaniteuse du praticien qui sent qu'on va avoir besoin de ses services, se chargea de lui expliquer son impair.

Mathilde frappa à la porte de la salle de bains où Agnès s'était enfermée. Elle finit par lui ouvrir.

« Calme-toi, ce n'est pas grave », dit Mathilde, des larmes dans les yeux, en prenant son amie dans ses bras : elle avait l'impression de se porter secours à elle-même, comme si elle retrouvait à vif son ancienne souffrance, un an auparavant, et qu'elle la sentait palpiter non plus en elle mais contre elle. Elle répétait ce qu'on lui avait dit alors, « Tu verras, ça passera, une simple question de temps », sachant la fausseté de ces paroles d'encouragement : cela ne passerait pas, cela ne passerait jamais. Agnès serait à son tour comme elle, elle rirait, elle s'amuserait, elle aurait des amants, elle s'étourdirait, mais toujours avec ce sentiment d'avoir une flèche plantée dans le cœur.

« C'est idiot, je ne sais pas ce qui m'a pris, répétait Agnès en se tapotant les joues devant la glace. Pourtant je ne l'aime plus. C'est d'entendre son nom, cela m'a fait l'effet de...

– Oui, c'est normal. Tu veux un lexomil?

– Non, ça ira, merci.

– Veux-tu te reposer un moment dans ma chambre?

– Non, ça va mieux, il faut que j'apprenne à tenir le coup. »

Tandis qu'elles sortaient de la salle de bains, le docteur Zébris vint proposer son aide, un peu vexé que l'on n'eût pas fait appel à lui.

« Non, ça va, merci docteur, elle va bien. Ce n'est rien. »

Les deux amies réapparurent à table, suivies du docteur Zébris, l'air déçu. Le rouge à lèvres d'Agnès et le fard qui rosissait ses pommettes accentuaient l'extrême pâleur de son visage, aussi vide de vie et d'expression qu'un masque de plâtre sur lequel on aurait plaqué un sourire. Chacun s'efforçait de parler sur un ton dégagé comme si rien ne s'était passé. Agnès faisait semblant de suivre la conversation mais n'en comprenait pas un traître mot. L'esprit ailleurs, elle ne parvenait pas à accrocher son attention à ce qu'on disait. Elle avait devant elle l'image fixe d'Hugo Fortis. Étienne Davenel, tout en sourires et en amabilités pour Agnès, enchaînait les banalités les unes après les autres, par crainte de commettre une nouvelle gaffe. Agnès avait l'impression de se maintenir en équilibre. Un rien pouvait la faire chavirer. « Je vais tenir, il faut que je tienne », se répétait-elle pour se raffermir. Un instant, elle crut sa stabilité solidement assurée. La conversation lui devint même compréhensible. Elle écoutait avec avidité le docteur Zébris raconter d'un air avantageux une mission médicale qu'il avait dirigée au Gabon. Le docteur s'anima : « Je le regardai droit dans les yeux et je lui dis en tapant du poing sur la table : si vous voulez le sauver il faut que la quinine agisse comme un coup de canon. » « Un coup de canon, se répéta Agnès, mais pourquoi un canon ? » Tout lui parut soudain irréel. L'inanité de sa vie s'imposa à elle de manière fulgurante. Elle éclata en sanglots et se précipita à nouveau vers la salle de bains.

Quand elle revint, on servait le café. Le dîner avait cette fois pris un sérieux coup. On feignait avec ostentation de ne se rendre compte de rien ; chacun continuait à parler comme s'il craignait la menace d'un insupportable silence. La présence physique du malheur coupait toute envie de s'amuser. Les convives s'agitaient pour se réchauffer et lutter contre le froid mortel qui les envahissait. On parlait à Agnès comme à une grande malade, avec des attentions et des précautions exagérées. Bientôt, Zapanski et la riche Italienne prirent congé, suivis d'Étienne Davenel qui, nerveux, tripotait ses clés dans sa poche et du docteur Zébris, frustré de n'avoir pas été consulté.

Agnès demeura avec Mathilde et le jeune homme rougissant, cloué dans son fauteuil, qui n'osait pas se lever.

« Ça va mieux? demanda Mathilde. Comment vastu rentrer? Tu ne veux pas dormir ici? Tu ne peux rentrer seule dans cet état. Alexandre va te raccompagner. »

Le jeune homme se sentit accablé d'une joie si inespérée, si grandiose, que cette émotion provoqua en lui une sorte de souffrance à l'idée de ne pas être à la hauteur de la chance dont il bénéficiait.

36

Dans un salon de l'aéroport du Bourget, on se pressait autour du docteur René Petit. Le visage avenant, vêtu de manière sportive, chaussures de marche, veste de toile beige à grandes poches, l'air mal à l'aise dans son rôle de vedette, il subissait les encouragements et les congratulations avec un sourire modeste comme s'ils ne s'adressaient pas à lui mais à la cause qu'il servait. Ses yeux bleu d'azur semblaient diffuser une lumière venue directement de son âme sensible et généreuse. Sous son maintien en retrait, on sentait un caractère déterminé, épris d'efficacité, ennemi de faux-semblants, pas dupe de la comédie mondaine qui se jouait autour de lui mais l'acceptant de bonne grâce. Les regards qui se tendaient avec ferveur vers le médecin ne voyaient plus en lui un homme mais un symbole vivant, l'incarnation d'un idéal d'exigence. Son corps semblait ne pas toucher le sol; ses mains, pas particulièrement fines, apparaissaient comme les instruments d'une mission sacrée, détachées des besognes prosaïques, vouées à un sacerdoce qui les magnifiait : on ne pouvait les voir sans aussitôt songer à tous ceux qu'elles avaient guéris, aux souffrances qu'elles avaient soulagées, aux plaies sondées, aux tumeurs incisées dans des hôpitaux de fortune rongés de misère et de crasse.

Tout son être dégageait une impression de pureté, comme si les compromissions et les médiocrités l'avaient épargné. Il respirait le grand large de l'aventure généreuse et l'affinement moral qu'apporte le contact avec la grande misère. Sa façon de tutoyer ceux qu'il rencontrait, naturelle, sans souci de hiérarchie, comme un prêtre des J.O.C., marquait son dédain des conventions et des artifices sociaux et surtout son désir fraternel de parler cœur à cœur. Personne n'était plus digne de porter les espérances d'un grand projet. Les membres de l'Association plaçaient en lui le meilleur d'eux-mêmes, la part la plus noble de leurs aspirations. Il était l'instrument par lequel leurs efforts maladroits vers un idéal élevé mais fumeux trouvaient un aboutissement. Ils le voyaient comme l'homme qu'ils eussent voulu être s'ils avaient été courageux, déterminés, moins enlisés dans leurs existences routinières. Aussi leurs visages attentifs exprimaient-ils devant lui une admiration soumise, humble, pleine de gravité.

Cette admiration, Édouard l'éprouvait aussi. Mais lorsqu'il la vit s'épanouir chez Sandrine dans une expression offerte et pâmée tandis qu'elle buvait les paroles du médecin, un carnet à spirale entre les mains, prête à noter ses instructions, son sang se glaça : son sentiment pour le médecin s'obscurcit, s'aigrit et tourna en haine. Il chercha des yeux l'infirmière qui faisait partie de l'expédition, une brune au visage grêlé qui se rongeait les ongles. Il la scruta fébrilement essayant de déchiffrer sur ses traits la nature de ses relations avec le docteur. Pouvait-il s'en faire une alliée qui barrerait la route à cette idylle naissante? Comment arracher du visage de Sandrine cette expression qui le torturait? Une hideuse sensation d'infériorité et de jalousie se lovait en lui. Il se mit à espérer un départ rapide de l'avion, une expédition longue. Pourquoi ce docteur ne s'installerait-il pas en Éthiopie?

Le docteur Petit s'adressa à Sandrine.

« Sandrine, peux-tu venir un instant? »

Édouard, accablé, voyait ses soupçons se confirmer. Il les regarda s'éloigner, le cœur navré. Sous son air sérieux, Sandrine exultait de joie et de vanité devant la faveur que lui manifestait le médecin. Lucila Penweiler se mordit les lèvres d'un geste nerveux et sortit son poudrier; elle s'examina dans son miroir de poche comme si elle cherchait sur son visage un signe qui justifiât la désaffection dont elle s'estimait victime. La présidente, Mme Beauchamp, saisit l'occasion pour jeter une pierre dans le jardin de son ancienne amie devenue sa rivale.

« Quel beau couple ils forment tous les deux! » s'exclama-t-elle en observant du coin de l'œil les ravages de la jalousie sur les traits défaits de Lucila.

Édouard tressaillit. Déjà sous le coup de l'impression désagréable que lui inspirait le tutoiement dont le médecin usait avec Sandrine, révélateur d'une intimité suspecte, les doutes l'assaillirent : qu'avait-il donc de si urgent à dire à Sandrine? Pourquoi avait-il besoin de s'isoler du groupe? Quel secret existait-il entre eux? Une évidence l'accablait : Sandrine ne résisterait pas aux avances du médecin pas plus qu'elle n'avait été capable de lui résister la veille dans sa voiture. Un jeune homme si courageux, qui risquait la mort! Elle ne pouvait que lui céder! Il les imaginait s'embrasser avec fougue, stimulés par la fièvre du départ et l'émotion du danger. Plus le temps passait, plus la certitude d'être trompé par Sandrine s'imposait à lui.

L'attente devenait insupportable; chaque seconde accroissait sa tension douloureuse.

Le pilote de l'avion apparut. Il avait une tête de baroudeur, d'épaisses moustaches, un grand nez cassé qui rejoignait presque sa lèvre supérieure rouge et humectée. Il fumait un cigarillo et semblait jouir du confort de son magnifique blouson en cuir, dont le col de fourrure lui caressait agréablement la nuque. D'un air important, il s'adressa au petit groupe :

« C'est l'heure, il faut partir », dit-il d'une voix de basse.

Comme s'il répondait à son appel, le beau médecin revint, suivi de Sandrine. Édouard les scruta d'un air soupçonneux. La gorge sèche, il tendit une main pleine de défiance au docteur Petit sans parvenir à lui formuler un mot d'encouragement. Il soupira en le voyant enfin plonger dans la nuit qui régnait sur la grande baie vitrée, sans se retourner, comme s'il voulait éviter les attendrissements, flanqué du pilote qui roulait les épaules et de l'infirmière acharnée sur un ongle récalcitrant.

Raide, malheureux de ne pouvoir communier dans la ferveur de ce départ, Édouard, dévasté par la jalousie, n'osait plus regarder Sandrine de peur de la haïr. Il ne pouvait lui pardonner son expression offerte et pâmée. Quand elle lui demanda à la dérobée avec des yeux pleins de tendresse pourquoi il avait l'air triste et préoccupé, il répondit d'un ton pète-sec : « Non, je vais très bien, pourquoi donc serais-je triste ? » Et il se rencogna dans sa bouderie, prisonnier de sa rancune.

L'avion décolla. Édouard se sentit mieux. Il se reprocha sa mauvaise humeur et tenta de se rattraper. Mais comment manifester son admiration pour le docteur Petit d'une manière qui paraisse naturelle? Il se tourna vers Mme Beauchamp et se racla la gorge.

« Ce médecin est vraiment... formidable. Il est marié? ne put-il s'empêcher de demander, torturé à nouveau par la jalousie.

– C'est un garçon tout à fait exceptionnel, se rengorgea Mme Beauchamp qui se flattait de l'avoir découvert. Non, bien sûr, il n'est pas marié. Aucune femme n'accepterait que son mari prenne de tels risques. »

Édouard observa Sandrine : il crut lire dans ses yeux une farouche détermination, comme s'ils disaient « Moi j'accepterais ».

On piétinait sans parvenir à quitter les lieux. Le petit groupe avait du mal à s'arracher à ce lien très fort qui les réunissait en dépit de tout. On pensait au docteur Petit, là-haut dans le ciel, aux tonnes de médicaments et de vivres qui s'acheminaient dans la nuit. Quelque chose de beau était en train de s'accomplir et cela créait un charme qu'on ne pouvait se résigner à rompre.

Mme Beauchamp prit l'initiative du départ. Elle s'inquiéta : « Et la petite Sandrine, comment va-t-elle rentrer? »

D'une voix mal assurée, baissant les yeux, Édouard se proposa.

« Ce n'est pas un grand détour, je vais la raccompagner », dit-il avec l'impression désagréable que chacun voyait clairement dans son jeu et lui reprochait ses turpitudes.

Sandrine le regarda avec reconnaissance. Il regretta son mouvement de jalousie et comprit à quel point il avait été injuste.

37

Aglaé fut surprise d'entendre la voix d'Hugo Fortis. Il s'était montré sous un jour si désagréable à Venise qu'elle imaginait leur liaison terminée. Les adieux glacés dans le taxi semblaient sans équivoque. Maintenant, il paraissait avoir tout oublié : charmant, presque suave, avec des inflexions tendres, il lui parlait comme s'ils revenaient d'une lune de miel. Il s'excusa de sa froideur, qu'il mit sur le compte de son livre qui lui donnait des soucis. Il promit de s'amender et lui jura que son apparence rugueuse cachait un cœur sensible et aimant. En dépit de ces protestations d'attachement, Aglaé avait du mal à oublier sa déception : elle attendait tant de cette escapade dans cette ville magnifique en compagnie d'un écrivain qui la charmait. Son premier voyage à Venise avec son mari, le Suédois, lui avait laissé un mauvais souvenir : celui-ci passait son temps à reluquer les gondoliers et les grooms et à s'entretenir d'un air mystérieux avec les portiers d'hôtel. Elle le soupçonnait même d'avoir été s'encanailler, un soir, avec les marins de la Giudecca.

Sous ses airs de princesse, Aglaé se morfondait dans les complexes. Hors de rares instants où elle se trouvait sublime, elle se lamentait d'être laide, trop grande, trop mince, trop crépue et surtout trop noire. Son rêve aurait été de naître dans la peau d'une de ces petites blondes fades et potelées que les hommes peuvent dorloter et mettre dans leur poche. Encombrée d'un interminable corps, sa taille la condamnait à regarder le monde de trop haut et lui imposait un air altier qui l'isolait. Mal à l'aise dans la société artificielle où elle vivait depuis son mariage, elle se sentait en exil de ce Gabon de son enfance tiraillé entre l'étuve tropicale de sa côte maritime et les touffeurs de ses savanes desséchées où la terre rouge se craquelle, où les couchers de soleil ressemblent à de sanglants assassinats. À sa manière, elle était une lionne, faite pour la solitude, le luxe, la paresse et des étreintes à la fois tendres et cruelles.

Elle regrettait la simplicité et la nudité de la vie africaine, mais elle savait qu'elle ne pourrait renoncer aux vices contractés en Occident : la drogue des grands couturiers, les parfums de prix, les plaisirs de la mondanité, tous ces colifichets stupides qui la grisaient. Elle aimait chez Hugo Fortis un mélange de force instinctive et de cérébralité sophistiquée. Écrivain, il représentait pour elle le prolongement des professeurs qu'elle avait révérés. En même temps, elle savourait ses enfantillages, l'imagination débordante qu'il déployait, son art de raconter des histoires, ses dons magiques qui la ramenaient aux sortilèges africains. Elle n'acceptait d'être maltraitée par lui que parce que sa culpabilité y trouvait son compte. Être une femme émancipée lui pesait; la cruauté de son amant apaisait son désir de payer durement les dissipations qu'elle se reprochait.

Hugo Fortis, estimant qu'il avait repris la situation en main, en vint au motif de son coup de téléphone.

« Si nous dînions ensemble, ce soir, dans un restaurant avec une terrasse? Nous pourrions prolonger l'atmosphère de l'Italie, dit-il d'un ton mélancolique.

– Non, désolée, ce soir c'est impossible. Je dois aller voir un peintre dans son atelier. Zapanski. Vous connaissez?

– Je le connais trop.

– Vous n'aimez pas sa peinture?

– Sa peinture est nulle.

– Vous êtes sévère. Il a une très grande cote, vous savez. Son exposition au Moma a été un succès. Nous voudrions exposer ses tableaux à travers l'Afrique. »

Zapanski avait fait du chemin depuis l'époque où il vendait ses tableaux pour une bouchée de pain et tentait vainement de mettre Agnès Fortis dans son lit. Il devait sa célébrité à une toile aujourd'hui fameuse qui représentait trois pastilles rouges sur un fond vert pomme. Ces trois pastilles rouges étaient sa marque et se retrouvaient dans plusieurs séries acquises par les musées et les grands collectionneurs : sur fond bleu (musée de Chicago); sur fond crème (musée d'Art moderne de Tokyo); sur fond orange (collection Hans Grubner). Ayant épuisé la gamme des couleurs, il avait placé ses trois points rouges sur des figures géométriques, carrés, triangles, lignes noires et blanches. Sa peinture est une innovation importante, « une révolution copernicienne à rebours », avait écrit James Hardeberg, le critique new-yorkais qui lui avait consacré une importante monographie.

Aglaé connaissait assez le caractère excessif et jaloux d'Hugo Fortis pour ne pas s'émouvoir de sa sortie contre Zapanski. Elle aimait cette peinture qui lui paraissait harmonieuse et originale. Elle n'allait pas jusqu'à comparer son importance à celle de Michel-

Ange, comme n'avait pas hésité à l'écrire James Hardeberg. Si diplômée qu'elle fût, Aglaé ne se sentait pas le droit de contester une réputation aussi établie. Elle considérait la mission dont elle était chargée par l'Unesco avec plus de modestie : il s'agissait de faire connaître en Afrique les différentes tendances de l'art contemporain.

Le refus d'Aglaé exaspérait Hugo Fortis. Il ne supportait pas l'idée de passer la soirée seul.

« Aglaé, soupira-t-il d'un ton plaintif, j'ai vraiment besoin de vous voir. Vous me manquez terriblement. Je vous en supplie, annulez votre rendez-vous.

– Bon, je vais venir, dit Aglaé émue de tant d'insistance, j'irai voir l'atelier de Zapanski une autre fois. »

Hugo Fortis éprouva un soulagement. De précieuse et lointaine, Aglaé redevint pour lui banale. Il ne passerait pas la soirée seul, voilà tout. Et il se remit à songer à Agnès et à supputer les chances de la voir revenir.

38

Le dôme illuminé des Invalides dominait de tout son or la terrasse du restaurant. L'avenue de La-Tour-Maubourg charriait des bruits de voitures et des gaz d'échappement à l'odeur âcre, que la brise mêlait tantôt à la respiration chaude de l'asphalte, tantôt aux senteurs fraîches des frondaisons. La nuit douce et tiède donnait des idées de vacances. Derrière l'abri symbolique des caisses de buis nains, on se sentait protégé. Hugo Fortis et Aglaé, installés à une table mal éclairée par une bougie qui s'éteignait au moindre souffle, tentaient de déchiffrer le menu. À la table voisine, la conversation battait son plein. Un groupe d'hommes et de femmes fêtait un événement qui paraissait les réjouir et exciter leur verve; des rires, des plaisanteries fusaient; on citait des noms d'acteurs célèbres assortis de cachets fabuleux; on se grisait de millions. L'excitation montait comme toujours dès qu'on parle d'argent. Hugo Fortis releva la tête et regarda dans la direction du personnage important auquel les convives s'adressaient avec obséquiosité. C'était un quinquagénaire empâté dont le visage semblait avoir hésité à être beau mais avait finalement opté pour la laideur. La graisse épaississait des traits avilis par une expression molle et vulgaire qu'animaient de petits yeux noirs, vifs et pénétrants. La veulerie et le contentement de soi perçaient sous le masque impérial. Cet homme-là régnait, c'était manifeste. De ses grosses mains poilues ornées d'une chevalière à sa chemise en soie, tout son être exultait la jouissance du pouvoir. Lorsque Hugo Fortis croisa son regard, l'homme lui adressa un salut cérémonieux qu'il lui rendit, se disant que ce visage ne lui était pas inconnu. Mais où l'avait-il rencontré? Il tenta de s'en souvenir, puis abandonna.

Hugo Fortis prit la main d'Aglaé. La nuit accroissait sa peur de la solitude. Il n'éprouvait aucune tendresse pour elle – et même un léger agacement en sa présence – mais il voulait la reconquérir. L'indifférence des femmes lui était insupportable. Dès qu'il ne lisait plus la passion dans leurs yeux, il s'inquiétait de la perte de son pouvoir de séduction. Depuis le départ d'Agnès, les déboires s'accumulaient : refus de Lucila Penweiler de dîner avec lui, froideur d'Aglaé. Son charme n'opérait-il donc plus? Où était le temps où toutes les femmes l'adoraient?

Il tentait d'attendrir Aglaé en la faisant rêver.

« Et si nous partions pour Prague la semaine prochaine, ou pour Saint-Pétersbourg? Cela serait merveilleux de passer des nuits blanches sur la perspective Nevski. Vous avez lu *Les Nuits blanches* de Dostoïevski? Nous pourrions nous promener en barque sur la Neva. »

Aglaé gardait un mauvais souvenir des nuits blanches, en Suède, interminables, frustrantes, auprès d'un mari très peu entreprenant, mais l'évocation de Saint-Pétersbourg la fit réfléchir.

« Nous pourrions..., continuait Hugo Fortis.

– Aller au musée de l'Ermitage », s'exclama Aglaé tombant dans le piège.

Les notes aigres d'un violon qu'on accordait attirèrent leur attention. À quelques pas, contre le mur de l'immeuble, un vieil homme maigre au visage délabré, vêtu d'un costume gris usé jusqu'à la corde, se penchait tendrement sur son instrument. À ses pieds, comme s'il gardait l'étui du violon, un corniaud au poil broussailleux, les babines retroussées, haletant, dardait des yeux hargneux vers les dîneurs. L'homme et le chien semblaient s'être polis l'un l'autre dans la décrépitude; à force de s'être réchauffés dans de longs hivers de misère et d'errance, ils avaient fini par avoir un air de famille.

L'homme commença à jouer. Le violon gémissait une plainte qui semblait exprimer la situation pathétique de son interprète. Son jeu ne manquait pas de métier, mais un métier recouvert de la poussière des galetas, corrompu par l'indigence, distendu par la sénilité. À ce spectacle, Hugo Fortis sentit les larmes lui monter aux yeux.

« Vous reconnaissez l'air? demanda Aglaé.

– Non, vraiment, je ne vois pas, répondit Hugo Fortis qui ne connaissait rien à la musique.

– C'est *Thaïs* de Massenet.

– *Thaïs*, répéta-t-il en levant vers elle un regard admiratif.

– Vous savez qu'il existe plusieurs *Thaïs*, continua-t-il, ravi d'avoir une occasion de faire étalage de son savoir. La mère d'Alcibiade qu'on trouve dans Villon " Alcibiada née Thaïs ", et l'autre, la courtisane repentie évoquée par Anatole France.

– Massenet s'est inspiré de la courtisane », dit Aglaé.

Des éclats de voix retentirent à la table voisine. L'homme important fulminait contre le violoneux.

« C'est insupportable, on se croirait aux Halles!

– Encore s'il jouait correctement, ajouta d'un air servile un petit homme rougeaud au crâne chauve qui, depuis le début du dîner, s'aplatissait pour capter les bonnes grâces de l'homme important.

– Qu'il aille dans le métro », ajouta d'une voix pâteuse une grosse blonde aux yeux globuleux.

L'homme important héla le garçon et lui tendit un billet.

« Donnez ce pourboire au virtuose et dites-lui que ça suffit pour ce soir, qu'il aille se faire entendre ailleurs. »

Le garçon au visage rouge et en sueur se dirigea vers le violoneux, lui tendit le billet d'un air dégoûté et le somma de déguerpir. Le violoneux protesta : il acceptait l'argent, mais refusait de partir. Le garçon le menaça et commença à l'empoigner. Le chien aboya. Le garçon battit en retraite avec un geste d'impuissance.

« Je vais y aller, moi, vous allez voir », s'exclama l'homme important avec une fureur feinte en faisant mine de se lever.

Toute la table s'esclaffa.

« Garçon... tenez, voici un autre billet, dit l'homme important avec un large sourire de roué. Cette fois, vous ne lui donnerez qu'à la condition qu'il s'en aille. Compris? »

Le garçon s'exécuta. Le chien aboya à nouveau. Le violoneux haussa les épaules et empocha le billet. En maugréant, il se baissa pour ranger son instrument.

Hugo Fortis observait la scène sans un mot. L'humiliation du violoneux le révoltait. Pâle, tendu, il se leva et s'approcha du vieil homme. Après lui avoir adressé quelques mots, il le ramena à sa table et l'invita à s'asseoir. Le vieil homme accepta d'un air penaud; l'odeur de son chien, tapi sous sa chaise, empesta l'atmosphère.

À la table voisine, ce fut un tollé. L'homme important fit un signe au garçon. « Appelez-moi le patron! »

Celui-ci, un homme maigre, voûté, plein de componction, apparut bientôt, suivi du garçon à la face cramoisie. Il écouta respectueusement les doléances de l'homme important.

« Oui, Monsieur Lartigaud, bien sûr, Monsieur Lartigaud, je comprends fort bien. Je vais essayer d'arranger les choses. »

Il s'approcha d'Hugo Fortis, le front plissé, avec l'expression du plus grand embarras.

« Bonjour, Monsieur Fortis. Je suis désolé d'intervenir... Mais j'agis à la demande de l'un de nos clients les plus... » Il se pencha à son oreille et baissa la voix. « C'est Lartigaud, le grand producteur de cinéma, vous le connaissez sûrement. » Il continua en haussant la voix : « Il trouve fâcheux, n'est-ce pas, que des personnes, comment dirais-je... étrangères à l'établissement... en raison de notre réputation... enfin, il pourrait y avoir une solution : par exemple vous pourriez venir vous installer à l'intérieur où je peux vous trouver un endroit très tranquille. Vous seriez plus à votre aise pour parler avec ce monsieur. Bien sûr à condition que vous n'y voyiez aucun inconvénient...

– Justement, rétorqua Hugo Fortis, j'y vois un grand inconvénient. Si M. Lartigaud est mécontent de mes fréquentations, vous pouvez lui dire que je les estime moins vulgaires que les siennes. Je ne céderai pas, j'en fais une question de principe. Monsieur est un artiste. Il a le droit au respect. Il restera à ma table, que cela chante ou non à M. Lartigaud.

– C'est tout à fait votre droit, Monsieur Fortis, croyez bien que je suis désolé, n'est-ce pas... j'essaye d'arranger tout le monde... M. Lartigaud n'est pas n'importe qui... mais si c'est une question de principe, je m'incline. » Tout en parlant, le patron du restaurant enfonçait la main dans la poche de sa veste comme s'il y cherchait la solution de son problème.

Le patron revint vers l'homme important, leva les bras en signe d'impuissance et regagna la salle du restaurant. Les yeux d'Hugo Fortis et de M. Lartigaud échangèrent une brève lueur de haine. Et chacun fit comme si l'incident était clos.

D'un ton dégagé, Hugo Fortis demanda au violoneux quelles circonstances l'avaient conduit à la mendicité, tandis que le garçon lui apportait une pêche Melba.

« J'étais second violon au concert Pasdeloup, dit-il d'une voix chevrotante. Et puis j'ai eu un grand malheur, oui, un grand malheur.

– Un malheur?

– Ma femme. Un jour, elle m'a quitté, comme ça, sans prévenir. Je peux dire que je suis tombé de haut. Alors a commencé la dégringolade. Ça va très vite vous savez. On commence par ne plus se rendre au concert, par ne plus sortir de chez soi, par ne plus se nourrir. On tombe comme si on n'avait plus personne pour vous retenir.

– Et vous ne l'avez jamais revue?

– Non. Elle est morte. Je vais souvent à Picpus.

– À Picpus?

– Sur sa tombe. Et vous voyez, c'est bizarre, mais je l'aime encore. »

Ces paroles glacèrent Hugo Fortis. Tout en interrogeant le malheureux, il ne pouvait chasser l'idée que celui-ci préfigurait son propre destin. Si Agnès ne revenait pas, allait-il connaître la même déchéance? Soudain la superstition le saisit : cet homme allait lui porter la poisse. Il demanda l'addition, et détourna son regard du violoneux qui continuait à s'épancher.

Dès qu'il eut réglé l'addition, il s'empressa de se lever et sans lui serrer la main, avec un simple geste d'adieu, il entraîna Aglaé.

Tandis qu'ils marchaient le long du boulevard des Invalides, Hugo Fortis se répétait « Un jour elle m'a quitté ». Et il voyait un vieux clochard dans la misère qui avait son propre visage. Il repensa à l'homme important. Il savait qu'il venait d'agir contre ses intérêts. Lartigaud n'était pas du genre à oublier cet affront. Il lui mettrait des bâtons dans les roues, c'était prévisible. Toute cette histoire pour un violoneux. Il se ressaisit. « Si c'était à refaire, je le referais, se dit-il. Mais je suis certain que Zapanski, lui, se serait conduit comme un lâche. »

39

Alexandre tremblait de bonheur en descendant l'escalier en compagnie d'Agnès.

« Ma voiture est garée un peu plus bas. Il faut marcher. Je suis désolé », bafouilla-t-il.

Ils descendirent la rue sans un mot. Il lui ouvrit la porte de la voiture anglaise décapotable et s'installa au volant. Dans son émotion, il eut du mal à introduire la clé de contact.

« Où dois-je vous conduire? » demanda-t-il d'un air confus.

Agnès plongée dans ses pensées ne répondit pas.

Alexandre, gêné, toussa, et reposa sa question. Agnès se tourna vivement vers lui avec un regard halluciné :

« Allons chez toi! »

Un immeuble de dix étages lui serait tombé sur la tête qu'Alexandre eût été moins surpris. Il crut avoir mal entendu. Peut-être avait-il bu trop de champagne? Les cigarettes n'étaient pourtant pas bourrées de marijuana ni la tarte aux pruneaux de champignons hallucinogènes. Il toussota et répéta timidement, comme s'il craignait de s'être trompé : « Chez moi? » La sueur perlait sur son front.

« Oui, chez toi », répéta Agnès d'une voix implacable.

Alexandre, avec un frissson, sentit passer près de lui l'ange du bizarre.

La voiture démarra et prit la direction d'Auteuil. Alexandre se demandait ce qui lui arrivait. Dans ses rêves les plus fous, il n'aurait jamais pu imaginer qu'une femme aussi séduisante se jetterait ainsi à sa tête. Il s'interrogeait : peut-être se méprenait-il sur elle et lui prêtait-il des arrière-pensées qu'elle n'avait pas ? Mais pourquoi alors insister pour venir chez lui ? Peur de la solitude, crise d'angoisse ? Il était face à un cas qu'il n'avait jamais rencontré ni même envisagé. Et cela le troublait. Peut-être eût-il osé, dans des circonstances très favorables, lui prendre la main et tenter de l'embrasser ? Mais ces avances le déroutaient. Il sentait qu'il n'avait plus voix au chapitre et cette situation irrégulière provoquait en lui un malaise. Il ne savait plus quelle conduite tenir. Il était à sa merci. Ce renversement inattendu des rôles l'inquiétait. Son esprit se préoccupait de mille détails : la femme de ménage n'aurait-elle pas eu la malencontreuse idée de mettre ses caleçons à sécher au-dessus de la baignoire ? Que se passerait-il s'ils tombaient nez à nez avec ses parents qui rentraient de l'Opéra ? Il essayait d'imaginer le regard d'Agnès lorsqu'elle pénétrerait dans le studio qu'il habitait au-dessus de l'appartement familial : n'allait-elle pas le trouver trop adolescent avec ses murs tapissés de photos de Marilyn Monroe ? Et là, que se passerait-il ?

« Attention ! » cria Agnès.

Alexandre donna un brusque coup de volant. Sans s'en rendre compte, il venait de brûler un feu rouge et avait failli emboutir une voiture.

Tant bien que mal, Alexandre parvint rue Molitor.

Il trouva une place en face de son immeuble, gara la voiture, coupa le contact et se tourna vers Agnès.

« Voilà! » dit-il, n'osant lui proposer de monter.

Agnès ne réagit pas. Prostrée, elle semblait dans un songe.

« Vous ne vous sentez pas bien? » demanda-t-il.

Agnès, sans répondre, sortit de la voiture. Ils pénétrèrent dans un immeuble bourgeois qui sentait la pelure d'orange. L'ascenseur poussif les hissa au huitième étage. Le cœur d'Alexandre battait. Il n'osait regarder Agnès. À chaque étage, sa sensation d'oppression augmentait. Il ouvrit la porte et la précéda dans le studio pour voir si tout était en ordre. Agnès posa son sac sur un fauteuil. Une sensation de gêne l'effleura : elle ne pouvait s'empêcher d'associer cette pièce à la chambre de son fils : un même parfum d'enfance. Elle s'approcha de la fenêtre ouverte et huma l'air tiède de la nuit parfumée de lilas. Elle se tourna vers Alexandre qui tenait une pile de cassettes et hésitait entre deux morceaux de musique. Elle tendit la main vers sa nuque, l'attira vers elle et l'embrassa avec fougue. Alexandre lâcha les cassettes qui dégringolèrent sur la moquette. Puis il tenta de se mettre à l'unisson de la trombe qui l'emportait. À peine furent-ils allongés sur le lit qu'elle entreprit de le déshabiller. Alexandre se laissa faire.

Agnès se déchaîna sur lui. Elle l'entraîna dans des ébats torrides qui le laissèrent ébahi et épuisé. Plusieurs fois pendant qu'il subissait sans désagrément ses quatre volontés, Alexandre se demanda s'il était vraiment un homme : il avait plutôt l'impression d'être une frêle jeune fille troussée par une furie.

L'orage cessa soudain. Agnès pensive alluma une cigarette et en tira une longue bouffée. Alexandre ne comprenait pas pourquoi cette femme, qui venait de lui manifester une telle passion, était maintenant murée dans l'indifférence.

« Tu as une petite amie? demanda-t-elle distraitement sans le regarder.

– C'est-à-dire, je... », balbutia Alexandre, gêné, ne sachant s'il devait dire ou non la vérité. Finalement, il avoua qu'il en avait une, qu'elle s'appelait Julie et préparait Sciences Po. Cela n'avait pas beaucoup d'importance car Agnès ne l'écoutait plus. Elle s'étonnait que cette idée de l'adultère qui l'effrayait pût être en réalité une chose aussi banale. À dire vrai, et cela la tracassait, elle n'avait pas l'impression d'avoir trompé Hugo Fortis. Quelque effort qu'elle fît pour souiller l'image de son mari, elle n'y parvenait pas. Ce qu'elle avait fait avec ce jeune homme, dont elle ne savait même pas le nom, n'était qu'une agitation innocente, sans gravité. Elle n'avait pas à la bouche ce goût de remords et de dépravation qu'elle cherchait. Une impression fade de fatigue sans aucun lien avec les dissipations du sexe. Comme si elle n'avait fait que passer ses nerfs sur quelqu'un.

« Raccompagne-moi, il est tard », dit-elle d'un air hautain sur le ton avec lequel elle se serait adressée à un inconnu à qui elle aurait accordé la privauté de lui prendre la main.

40

Dans la rue mal éclairée, la grande ombre massive du professeur Tchekhov se déploya de sa Rover pour ouvrir la portière à sa femme, qui refermait la porte de la maison. Le rouge à lèvres faisait ressortir sa pâleur. Elle n'était pas vêtue de ses habituelles robes longues de style russe, mais d'une courte jupe noire fendue, qui lui découvrait les cuisses, et d'un chemisier vert foncé ouvert sur de petits seins. Elle fumait une cigarette d'un air fébrile, et la jeta dans le caniveau en pénétrant dans la voiture.

La Rover sortit de Piccadilly et se dirigea lentement vers Kensington. Ni le professeur ni sa femme ne proférèrent un mot pendant le trajet à l'exception de ce court dialogue.

« Vous n'avez pas oublié la clé, j'espère? demanda le professeur.

– Non, je l'ai dans mon sac.

– Vous n'avez pas pris d'argent?

– Non, vous me recommandez toujours de ne pas en emporter.

– Alors tout va bien. »

Ils étaient tous les deux pensifs. Leurs visages tendus exprimaient l'émotion qui précède les aventures dangereuses.

Ils atteignirent Kensington Gardens. Les rues y étaient encore plus sombres. Les ruelles sordides et louches fuyaient à l'approche de la voiture. De grandes affiches publicitaires dissimulaient la lèpre des immeubles miteux. Le professeur Tchekhov suivait son chemin dans le lacis des rues ouvrières et des entrepôts comme s'il avait vécu ici toute sa vie. À un carrefour, il s'engagea dans une rue sur la droite et se gara à une centaine de mètres d'un établissement aveugle dont la porte peinte en noir était éclairée par une lumière rouge. Gravé sur une plaque de cuivre, on pouvait lire sans autre indication : The Black Prince.

Le professeur et sa femme signalèrent leur présence en appuyant sur le bouton. Le judas ménagé dans la porte s'ouvrit, et on les laissa entrer.

L'établissement ressemblait à un bar. Dans une salle enfumée, s'agglutinaient une trentaine d'hommes et de femmes. À y regarder de près, rien de moins homogène que ce monde de noctambules : un mélange de personnages élégants, de femmes belles, soignées, et d'individus à l'allure interlope, avec des airs de crapule, de demi-mondaines éméchées parmi lesquelles on remarquait des créatures dont l'allure voyante, la tenue aguicheuse ne laissaient aucun doute sur leurs activités galantes. L'atmosphère pétillait d'une gaieté factice, comme si, derrière cette façade de rires, de gloussements, de propos dégagés, pesait une menace. De temps à autre un couple s'éloignait du bar et, soulevant un rideau qui dissimulait une porte, s'enfonçait dans une pièce attenante qui paraissait plus sombre. Le professeur et sa femme observèrent les groupes debout près du bar et s'installèrent à leur tour. Le professeur commanda deux cocktails. Il tendit le verre à sa femme et, prenant le sien, s'éloigna à l'autre bout du bar où il s'arrêta, l'air pensif. Un assez bel homme d'une trentaine d'années s'adressa aussitôt à elle : le visage huileux, les épaules étroites, le regard fuyant, il ne manquait pas de bagout. Il dit quelque chose qui la fit rire. Il lui commanda une tequila frappée qu'elle but d'une traite. Elle rit encore d'un rire enfantin. L'homme l'entraîna vers la porte dissimulée par le rideau et ils disparurent.

Le professeur but un bon nombre de cocktails. La patronne, une rousse d'âge mûr, qui avait dû être belle, lui adressa quelques paroles aimables. Ils parlèrent un moment à bâtons rompus comme de vieilles connaissances. Elle l'emmena un peu à l'écart.

« Puis-je me permettre de vous donner un conseil?

– Naturellement.

– Le garçon que je vous ai adressé l'autre jour, celui de l'annonce, ce type qui est chef de cabine à Air France, vous voyez qui je veux dire?

– Un garçon sympathique, il me semble.

– Oui, seulement à votre place je m'en méfierais.

– Ah! »

Le professeur demeura songeur. « Chantage? demanda-t-il.

– Non. Je me suis laissé dire qu'il était malade, je veux dire sexuellement malade. Ce n'est pas très grave, si c'est soigné à temps. Vous n'avez pas remarqué ses yeux rouges?

– Ah, ça c'est ennuyeux, dit le professeur en se caressant la barbe d'un air préoccupé, c'est vraiment ennuyeux. Je vais prévenir ma femme! »

41

Hugo Fortis ne dormit pas dans son pigeonnier. Il regagna l'appartement familial avec l'espoir qu'Agnès serait revenue. Il imaginait leurs retrouvailles ; cette joie de renouer avec un bonheur qu'on a cru perdre et dont on mesure enfin l'importance. « Si elle pouvait savoir combien j'ai changé », se répétait-il, sans que rien dans sa conduite ne confirme ce changement : il venait de quitter le lit d'Aglaé après lui avoir prodigué les plus vives démonstrations de tendresse et il avait rendez-vous le lendemain avec Lucila Penweiler. À ses yeux, ces liens n'engageaient qu'une part superficielle de lui-même. Il aimait Agnès. Le reste n'avait aucune importance. Il serait toujours temps, à son retour, de se mettre en règle. Désirait-il vraiment s'amender ? Ce n'était pas la première fois qu'il jouait avec d'illusoires serments de fidélité.

L'appartement était vide. Il s'y sentit un intrus. Sans sa famille qui l'animait et lui donnait vie, ce lieu était lugubre. Il inspecta chaque chambre, espérant y trouver une trace du passage d'Agnès. Il finit par se réfugier dans son bureau et se laissa tomber dans un fauteuil en cuir. Le poids de sa vie et de ses erreurs l'accablait. Quel gâchis ! À quoi servait d'avoir conquis tant de choses si l'essentiel manquait ? Des bribes de son passé lui revenaient. La chambre de bonne de la place Saint-Sulpice où il avait écrit son premier roman. Tout ce qu'il avait connu depuis, le succès, la notoriété, n'était peut-être qu'un rêve, ce rêve qu'il faisait, rue Férou, en se penchant à sa fenêtre qui donnait sur un mur. Les plans de vie qu'il élaborait alors, les stratégies, les places fortes à prendre, toute une stratégie de conquêtes qui l'enfiévrait. Il avait imaginé bien des choses sur son avenir, jamais il n'avait soupçonné qu'un jour il pourrait être seul. Bien sûr les femmes! Elles passaient dans sa vie sans la réchauffer : une suite d'élans vite dissipés. Rien de plus stérile et de plus desséché qu'une liaison dont on a épuisé les sucs. On ne se reconnaît plus dans celui qu'on a été. La passion n'a pas plus de réalité qu'une vieille manie dont on se serait guéri. Le désir ne se conjugue sur aucun mode du passé. Il ne reste que de vieilles archives du cœur, qu'il ne sert à rien de consulter. Où étaient ses amis? Pourquoi ce désert autour de lui? Il se souvenait des visages qui avaient éclairé sa jeunesse : Édouard de Verres, la peau rougie par le soleil, assis sur un muret de pierres sèches, Julien, complexé par sa taille, faisant des moulinets avec sa raquette de tennis devant un parterre de jeunes filles, John McKenzie le Leica vissé sur l'œil, le séjour à Uzès, les déjeuners autour de la piscine en plein soleil, Agnès déjà, jeune fille indomptable et rêveuse dont il n'aurait jamais pensé qu'elle s'insérerait si bien dans les réalités de la vie familiale – une pointe de dépit lui perça le cœur. Et au-dessus de tout cela, l'image forte, noire, fascinante de Diane. Une légende! On ne pouvait la comparer à personne. Elle était d'une autre essence. Des éclats rouges de volupté se mêlaient au souvenir de son mariage à Oxford avec un baron allemand milliardaire. Les images de son séjour avec elle à Venise se surimprimaient sur un fond de grands collèges gothiques, de garden-party sur la Clive.

Hugo Fortis se leva et s'accouda à la fenêtre. La tour Eiffel illuminée se dressait au-dessus du moutonnement sombre des arbres. Les allées du Champ-de-Mars éclairées par la lumière blafarde des réverbères semblaient attendre un meurtre. L'air langoureux avait un parfum sucré. C'était une de ces nuits d'été qui semblent faites pour rêver avec une femme aimée contre son épaule. On adresse à la nuit des messages informulés qui paraissent pouvoir atteindre des mondes inconnus. Quelque chose d'autre existe, invisible, mais qui palpite. On voudrait s'y perdre, se laisser engloutir dans les vagues d'un amour infini qui répondrait à toutes les attentes, un amour fatal, profond et définitif comme la mort.

Il s'arracha à la fenêtre, déplia la couverture écossaise posée sur le canapé, s'y enroula selon sa vieille manie, et s'allongea.

L'été était dans sa tête. L'été chantant et odorant d'Uzès avec ses champs de lavandes et de coquelicots; la bastide aux voûtes fraîches; la cour de pavés surchauffés; les margouillats immobiles qui guettaient leurs proies; les longs corridors sombres striés par la lumière des persiennes où reposaient d'antiques meubles cirés. Il voyait Agnès descendre de sa 2 CV, et s'avancer, belle, hâlée, vêtue d'un chemisier bleu ciel assorti à ses yeux, marchant dans l'allée de cyprès à travers le mur sonore des criquets. D'un soupirail parvenaient les bruits des casseroles maniées rudement par le cuisinier marocain. Il avait fait quelques pas vers elle, pieds nus, sur les graviers brûlants.

« Zut, j'ai oublié mon maillot de bain! » C'était sa première exclamation. Il s'en souvenait avec émotion.

Elle venait se baigner. Julien l'avait invitée à la piscine, qui servait de prétexte à une intense vie sociale. Ils s'étaient retrouvés par hasard sur le marché d'Uzès. Leur flirt ne pouvait durer : avec le recul cela sautait aux yeux. Mais à l'époque on pouvait croire que ces deux êtres si dissemblables s'entendraient : comment Agnès, lisse, positive, aurait-elle pu s'entendre avec Julien qui n'aimait que les femmes compliquées, névrosées?

Les journées se passaient selon un rite immuable. Le matin, après le petit déjeuner, on se baignait et ceux qui le voulaient allaient au marché d'Uzès faire provision de visages. On déjeunait au bord de la piscine et l'on refaisait le monde devant des pâtes au pistou. On parlait, on disait n'importe quoi, sauf Isabelle, la sœur d'Édouard, une brune disgracieuse et effacée qui craignait de dire des bêtises devant les amis de son frère si brillants, et Judith la jeune fille au pair, préposée à la garde des enfants d'Isabelle, qui ne se départait pas d'un air de princesse en exil. Personne n'imaginait qu'un jour elle épouserait Édouard. Pas même le principal intéressé. Et elle? Il n'est pas impossible que l'idée eût déjà germé dans son esprit. Après le café, tout le monde filait. Derrière les persiennes closes, chacun travaillait, ou essayait, ou faisait semblant, avant de succomber à une redoutable sieste; lui-même, le plus opiniâtre, commençait un roman; Édouard reprenait son vieux livre ébauché, l'abandonnait, esquissait un poème et finissait par s'endormir; Julien essayait d'attirer Agnès dans sa chambre, sans succès. Quant aux jeunes filles, elles papotaient, se livraient à ces interminables et mystérieuses conversations, chantantes, ponctuées de rires, qui sont comme la musique de la jeunesse.

Le soir, on dînait dans la cour aux pavés encore tièdes de soleil, sur d'inconfortables chaises en fer, éclairée par de grands candélabres. L'air avait la douceur du miel. Le vin rosé coulait. Julien faisait sa cour à Agnès, et chacun se demandait s'il était parvenu à ses fins. Hugo scrutait Agnès comme s'il cherchait à sonder la profondeur de son sentiment pour Julien. Édouard jouait avec plaisir son rôle de maître de maison : accueillir chez lui ses amis, en général moins fortunés, lui donnait de l'assurance. Il annonçait les visites prévues pour le lendemain. Sous son air impassible, on le sentait heureux de régner sur ses invités, comme autrefois son père qui accueillait dans cette même bastide Jean Cocteau et Georges Auric. Judith, silencieuse, observait et posait sur chacun un regard fixe et intense d'oiseau de proie.

C'est au milieu d'un de ces dîners qu'apparut Diane, invitée par Julien avant que ne commence son flirt avec Agnès. Quand on la vit débarquer du taxi poussiéreux, qui venait d'affronter l'infernal chemin de terre menant à la bastide, dans un tailleur en soie prune, il y eut un instant de silence, quelques secondes pendant lesquelles chacun, le souffle coupé, subit l'emprise qu'on éprouve devant un être exceptionnel. Était-ce sa beauté? Si belle qu'elle fût, cela ne suffisait pas à expliquer l'effet qu'elle produisait. Hommes et femmes étaient subjugués. Quand la conversation reprit, lentement, par à-coups, personne ne pensait plus à ce qu'il disait.

Le ton avait changé : on ne se permettait plus les mêmes plaisanteries faciles; on respectait sa sieste; et, lorsqu'elle s'absentait, la conversation tournait exclusivement autour d'elle. On ne parvenait pas à s'expliquer le mystère qui l'enveloppait. On se posait mille questions à son propos auxquelles on ne pouvait apporter de réponse. Agnès s'éclipsa pendant son séjour.

La veille de son départ, pendant le dîner, Diane proposa un bain de minuit. Tout le monde trouva l'idée excellente. Mais finalement Julien bouda, lui-même, enrhumé, se déroba, et Édouard se retrouva seul dans la piscine avec Diane. On entendit des rires dans la nuit, puis le silence. Des portes qui se ferment dans la vieille bâtisse; les planchers qui craquent. L'impression qu'il se passe quelque chose sans qu'on sache très bien quoi. Et le lendemain, au petit déjeuner, les visages indéchiffrables. Diane, elle, avait disparu, laissant dans son sillage une dernière énigme. Quant à Édouard, ses traits ne donnaient aucune indication sur sa nuit. On ne pouvait rien y lire : si ce n'est que ce bain de minuit avec Diane ne semblait pas lui avoir laissé un souvenir très gai.

Et bientôt Agnès réapparut.

Hugo Fortis revoyait le visage d'Agnès dans le plein soleil. Il s'éveilla. Il eut du mal à retrouver le sommeil. Il se retournait sans cesse sur le canapé. Au matin, des bruits dans l'appartement l'éveillèrent en sursaut. La pièce baignait dans une implacable lumière crue. Des voix d'enfants retentirent. Il se leva avec précipitation et se trouva nez à nez avec Agnès et les enfants.

« C'est toi! » s'exclama-t-il faisant le geste de la prendre dans ses bras.

Elle se déroba.

« Oui, c'est moi », dit-elle en haussant les épaules. Elle entraîna les enfants à sa suite dans l'appartement, laissant Hugo Fortis heureux et déconcerté.

42

L'avion venait de décoller du London City Airport et survolait la Tamise. Julien n'avait pour ainsi dire pas dormi de la nuit. Pourtant son esprit, loin d'être embrumé, était vif et clair. Il savourait l'avenir qu'il avait toujours craint. Comme tous les velléitaires qui s'usent dans l'indécision et se rongent les sangs, il était ravi d'avoir surmonté ses hésitations. Le parti qu'il venait de prendre l'emplissait de satisfaction. Pour une fois il ne balançait plus. Sa vie, au lieu de lui apparaître comme un lacis de chemins devant lesquels il hésitait toujours, s'ouvrait telle une majestueuse avenue. Jamais il n'aurait pu imaginer qu'il se marierait, et certainement pas avec une jeune fille de vingt ans, et encore moins avec Tina. L'idée l'avait parfois effleuré, mais il n'y avait jamais pensé sérieusement. Quelle impulsion l'avait jeté dans ce projet hier insensé, aujourd'hui raisonnable? Plus il réfléchissait, plus sa décision lui paraissait bonne. Après tout, il n'avait plus l'âge de vivre au jour le jour, comme un adolescent attardé. Il fallait éviter de tourner au vieux célibataire aigri et libidineux. Une femme jeune, très jeune, introduirait dans son existence une fantaisie et un équilibre dont il avait besoin. Bien sûr, avec les années, il risquait d'être trompé. Mais qui ne court pas ce risque? Ceux qui épousent une femme vieille et très laide? Ce n'est même pas certain. Mieux valait être déshonoré par une jolie jeune femme qu'honoré par un vieux débris. La question, de toute façon, ne se poserait que dans dix ou quinze ans. D'ici là, Tina aurait mûri; elle aurait appris à le comprendre; le temps les aurait soudés. C'était bel et bien une décision sage.

Comment n'y avait-il pas pensé plus tôt? Pourquoi avoir perdu une année à se torturer? D'avance, il caressait tous les bonheurs qu'il allait connaître avec Tina. Rassuré, ayant trouvé son équilibre, il romprait avec cette vie dissolue qui ne le satisfaisait pas. Il pourrait enfin écrire, le soir, tandis que Tina, près de lui, préparerait son D.E.A. Une existence réglée, laborieuse se profilait. Comme la vie était imprévisible. Hier encore, au fond du malheur, il croyait ne plus jamais revoir Tina.

L'avion, abandonnant la zone des docks et des grands entrepôts lépreux, s'élevait dans un ciel céruléen où ne flottaient que quelques petits nuages mousseux d'une blancheur éblouissante. Julien prit sa serviette et en sortit son manuscrit. L'opuscule du professeur Tchekhov lui tomba sous la main. Il l'examina. *Le Bréviaire du Mal*, quel pathos! Il lut l'exergue : « L'acte des ténèbres, l'acte génésique auquel nous devons d'exister et par lequel nous prolongeons l'espèce est un trait d'union fulgurant entre le néant d'où nous venons et le néant où nous allons : un cri entre deux insondables silences. » Les aphorismes que contenait la plaquette étaient tous de la même eau. « L'adultère est un droit légitime d'opprimé au même titre que la grève, l'insurrection ou la révolution. »

« Le sexe, s'il parvenait à se libérer, pourrait être

l'instrument de la plus sanglante des révolutions. La guerre, la violence, le crime sont les manifestations exaspérées du sexe réprimé. La liberté sexuelle aurait donné la paix universelle. »

Julien referma l'opuscule. Le professeur Tchekhov avait plus d'envergure que son ouvrage. Mieux valait le voir que le lire. Julien éprouvait la séduction de ce personnage, mélange de monstre d'érudition, de martyr de l'histoire et d'imposteur raspoutinien, mais il était déçu par ces pensées besogneuses qui se ressentaient de l'influence de Wilhelm Reich et de l'hérésie psychanalytique marxisante. Son style le trahissait : la vérité incontestable de son être se boursouflait dans ces phrases, dont la cadence zarathoustrienne dissimulait la pauvreté.

Julien reprit l'ébauche de son livre. Il en lut quelques feuillets avec une impression d'accablement. Lucide, il savait par où son livre péchait : il ne savait pas ce qu'il voulait dire. Il avait envie d'écrire, d'aborder le thème de la trahison, mais il pataugeait : il ne savait ni comment prendre son sujet, ni ce qu'il voulait prouver. C'était un thème trop vaste. Un jour il pensait écrire un essai, le lendemain il penchait pour un roman, le surlendemain pour une pièce de théâtre.

À l'origine, il s'était intéressé à la trahison sous un angle précis, passionné par le cas des intellectuels de Cambridge passés avec armes et bagages dans le camp communiste : les Philby, les McLean, les Blake, les Cairncroff, les Blunt. Quelle fêlure secrète dans l'enfance les avait amenés à rompre le pacte qui les attachait à leur patrie? L'idéal communiste était-il une patrie supérieure? Julien avait beau se plonger dans ces existences aventureuses, elles gardaient leur secret. L'homosexualité était peut-être une clé. Cela l'avait conduit à lire *Aristote ou Le Complexe de trahison* du docteur René Allendy. L'ambivalence des pulsions homosexuelles amène à se délecter de cette atmosphère trouble de la culpabilité qu'entraîne la trahison, qui rappelle la culpabilité de l'inversion à la fois honnie et délicieuse. D'Aristote il en était venu à Judas et à son évangile noir conservé par les gnostiques, à Ganelon si décrié dans les romans de la chevalerie, dont le geste peut être interprété comme un acte d'admiration pour la civilisation arabe bien supérieure à celle des pandours francs et normands.

Mais de ce magma il ne parvenait pas à tirer un fil conducteur. Plus il avançait dans ses recherches plus le sujet de son livre devenait confus. Les quelques pages écrites ne s'inséraient dans aucun plan et les idées se contredisaient. Ce qui lui plaisait, c'était l'idée du livre, la caresser, en parler, en rêver. Dès qu'il s'agissait de mettre la main à la pâte, l'étendue et la difficulté de la besogne lui apparaissaient et le faisaient bâiller. Pourtant, il ne pouvait se résoudre à abandonner.

La lecture d'un article dans le *Times* consacré aux travaux historiques du professeur Tchekhov lui avait donné un coup de fouet. La trahison des États était un sujet magnifique : pourquoi exiger des individus une fidélité que les gouvernements eux-mêmes n'observent pas? Ils trahissent la parole donnée et vivent facilement avec leurs parjures.

Reste que la rencontre avec le professeur avait été décevante. Pas d'esprit plus négatif que le sien. Quelle aide pouvait-on espérer trouver auprès de lui? La seule leçon qu'on pouvait tirer de sa philosophie désespérée, c'était qu'en face de l'horreur du monde mieux valait se jeter par la fenêtre. Décidément ce livre, il ne l'écrirait jamais. En tout cas, pas maintenant. Julien referma la chemise cartonnée, rangea son stylo, et tira un roman policier de la poche de son imperméable.

Une bouffée de culpabilité l'assaillit. Il n'avait toujours pas appelé sa mère. Comment allait-elle réagir à l'annonce de son mariage? Et l'article sur Poussin! Il imaginait la tête d'Eva Haupman si elle apprenait qu'il n'avait pas mis les pieds à la National Gallery. Pourquoi supportait-il toutes ces femmes autour de lui dont aucune n'avait l'idée de lui ficher la paix?

43

Agnès avait quitté le domicile familial sous le coup d'une impulsion, c'est une autre impulsion qui la décida à y revenir. Après avoir laissé Alexandre, elle s'endormit comme une souche dans l'hôtel de la rue Saint-Benoît où elle avait trouvé refuge. Elle s'éveilla à l'aube : toutes les raisons qui l'avaient décidée à s'enfuir lui parurent soudain dénuées de sens. Pourquoi abandonner la place alors qu'elle n'avait aucun tort à se reprocher? Pourquoi se conduire en coupable? En quelques minutes, elle rangea ses affaires, régla la note, passa prendre ses enfants chez son amie et, à huit heures, avant que la concierge ne monte le courrier, elle pénétra dans l'appartement de l'avenue Charles-Floquet. La soirée passée avec Alexandre n'entrait en rien dans sa décision : elle n'avait pas plus l'impression d'avoir trompé son mari que si elle avait raccompagné un ami de son fils et lui avait fait réciter ses leçons. Pas un soupçon de culpabilité, pas même ce souvenir trouble, un peu chaud, qu'elle conservait de son aventure manquée avec Zapanski. Non, l'adultère ne lui procurait pas la sensation tant désirée de commettre une faute. Était-elle devenue inaccessible à la volupté ou le jeune Alexandre était-il trop lisse pour se prêter à un fantasme d'infidélité? Son désir de vengeance restait inassouvi.

En retrouvant son mari, elle s'étonna elle-même de son insensibilité : elle n'éprouvait plus aucun sentiment pour lui. Il était devenu un étranger. Elle souhaitait cependant avoir une explication avec lui. Les réactions d'Hugo étaient si faciles à prévoir : ce qu'il allait lui dire, ses promesses, ses cadeaux, les mêmes bijoux de chez Van Cleef & Arpels. Et tout se terminerait par une invitation au restaurant italien.

Agnès, dans sa chambre, rangeait des vêtements. Troublée, elle ne savait plus très bien ce qu'elle faisait. Elle pliait et dépliait ses affaires moins par nécessité que pour donner un dérivatif à sa nervosité. Hugo Fortis apparut à la porte de la chambre, un crayon à la main avec lequel il jouait d'un air gêné, ne sachant comment renouer le dialogue.

« Cela me fait vraiment plaisir que tu sois revenue, dit-il. Tu m'as donné une sacrée frousse. Tu aurais pu... »

Hugo Fortis s'interrompit à l'arrivée d'un de ses fils qui, sous prétexte de quémander de l'argent pour un achat mystérieux, venait se renseigner sur les motifs de la brouille. Rembarré par sa mère, l'enfant s'allongea sur le lit et se mit à tripoter l'interrupteur de la lampe de chevet. Hugo Fortis arbora cet air faussement enjoué qu'Agnès lui connaissait quand il avait à se faire pardonner et il lança son fameux : « Je vous emmène tous déjeuner à l'Italien! »

Agnès haussa les épaules.

« Tu préfères un autre restaurant? demanda-t-il, inquiet.

– Impossible, répondit Agnès, je suis prise.

– Ah bon, avec qui déjeunes-tu?

– Avec quelqu'un que tu ne connais pas. »

La sonnerie du téléphone retentit. Hugo blêmit. Pourvu que ce ne fût pas Aglaé ou Lucila.

« C'est sûrement un appel pour moi. Je vais le prendre dans mon bureau.

– Pas la peine, dit Agnès, c'est pour moi. »

Elle décrocha le combiné. Hugo Fortis l'observait avec angoisse. La malchance allait-elle s'acharner sur lui? Le ton d'Agnès le rassura.

« Oui, c'est moi, attends un instant, veux-tu! » Elle se tourna vers Hugo Fortis et dit d'un air qui signifiait qu'elle voulait être seule : « C'est bien pour moi. »

Une fois seule, elle reprit sa conversation : « Allô, Julien, tu es rentré. Il faut absolument que je te voie... le plus vite possible... aujourd'hui... déjeunons ensemble... non, pas au restaurant, chez toi... oui je préfère chez toi. »

Elle raccrocha, se passa la main dans les cheveux, et demeura un instant songeuse.

Dès qu'elle sortit de la chambre, Hugo Fortis, qui rôdait dans les parages, refit assaut d'amabilités, arborant toujours son sourire diplomatique.

« Ce serait sympathique de déjeuner tous ensemble à l'Italien.

– Je t'ai déjà dit que j'étais prise, n'insiste pas! lança Agnès d'un ton agacé.

– Avec qui déjeunes-tu?

– Avec Zapanski », lança Agnès sachant que ce nom agacerait son mari.

Hugo Fortis haussa les épaules.

« Comme tu voudras. Mais tu ne fais vraiment aucun effort pour arranger les choses. »

Agnès le fixa avec des yeux pleins de fureur. Elle faillit le gifler. La décision qu'elle hésitait à prendre s'imposa à elle.

« Arranger les choses! Pourquoi? Je te quitte. Je vais demander le divorce. »

En prononçant cette phrase, Agnès se sentit délivrée d'un poids. Mais aussitôt, elle éprouva une souffrance atroce, comme si elle entendait sa mère annoncer la même décision à son père, et qu'elle ressentait la souffrance de sa mère, celle de son père et la souffrance de la petite fille qu'elle était en voyant son cadre familial dévasté.

44

L'appartement de Julien rue du Dragon s'ouvrait sur un jardin dont les arbres venaient d'être élagués. Le jardinier n'y était pas allé de main morte : les trois marronniers sans feuille, amputés de leurs branches, avaient l'allure frileuse de jeunes recrues auxquelles on a tondu la boule à zéro. Les murs chargés de tableaux respiraient une atmosphère de vieille bourgeoisie raffinée. Agnès, assise sur un canapé dans le salon, s'abandonnait au charme des souvenirs : ce lieu qu'elle avait connu quinze ans auparavant, lorsque les parents de Julien l'habitaient, n'avait pour ainsi dire pas changé. Elle se rappelait ses émotions de jeune fille et se montait la tête en s'imaginant un amour pour Julien qu'elle n'avait pas éprouvé. Ravissante dans un tailleur grège en lin, rien chez elle ne révélait l'épreuve qu'elle traversait. Seuls quelques signes d'impatience trahissaient une légère nervosité. Elle regardait Julien avec un sourire enjôleur, persuadée qu'au fond elle n'avait jamais cessé de l'aimer. Mais il ne lui manifestait, lui, que cette bienveillance dépourvue d'ambiguïté que l'on réserve à un très ancien flirt, et se demandait où elle voulait en venir. L'idée d'un retour de flamme de sa part ne lui venait même pas à l'esprit.

Leur conversation prenait ce ton badin des vieilles amitiés amoureuses qui, ayant beau se distendre, n'en gardent pas moins une irremplaçable complicité. Julien avait hâte de savoir ce que voulait Agnès afin de pouvoir lui annoncer son mariage avec Tina. Il n'est jamais désagréable de se venger, même longtemps après, d'une femme qui vous a quitté en lui déclarant qu'on va épouser une fille de vingt ans.

Pendant le déjeuner – exécrable – servi par une vieille Polonaise qui détestait faire la cuisine et ne supportait pas la présence d'une femme dans l'appartement, Julien essaya de faire parler Agnès. En vain.

Ce n'est que de retour dans le salon, en attendant le café, qu'elle révéla ses intentions. Elle s'approcha de Julien et lui tendit ses lèvres.

« Embrasse-moi », dit-elle.

Julien, surpris, déposa un baiser sur ses lèvres et voulut s'éloigner.

« Non, embrasse-moi vraiment, implora-t-elle.

– Voyons Agnès, balbutia Julien, gêné.

– Je veux faire l'amour avec toi. Viens ! » Elle essaya de l'entraîner dans la chambre.

« Agnès, sois raisonnable ! »

Plus elle insistait, moins Julien se sentait de goût pour un revenez-y. N'allait-il pas se marier ? Surtout, Agnès avait perdu tout charme à ses yeux.

« Tu peux bien faire ça pour me faire plaisir, poursuivait Agnès, seulement une fois. »

L'arrivée de la Polonaise qui, en signe de désapprobation, déposa lourdement le plateau du café sur la table basse, obligea Agnès à se refréner. La gouvernante sortie, elle reprit l'offensive. Désormais pour elle, il n'était plus question de nostalgie amoureuse mais d'amour-propre : elle ne pouvait pas quitter Julien sans être parvenu à ses fins. Mais celui-ci tenait bon. Replié à distance respectueuse, il tentait de mettre la conversation sur un sujet anodin. Agnès comprit qu'elle n'arriverait à rien. Elle le fixa avec des yeux pleins de rancœur. L'édifice sentimental qu'elle avait construit s'effondra. Elle se rendit compte que non seulement elle n'avait jamais aimé Julien, mais qu'il l'exaspérait et qu'elle le détestait. Elle sortit du salon et claqua la porte d'entrée, laissant Julien abasourdi et frustré de n'avoir pu parler de son mariage avec Tina.

45

Tout en marchant sous les frondaisons du Champ-de-Mars, Hugo Fortis s'interrogeait sur les relations de sa femme avec Zapanski. Ce n'était pas la première fois qu'elle évoquait le nom du peintre qu'elle se complaisait à citer pour l'irriter. Chaque fois, il en éprouvait le même agacement : il était jaloux du Polonais et ne supportait pas que sa femme s'intéresse à un artiste à la réputation usurpée. Depuis le temps qu'il le croisait sur son chemin, Zapanski avait toujours provoqué en lui une exaspération qui ne faisait que croître avec la publicité dont on entourait cette coqueluche des journaux. Il lui en voulait d'avoir profité de son physique avantageux pour séduire les critiques et les jeunes femmes qui se piquent d'avant-garde, oubliant que lui-même avait largement bénéficié des mêmes avantages : un visage romantique, un air ombrageux, un front tourmenté. Pour lui, Zapanski devait sa carrière aux femmes, toujours indulgentes à l'imposture lorsqu'elle s'habille d'un beau sourire, de quelques muscles, et d'un vague alibi artistique.

Tant de riches mondaines parrainaient Zapanski depuis ses débuts. Il rompait avec elles dès qu'elles cessaient de lui être utiles : admiratrices, maîtresses, égéries, protectrices, il avait épuisé toute la gamme.

Avait-il jamais éprouvé pour elles un sentiment autre que du mépris? Il les exploitait, leur soutirait de l'argent, profitait de leurs relations et les abandonnait en leur laissant en souvenir une de ses fameuses toiles marquées de ses emblématiques trois points (comme la cote de ses toiles avait monté dans des proportions vertigineuses, il pouvait estimer que non seulement il ne leur devait rien, mais qu'il leur avait fait un somptueux cadeau). S'il les méprisait, elles en revanche gardaient de lui le souvenir d'un Slave langoureux plus caressant que voluptueux qui avait fait passer dans leur existence le délicieux frisson de la bohème.

Hugo Fortis avait beau se dire que Goya, Manet, Max Ernst avaient eu eux aussi leur riche protectrice, il n'arrivait pas à excuser Zapanski. Eux avaient du talent, tandis que le Polonais avec ses trois points... Et si justement Zapanski avait du génie et que ce génie, il était incapable de le voir! Cette question le tarabustait. Bien sûr, des écrivains ont méconnu de grands peintres : Zola n'a pas compris Cézanne. C'est ce scrupule qui le conduisit vers la galerie de l'avenue Franklin-Roosevelt où Zapanski exposait ses toiles. Ultime souci de vérification artistique.

En traversant le pont de l'Alma, Hugo Fortis crut trouver le défaut majeur du peintre : sa paresse. Pas cette paresse fertile que connaissent tous les grands artistes, ces moments de rêve passés à imaginer une œuvre, à projeter des idées dans le ciel infini du possible; non, la paresse de l'âme, le manque d'acharnement et de courage nécessaires pour se colleter avec son projet et le sortir de sa gangue de mièvrerie et de facilité. Il ne décelait chez lui ni la fureur sacrée, ni le profond désespoir, ni l'enthousiasme qui animent les vrais créateurs. Zapanski n'avait cherché dans l'art que les avantages d'une sinécure : à l'abri d'un statut flatteur, il bricolait des toiles qu'il authentifiait frauduleusement par un mélange de bavardages philosophiques, de succès mondain et de paradoxes d'atelier. Le snobisme avait fait le reste : ce vent prêt à souffler sur n'importe quelle nouveauté à condition qu'elle réunisse quelques-uns des préjugés de l'air du temps. Zapanski les cumulait : beau garçon, exilé, victime du totalitarisme, il proposait des tableaux suffisamment incompréhensibles pour ne pouvoir être jugés sur des critères devenus obsolètes, le métier, le travail, l'art.

Avenue Montaigne, Hugo Fortis s'arrêta devant la boutique d'un fleuriste. Et s'il en profitait pour envoyer des fleurs à Agnès? Pourquoi ne pas en envoyer aussi à Aglaé? Il entra dans la boutique fraîche et humide comme une caverne et examina les plantes. Une botte de pivoines attira son attention. Il les contemplait avec une jouissance particulière : les pétales duveteux donnaient l'illusion de la chair féminine; les fleurs elles-mêmes, pleines d'une grâce languide, lui faisaient songer à une femme, plus précisément à une cocotte à sa toilette en déshabillé; une suggestion voluptueuse de peau, de dentelles, de jarretière, dans le négligé matinal, après les ablutions. Ces fleurs dont il ne pouvait détacher son regard lui inspiraient un plaisir qui dépassait l'émotion sensuelle, comme si elles étaient reliées à un souvenir enfoui. La fleuriste interrompit sa méditation. « Puis-je vous aider? » demanda la jeune femme en noir avec des lunettes à double foyer qui lui donnaient une désagréable expression inquisitrice.

À quel épisode de sa vie se rattachaient ces pivoines?

À quelle femme ? Comme c'était irritant de ne pouvoir se le rappeler. Soudain le voile se déchira : les pivoines de Manet. Les fleurs fraîchement coupées lui avaient rendu intacte cette impression de volupté éprouvée devant le tableau; une émotion attachée, il ne savait pourquoi, à la figure mutine de Mery Laurent, la demi-mondaine protectrice et maîtresse de Manet; le tableau qui la représentait à moitié nue, un bracelet en or au poignet, montrait un velouté de la peau rose semblable aux pivoines. Manet les avait-il associés ? Hugo Fortis se sentit en proie à une joie intense, à un enthousiasme juvénile. Il venait d'avoir une éblouissante révélation : la chaîne des correspondances de l'art s'imposait à lui. La vie et l'art se répondant dans un écho infini. Mais pour cela il fallait un art sensible, non corrompu par l'intellectualisme, un art qui s'inspire des grands modèles que lui donne la vie, pas cet art de la rupture, de la disgrâce cybernétique, de la mécanique infernale, tel que le concevait Zapanski. « Que peut bien ressentir Zapanski devant les pivoines de Manet ? » se demanda Hugo Fortis. « Rien. Forcément rien. Cette génération spontanée des monomaniaques de l'avant-garde est dans une impasse. Elle sera stérile car elle n'est le fruit d'aucune filiation. » Tandis que lui-même, quelle que fût sa place demain dans la littérature, on pourrait le lire, indépendamment de son talent propre, comme le palimpseste des écrivains qui l'avaient précédé : à travers lui, on pouvait retrouver l'influence de Pierre Jean Jouve, la lumière de Stendhal lu à dix-sept ans, sa passion pour Melville et, parce qu'il le plaçait au plus haut de son panthéon personnel, son adoration pour le vieux fou de Iasnaïa Poliana, à cheval sur sa jument Délire, faune étreignant des brassées de fleurs. Même si ce qu'il avait écrit ne valait rien, son œuvre réverbérerait toujours cette passion démente pour la littérature. Il serait une petite étoile dans la planisphère, un astre minuscule mais en correspondance avec toutes les planètes qui l'avaient précédé et qui lui succéderaient.

Hugo Fortis sortit de la boutique sans avoir acheté de fleurs. Il marchait dans l'avenue inondée de soleil comme s'il avançait dans les rayons de sa propre gloire. Il n'était plus jaloux de Zapanski. Il le plaignait. Au fond, c'était un phénomène social : il imaginait le jeune Polonais âgé de dix-sept ans dans une province reculée, à Zakopane où il devait suivre des cours d'ingénieur graphique, orphelin de la beauté, n'ayant devant les yeux, pour former son goût, ni les tableaux de Léonard, ni ceux de Rembrandt, de Poussin, d'Ingres, de Degas. S'il avait commencé par dialoguer avec ces grandes œuvres, il aurait à jamais été vacciné contre cette hérésie artistique. Mais au lieu des œuvres de ces géants, on avait dû mettre sous ses yeux les productions de Kandinsky, de Nullisky, de Néantisky.

46

Plongé dans ses pensées, Hugo Fortis arriva à la galerie Zavrides. Une grande toile marquée des trois fameuses pastilles rouges régnait dans la vitrine. Plein de bonne volonté, il poussa la porte en verre qui lui résista. C'était le jour de fermeture de la galerie. Il tendit le cou et essaya d'apercevoir les toiles exposées. Il en distingua quelques-unes peu aptes à bouleverser la vision qu'il avait du peintre. Il reprit sa marche en direction des Champs-Élysées, satisfait de son effort d'honnêteté. Un aphorisme de Georges Braque lui revint, qui lui parut assez bien adapté au cas de Zapanski : « La vérité existe, on n'invente que le mensonge. »

Soudain la jalousie l'envahit. Zapanski déjeunait avec Agnès et allait l'entraîner dans son atelier. Il eut une bouffée de haine. Il se raisonna : de toute façon, le Polonais ne fichait rien et ne devait pas mettre souvent les pieds dans la galerie. Il entendit qu'on le hélait. Il se retourna : Zapanski, jovial, lui faisait face, sa belle chevelure blonde brillant dans le soleil. Il émanait de lui une juvénilité, et cet air désinvolte que donne l'assurance du succès. Il était vêtu de manière chic et débraillée.

« Qu'est-ce que tu fiches par ici ? » demanda le Polonais avec bonhomie, employant son irrésistible tutoiement avec un accent qui d'année en année devenait plus fort. Il lui tapa sur l'épaule et continua à lui palper le bras comme s'il éprouvait un plaisir sensuel à son contact.

« Rien, je me promène », répondit Hugo Fortis. Mais il se reprit aussitôt craignant d'être entraîné dans l'exposition par le peintre et de devoir subir ses commentaires hermétiques. « J'ai un rendez-vous important dans le quartier. »

Zapanski le regarda avec un sourire fin.

« Tu as vu mon exposition?

– Oui, bien sûr. Très intéressante. Bravo! » Hugo Fortis ne pouvait résister au charme du Polonais qui dégageait une séduction étrange, due sans doute à ce contraste entre son physique viril et la chatterie féminine de ses manières. À quoi bon lui dire ce qu'il pensait réellement de sa peinture : de toute façon ils ne pouvaient se comprendre.

« Si tu veux, exceptionnellement, je peux faire ouvrir la galerie exprès pour toi, proposa Zapanski, je te donnerai des explications que je n'ai données à personne... même pas au journaliste d'*Art's Review*. J'ai beaucoup de choses intéressantes à dire sur mes nouvelles œuvres.

– Merci, vraiment je regrette, mais je suis déjà en retard. Une autre fois.

– Comme tu voudras, je n'insiste pas », siffla Zapanski agacé. Il cherchait depuis longtemps l'occasion d'intéresser Hugo Fortis à ses tableaux. Un article de lui dans un grand journal eût été du meilleur effet. Non que le Polonais eût la moindre considération pour le talent d'Hugo Fortis : sans avoir jamais lu une ligne de lui, il jugeait sa littérature conventionnelle et dépassée. Mais justement, il en avait assez d'être la coqueluche des modernistes et souhaitait maintenant une caution classique.

« Comment va la belle Agnès ? » demanda Zapanski avec une lueur sadique dans ses prunelles de saphir.

Hugo Fortis le regarda interloqué. Est-ce qu'il se fichait de lui ? Ne venaient-ils pas de se voir au déjeuner ? Peut-être même avaient-ils couché ensemble ? À quel jeu pervers jouait le Polonais ?

« Très bien, elle va très bien, répondit-il avec hypocrisie, désolé mais je dois filer.

– Ça m'a fait plaisir de te voir. Je te fais visiter mon exposition quand tu voudras. »

Ils partirent dans des directions opposées, aussi mécontents l'un que l'autre de leur rencontre.

47

La place Saint-Sulpice dans le plein soleil se donnait des airs italiens; l'église palladienne, la fontaine, les pigeons avides dans les jambes des gamins désœuvrés et braillards, quelques clochards assis à la fraîche sur un banc vert sous les ormes, occupés à pointer les partants du Pari mutuel, et dans l'atmosphère quelque chose de dansant et de parfumé qui inspire l'envie de siffloter et de manger des sorbets. Une gaieté d'après-sieste où tout invite au farniente ou à de molles discussions sur les chaises du Café de la Mairie. C'est l'impression que ressentit Édouard en sortant de sa réunion à l'hôtel des Impôts. Sa voiture l'attendait, mal garée, face au commissariat de police; le vieux chauffeur dormait, la bouche ouverte.

Édouard décida de flâner quelques instants. Peut-être pousserait-il jusqu'à un marchand de livres anciens en haut de la rue Saint-Sulpice. Il passa près de la fontaine, évitant de justesse un magnifique setter qui s'ébrouait après un bain dans la vasque. L'écart qu'il fit le plaça face à Julien qui, à cet instant, levait les yeux du journal qu'il lisait. Édouard eut un mouvement de recul qu'il tenta de corriger par un sourire : il lui était désagréable de voir son ancien ami. Un désagrément d'autant moins explicable qu'en général, au bout de cinq minutes de mise en route grinçante, leur vieille amitié se réchauffait et il éprouvait du plaisir à parler avec lui.

Cette rencontre était moins fortuite qu'Édouard ne voulait se l'avouer : n'était-ce pas là le lieu de promenade favori de son ancien ami ? – un lieu qui avait joué son rôle dans leur amitié.

Comme à l'accoutumée, l'entrée en matière fut raide et convenue :

« Tu vas bien, demanda Édouard en se dandinant, tu traînes toujours par ici ?

– Une vieille habitude. Et toi, qu'est-ce qui t'amène dans le coin ?

– Oh, rien, je sors d'une réunion avec les Finances. Un arbitrage avec notre banque.

– Toujours dans la banque ! »

Édouard rougit. Il prit la question comme une pique.

« Oui, mais j'ai d'autres activités. Je m'occupe d'une association d'aide au tiers-monde. »

L'image de Sandrine surgit ; il éprouva l'envie de se confier. À qui d'autre qu'à Julien pouvait-il avouer son histoire d'amour ? Il avait besoin de parler d'elle. Si secrète que devait rester sa relation, il lui fallait la raconter, lire dans les yeux d'un autre l'étonnement, le désir, l'envie. Un témoin était nécessaire pour sortir cet amour de sa clandestinité et lui donner sa vraie vie. Tout en réfléchissant à la manière d'amener le sujet, il poursuivit : « Et toi, toujours pas marié ? »

Julien sourit : « Tu ne crois pas si bien dire.

– Ah, bon ! Tu vas te marier ?

– Oui, dans un mois ou deux, le temps de remplir les formalités, dit Julien avec un sourire satisfait.

– Quel âge a-t-elle ? » La question jaillit sans qu'Édouard pût la retenir et il rougit à nouveau.

« Tu vas dire qu'elle est très jeune.

– Mais non, mais non..., murmura Édouard, la gorge sèche.

– Vingt et un ans.

– Oui, en effet, c'est jeune », s'exclama Édouard en s'efforçant de prendre un air dégagé qui ne réussit qu'à rendre son attitude plus empruntée.

Il se sentit triste. C'était comme si Julien lui volait sa vie. À quoi bon maintenant lui raconter une histoire d'amour qui aurait l'air d'être démarquée de la sienne ? Son désir frustré de se confier lui faisait mal. Décidément, cette vieille amitié ne lui apportait plus de joie, mais elle était encore capable de le faire souffrir.

« Bien », dit Édouard du ton pète-sec avec lequel il signifiait à ses collaborateurs ou à ses visiteurs peu importants que l'entretien était terminé. Il voulait ainsi humilier Julien mais il ne parvint qu'à acccroître son propre malaise.

Ils se serrèrent la main sans chaleur, certains de ne jamais se revoir, insatisfaits l'un et l'autre d'être passés à côté du plaisir de l'amitié, blessés de sentir mort ce sentiment qu'ils avaient connu si vivant ici même, à l'ombre de la fontaine ; où étaient passés l'enthousiasme qu'ils éprouvaient à se retrouver, la chaude complicité, le rire, et cette certitude que, quoi qu'il arrive, l'avenir les verrait toujours côte à côte ? Comment auraient-ils imaginé qu'un jour une telle glace les séparerait et qu'ils se regarderaient comme des étrangers ?

Édouard se dirigea vers sa voiture, avec l'impression qu'on venait de lui arracher brutalement un pansement sur une plaie douloureuse.

48

Édouard revint mécontent de lui à son bureau. Sa secrétaire se précipita vers lui.

« Monsieur, je vous cherche partout. Il est arrivé un malheur. »

Édouard blêmit. Il pensa à ses enfants, puis à Sandrine. Sa femme pouvait-elle avoir découvert quelque chose ?

« Un malheur ? Quel malheur ? demanda-t-il avec angoisse.

– L'avion humanitaire. On craint qu'il n'ait été abattu par les rebelles. »

Édouard ressentit un sentiment de soulagement. La pensée maligne que le docteur Petit avait peut-être été tué le traversa. Mais il la chassa avec agacement. Comment la jalousie pouvait-elle lui inspirer des pensées aussi basses ?

« Qui vous a dit cela ?

– Mme Beauchamp. Elle a été prévenue par une dépêche de l'agence Reuter.

– Appelez-la-moi ! »

Édouard était inquiet mais il avait l'habitude des fausses nouvelles. Une fois sur deux, lors des expéditions, les nouvelles alarmistes venant d'Éthiopie se révélaient fausses. Après un moment de panique, on s'apercevait que l'avion n'avait essuyé que quelques coups de feu d'un tireur isolé. Il ne fallait pas céder à l'affolement.

En fin de journée, après avoir téléphoné aux Affaires étrangères, Édouard se retrouva dans le bureau de Mme Beauchamp. Il salua Sandrine froidement, craignant de laisser transparaître son émotion. Il s'enquit des dernières nouvelles. Il se confirmait que l'avion avait bel et bien été contraint à un atterrissage de fortune. Commença alors l'attente. En dépit des circonstances tragiques, Édouard devait faire effort sur lui-même pour refréner sa jalousie : le visage de Sandrine au bord des larmes réveillait ses soupçons de l'aéroport. Son inquiétude pour le docteur Petit n'allait-elle pas se muer en amour? Il parvint à s'abstraire de son drame personnel et ne pensa plus qu'à s'informer du sort des membres de l'expédition et aux moyens de leur venir en aide.

Toute la soirée se passa dans l'angoisse. En réalité, tout était déjà joué. L'avion s'était posé dans des conditions météorologiques idéales sur la piste prévue. Mais un bataillon dissident des forces gouvernementales avait pris l'équipage pour cible. Le pilote, le commandant Renaud, qui avait essayé de parlementer, était mort, tué d'une balle en plein front, tandis que l'infirmière, violentée, avait été achevée à coups de baïonnette. Quant au docteur Petit, blessé à la cuisse d'une balle de kalachnikov, sauvagement battu, on le retenait en otage. La cargaison de vivres et de médicaments pillée avait été vendue au marché noir.

49

Hugo Fortis rentra chez lui un bouquet de fleurs à la main. Lorsqu'il le tendit à Agnès, elle haussa les épaules. Il se trouva stupide, ne sachant que faire de ses roses. Il la rejoignit dans leur chambre et parvint à la faire asseoir dans un fauteuil.

« Cesse de me fuir. On ne peut continuer ainsi. Il faut que nous nous expliquions. » L'image de Zapanski lui revint et raviva sa jalousie. « Avec qui as-tu déjeuné? demanda-t-il d'un ton agacé.

– Cela ne te regarde pas. Je déjeune avec qui je veux », rétorqua Agnès.

Il la dévisagea. D'où lui venaient cette assurance, cet air de défi? Avait-elle réellement déjeuné avec Zapanski? L'attitude de Zapanski, si fourbe qu'il fût, le persuadait du contraire. Mais alors avec qui? Un nouvel amant? Mais, au fond, était-il vraiment jaloux? Jaloux d'avoir perdu son ascendant sur elle peut-être, mais pas jaloux physiquement. Une question saugrenue le traversa : il se demanda s'il aimait encore sa femme. Il était sur le point de la supplier de ne pas le quitter, de lui jouer une comédie de la passion, mais en réalité il s'interrogeait encore sur ses sentiments. L'aimait-il ou voulait-il seulement qu'elle reste pour ne rien changer à son mode de vie? Pourtant si elle partait, il souffrirait. Mais serait-ce par amour? Il ne voulait pas que se casse à jamais ce qu'ils avaient construit ensemble, ce passé commun où il puisait sinon son identité, du moins l'une des sources de son équilibre. Mais après plus de dix ans de mariage, n'était-ce pas normal de n'être plus vraiment amoureux? La tentation le prenait de la laisser partir ou plutôt de saisir le prétexte de leur mésentente pour s'en aller vivre une vie plus aventureuse, redevenir un chasseur de femmes. Mais son livre, que deviendrait-il? Il l'abandonnerait. Il faudrait chercher un autre appartement. Pourquoi ne pas s'installer à Venise? Impossible, Venise est une ville de vieillards; il fallait pousser jusqu'à Milan pour trouver de la jeunesse.

Il s'entendait lui parler sur ce ton sérieux qu'il jouait à merveille sans un atome de sincérité. Était-ce sa faute s'il n'était jamais sincère? Il ne possédait pas assez de cohérence pour l'être. Il était condamné à toujours ressentir des sentiments doubles.

« J'ai des torts, je te l'accorde. » (En réalité il considérait sa tromperie justifiée par sa qualité d'écrivain : les expériences amoureuses étaient nécessaires à son art.) « Mais nous sommes des adultes, nous avons fondé une famille, nous devons regarder les choses en face. » (Ce pathos lui semblait le ton qui convenait le mieux à un mari pris en faute : il fallait en appeler à ce sens des responsabilités qui lui faisait pourtant si gravement défaut.) « Ce que nous avons construit, nous n'avons pas le droit d'en disposer à notre guise par caprice. » (À cet instant, il craignit d'exagérer : il avait l'impression de jouer la scène du mari coupable dans une pièce de Bourdet.)

Pourtant, ces paroles ébranlaient Agnès. Dans ce

genre de circonstances, les clichés les plus grossiers se révèlent plus efficaces que de sincères protestations d'amour. Sentant ses défenses faiblir, elle se cabra.

« Et toi, que dirais-tu si tu découvrais que je t'ai trompé, hein, que dirais-tu? »

Hugo Fortis prit un air empreint de dignité outragée : « Eh bien, si pénible que cela me soit, pour les enfants, pour notre couple, je m'efforcerais de pardonner et d'oublier. »

Agnès l'observait, partagée entre le désir de le croire et l'intuition qu'il lui jouait la comédie. Elle sentait se dissoudre ses résolutions. Des larmes lui montaient aux yeux. Quelques mots de plus et elle se jetterait dans ses bras en pleurant.

Hugo Fortis voyait Agnès faiblir. Encore quelques arguments bien sentis et la partie serait gagnée. Il ne pouvait s'empêcher de trouver un certain plaisir à cette manipulation psychologique où il montrait tant de dextérité. Il la regarda avec des yeux humides.

« Agnès, personne ne tient autant que moi à ton bonheur. Si je dois me sacrifier, j'y suis prêt. Crois-moi, recommençons comme avant, essayons, au moins quelques mois... »

Une larme coula sur la joue d'Agnès, qu'elle ne chercha pas à dissimuler. Hugo Fortis prit doucement sa main et y posa ses lèvres. Puis il l'étreignit et, tout en l'embrassant, il la guida vers le lit. Là, il lui fit l'amour avec une fougue et un plaisir qu'il n'avait pas connus avec elle depuis longtemps : ce corps qu'il avait failli perdre, avec son parfum de drame et de malheur, l'émouvait.

« Comme tout cela est simple, songeait Hugo Fortis, allongé aux côtés d'Agnès, avec un sentiment de satisfaction, comme faire l'amour avec les femmes résout facilement leurs dilemmes et simplifie leur psychologie. » Il se voyait reprendre le cours habituel de son existence. Agnès se leva. Il jugea plus galant de lui prodiguer un peu de tendresse. Il voulut la serrer dans ses bras. Elle se dégagea d'un geste brusque.

« Qu'est-ce qui t'arrive ? » dit-il, surpris de la vivacité de sa réaction.

Elle lui jeta un regard haineux. « Tu crois qu'il suffit de faire l'amour pour tout arranger. Tu me prends pour une putain. Allez, va-t'en ! »

Hugo Fortis la fixait, abasourdi.

« Tu m'as entendu, va-t'en, cria-t-elle, sinon j'appelle la police. »

Hugo Fortis se leva, désemparé. Il ne comprenait plus rien. Il se demanda si Agnès n'était pas devenue folle, explication qui vient tout de suite à l'esprit lorsqu'une femme n'obéit pas à ce qu'on attend d'elle.

50

Assis à son bureau de la Défense éclairé par la vue panoramique de Paris, François hésitait à donner sa démission. Une chose était d'avoir pris sa décision, une autre de l'annoncer à son président : il avait du mal à couper les ponts avec une société dont il avait partagé pendant dix ans la vie et les ambitions. Et cela lui répugnait d'autant plus d'avoir à la quitter dans la tourmente d'un scandale. Même si sa décision avait sa source dans un dilemme personnel sans rapport avec la situation de l'entreprise. Cette rupture était pour lui une question de survie. Que ferait-il ? Il n'en avait pas la moindre idée. Il voulait en profiter pour prendre du champ, voyager, aller dans le désert, se laver de sa vie engluée dans les préoccupations matérielles. Depuis si longtemps qu'il caressait ce rêve d'une existence pure.

Le téléphone sonna. On lui annonça que sa femme désirait lui parler. Il poussa un soupir.

« Mon chéri, je me sens très mal, dit-elle d'une voix exténuée.

– Tu as appelé un médecin ?

– Oui, mais cette fois j'ai peur que cela ne soit très grave.

– Je vais venir, ne t'inquiète pas. »

Il avait l'habitude de ce genre d'appel. Si souvent Anne-Marie lui demandait de venir d'urgence pour un malaise sans gravité, simplement pour lui faire partager son angoisse. Tout ce qui touchait au corps de sa femme, sa grossesse, ses maladies, augmentait son dégoût pour elle. Plus elle voulait l'obliger de s'intéresser à sa physiologie, plus il s'éloignait d'elle.

Quand il arriva chez lui, le médecin auscultait Anne-Marie. Au premier coup d'œil, François comprit qu'elle ne l'avait pas alarmé pour rien : son état était vraiment grave. Blême, le teint cireux, Anne-Marie parlait avec difficulté. Pour la première fois, il eut le sentiment qu'elle pouvait mourir et il se reprocha de ne pas l'avoir assez prise au sérieux. Le médecin, le visage soucieux, rangea sa trousse et l'entraîna à l'écart.

« Il faut l'hospitaliser d'urgence. La tension est très faible. Je ne veux pas avancer un diagnostic sans examen. »

Resté seul, François téléphona au gynécologue d'Anne-Marie afin d'obtenir l'adresse d'une clinique. Mais le médecin était absent. Il se souvint alors d'un médecin réputé, le docteur Zébris, dont il avait entendu vanter les mérites au cours d'un dîner. Il lui téléphona. En quelques minutes, le médecin régla la question de l'hospitalisation d'Anne-Marie à la clinique Blanche-Neige.

Cette clinique et le docteur Zébris qui la dirigeait jouissaient d'une curieuse particularité : leur excellente réputation mondaine était le cache-misère de la piètre estime dans laquelle les tenait le milieu médical. Établissement plusieurs fois en faillite, racheté par le prête-nom d'un homme d'affaires syrien installé au Liban, son personnel, ce qu'il en restait, était la lie de la profession. Le docteur Zébris, après des débuts prometteurs, avait, suite à un drame privé – son fils unique était mort dans un accident –, abdiqué toute exigence professionnelle et même tout sens moral. Plus rien n'avait d'importance. Sous l'apparence d'un respectable obstétricien, il n'était plus qu'un homme à l'âme ruinée qui ne regardait plus la médecine qu'avec des yeux fatalistes de petit boutiquier. Il avait gardé longtemps à ses côtés un anesthésiste accusé d'avoir abusé d'une patiente, dont il avait dû se séparer. La seule conscience professionnelle de la clinique résidait dans ses infirmières payées au rabais; quant aux infirmiers, avec leur mine patibulaire, on pouvait soupçonner le docteur Zébris de les avoir recrutés à la sortie du bagne.

Ces carences restaient camouflées par la prestance du docteur Zébris et son talent de beau parleur. C'est ainsi que l'émir Abdullah d'Arabie Saoudite venait de choisir la clinique pour l'accouchement de sa cousine préférée, croyant ainsi conjurer des risques qui eussent été bien moindres s'il l'avait confiée à une matrone du désert, qui l'aurait délivrée sous une tente en poil de chameau, avec une paire de ciseaux ébréchés et une bassine d'eau croupie.

C'est dans cette clinique qu'on transporta Anne-Marie gémissante. La chambre qu'elle occupait n'était qu'à quelques mètres de celle qui, la veille, avait accueilli la ravissante petite princesse d'Arabie. Le médecin de garde, un brave Sénégalais à l'air anxieux, en l'absence de tout personnel qualifié, reporta les examens urgents au lendemain et se contenta de soigner la malade à coups de sédatifs et d'analgésiques. Anne-Marie, assommée de médicaments, s'endormit. Et l'interne, qui voulait être tranquille, conseilla à François de rentrer chez lui.

51

Sous le ciel clair du soir d'été, l'hôtel particulier de la rue Spontini paraissait lugubre. Cette suite de petits immeubles sombres de la fin du siècle, tassés les uns contre les autres, sans perspective, sans arbre, manquait d'allégresse. Mais Diane aimait ce quartier qui lui rappelait Londres. Dès qu'on pénétrait dans sa maison, on retrouvait un confort, de beaux meubles lourds de style mi-victorien mi-Napoléon III, une accumulation d'objets et de bibelots, plus accordés à l'hiver qu'à la chaleur de l'été qui rend pesants les tentures et les brocarts. C'est ce qu'éprouva Julien en entrant dans le salon du premier étage. Après un moment d'attente, Suzanne, la gouvernante, revint et, la bouche en cul-de-poule, avec une diction parfaite, minauda :

« Madame la Baronne ne se sent pas très bien. Elle vous attend dans sa chambre. »

Julien gravit l'escalier abrupt, tapissé de gravures représentant des scènes de chasse au renard.

Allongée sur son lit, dans une robe de chambre en soie aux impressions indiennes qui accentuait son faux air oriental, Diane paraissait plus lasse que malade. Pâle, les yeux brillants, elle gardait un éclat qui chassait toute idée de maladie : elle faisait songer à une riche courtisane languide. Elle accueillit Julien avec un faible sourire.

« Il ne manque plus que les camélias », dit-elle.

Julien s'assit en face d'elle sur un fauteuil crapaud en velours cramoisi. Il sentit renaître ce mélange d'attirance et de dépit, de désir et de frustration, que leur amitié ne parvenait pas à apaiser. Et cette question, immanquable, qui le piquait : pourquoi n'avait-elle jamais voulu coucher avec lui? Pourtant, elle avait eu des amants moins beaux, moins riches que lui. La réponse devait être simple : il ne lui plaisait pas. Mais elle avait couché aussi avec des types qui ne lui plaisaient pas. Ils parlèrent et bientôt l'impression irritante se dissipa. Il brûlait d'envie de lui annoncer son mariage, mais une hésitation le retenait : il craignait que cet événement ne dépouille leurs rapports de l'ambiguïté qu'il voulait leur conserver. Il voulait garder l'espoir que Diane se donnerait à lui.

Elle l'interrogeait. « Et ce voyage à Londres? Quel dommage, à quelques jours près nous aurions pu nous retrouver là-bas. Qui as-tu vu? Avec qui étais-tu? »

La femme de chambre entra portant le plateau du dîner; pleine de componction, avec des gestes lents, elle installa les plats et les assiettes sur une table basse. La conversation en sa présence prit un tour impersonnel et ne redevint naturelle que lorsqu'elle s'éclipsa.

Ils parlèrent de Londres et des souvenirs qu'ils y avaient, du Basil Hotel; ils évoquèrent Édouard; et ils en revinrent aux vacances qu'ils avaient passées à Uzès, aux amis d'alors, à Hugo Fortis, à Agnès. Diane s'amusait de ces anecdotes et de ces histoires cent fois racontées, qui la replongeaient dans les jours insouciants de ses débuts. Julien s'amusait aussi, mais ces visages et ces images d'un bonheur ensoleillé réveillaient l'éternelle question sans réponse tapie dans ce passé : pourquoi pas lui ? Elle l'interrogea sur le marché de l'art et le prix des tableaux, mais elle ramenait la conversation aux années de jeunesse, et se plaisait à faire allusion à des hommes qui avaient été ses amants, parlant d'eux d'une façon qui allumait une lumière dans ses yeux. Chaque fois, Julien en éprouvait une blessure comme si ces hommes lui avaient volé un bien précieux. Ce jeu l'agaçait.

Minuit sonna lentement au cartel. Ils se turent, écoutant s'égrener les notes musicales. La conversation ne reprit pas. Ils se regardaient sans un mot, sans comprendre la raison de l'insatisfaction qu'ils ressentaient. Julien se leva pour prendre congé. Elle ne chercha pas à le retenir. Il l'embrassa et se dirigea vers la porte de la chambre avec ce sentiment de frustration et de rendez-vous manqué qui le poignait chaque fois qu'il la quittait.

Il referma la porte et allait descendre l'escalier lorsqu'il entendit Diane qui l'appelait. Il revint dans la chambre.

« Julien, ne pars pas encore, il y a quelque chose que j'ai oublié de te dire. Ne reste pas debout, assieds-toi près de moi. »

Elle sourit avec une expression triste.

« Je ne sais plus ce que je voulais te dire... ou plutôt je ne sais plus si j'ai envie de te le dire. »

Assis sur le lit tout près d'elle, il la regardait. Soudain le mur qui les séparait disparut. Irrésistiblement il se rapprochait de son visage et, loin de s'offusquer de son geste, elle le regardait avec une expression consentante, comme si elle aussi avait conscience qu'ils accomplissaient un acte qui ne dépendait pas d'eux.

Lorsqu'elle fut nue et qu'il la prit, Julien éprouva une sensation d'irréalité : ainsi ce moment qu'il avait tant espéré advenait sans qu'il l'eût vraiment cherché; la scène qu'il vivait était-elle bien réelle? Elle ressemblait tant aux rêves qu'il avait faits si souvent. Il la possédait donc, cette femme objet de tant de désirs. Mais il avait beau s'enorgueillir de sa victoire, il n'éprouvait pas plus de plaisir que s'il traversait une image, des images qui se superposaient et se mêlaient : son visage quand il avait voulu l'embrasser à Hyde Park, son corps sortant de la piscine à Uzès. Où était cette volupté légendaire, la furie qu'on lui avait décrite qui, dans le plaisir, lacérait le dos de ses amants? Ce corps pourtant brûlant de fièvre n'avait qu'un goût fade; il ne lui inspirait aucune idée de dépravation, mais des sentiments doux, affectueux. Julien accomplit les gestes de l'amour comme un automate, sans plaisir. Puis, allongé près d'elle, il continua de s'interroger : comment une femme si splendide pouvait-elle l'émouvoir si peu? Il se serra contre elle, fraternel.

Maintenant, la chambre qu'il découvrait avec un autre regard n'était plus celle qu'il avait connue, étrangère, froide et mystérieuse comme un sanctuaire; elle lui apparaissait familière, accueillante. Il entendit la voix de Diane. « Pourquoi avons-nous tant attendu? »

Julien se récria : « Mais Diane, tu ne voulais pas!

– Moi! dit-elle en riant.

– Tu te souviens lorsque tu m'as repoussé à Hyde Park?

– Je t'ai repoussé, c'est curieux, je n'en ai aucun

souvenir. J'ai toujours eu l'impression que je n'étais pas ton type. »

Elle se tut et reprit : « De toute façon, les refus d'une femme, qu'est-ce que cela signifie? Aucune femme ne sait ce qu'elle veut. »

52

François rentra de la clinique. Il se reprochait de n'avoir pas pris au sérieux l'état de santé de sa femme. Surtout, il s'en voulait de la tromper. Sa passion pour Diane avait beau le tenir, il savait qu'elle le conduisait à une impasse. Il avait besoin d'un amour fort, absolu, qui engage tout son être, mais un amour d'une autre essence, qui dépasse la sensualité, sans présence charnelle. Diane n'était qu'un pis-aller : elle ne servait qu'à le détourner de ses préoccupations plus fondamentales. Démissionner de son entreprise ne résoudrait rien.

La sensation de quelque chose d'humide et d'incongru contre sa cuisse le conduisit dans la salle de bains. Un liquide d'aspect jaunâtre et purulent s'écoulait de son sexe. Il comprit aussitôt la nature du mal dont il était atteint et qui le lui avait transmis. Il éprouva un mouvement de rancœur contre Diane! Le visage malade d'Anne-Marie lui apparut : l'avait-il contaminée? Était-il possible qu'elle risque de mourir à cause de lui, de perdre son enfant?

Quel dégoût! Déjà ce qui avait trait à la chair lui inspirait la nausée. Maintenant, devant son corps corrompu par sa sensualité, malfaisant, il se méprisait. Anne-Marie malade à cause de lui, c'était la punition de sa faute. Le pus qui s'échappait de son corps lui semblait aussi nauséabond que la pourriture qui rongeait son âme. Il voyait dans cette dégradation un avertissement. Qu'allait-il dire à Anne-Marie? Pourrait-elle jamais lui pardonner? Que signifiait tout cela?

Il passa une nuit d'exaltation et de souffrance. Le sommeil le fuyait. Il se sentait à certains moments près de découvrir la clé qu'il cherchait. Mais sa vie s'opposait à sa quête : les inquiétudes liées à la santé d'Anne-Marie, les tiraillements de sa passion pour Diane, le dégoût où le plongeait le mal qu'elle lui avait transmis, tout cela l'égarait.

À l'aube, ne pouvant plus supporter cette chambre qui baignait dans une atmosphère de corruption, il se leva et quitta l'appartement. Un jour pur se levait sur les rues désertes, on sentait la fraîcheur d'une belle journée qui commençait. Il marchait sans savoir où il allait. Les immeubles grisâtres s'écartaient devant lui, il traversait des rues vides où ne circulaient encore que les camions d'ordures avec leur allure pataude d'animaux préhistoriques gavés de détritus.

Au milieu des arbres surgit l'église Saint-François-Xavier. Il y pénétra. Une lumière rouge devant l'autel indiquait la présence du saint sacrement. Il se souvenait d'avoir prié ici, lorsque, enfant, il préparait sa communion solennelle. Les impressions anciennes des petits matins à jeun avant la communion lui revinrent. L'église avait toujours aussi peu de charme : ingrate, austère et froide comme la bourgeoisie du septième arrondissement qui venait s'y livrer à de parcimonieuses dévotions. Seules quelques vieilles à genoux sur les prie-Dieu apportaient la note de vérité qu'inspire la présence de la douleur.

François songeait à quitter cette église funèbre.

Quelle émotion pouvait-on ressentir dans un lieu aussi disgracié? Il imaginait une de ces délicieuses chapelles italiennes où le plus mécréant des hommes ne peut se défendre d'être parcouru d'un frisson divin. Il se résigna à s'agenouiller sur un prie-Dieu qui lui rappelait ses prières enfantines. Dans cette position inconfortable, la paille rude à ses os, il s'efforça de diriger ses pensées vers la question qui l'occupait. Pour chasser les préoccupations terre à terre qui l'assaillaient, il eut recours à la prière : « Je vous salue Marie pleine de grâce... » Peu à peu le monde réel s'effaça, comme s'il s'éloignait de la rive inhospitalière d'un pays exécré.

53

Diane s'éveilla au petit jour avec une térébrante douleur dans le ventre. Incapable de bouger, le front en sueur, elle attendit huit heures pour appeler Suzanne. Sitôt qu'elle vit son état, la gouvernante s'alarma. En dépit des protestations de Diane qui avait les médecins en horreur, elle prit sur elle d'appeler l'hôpital le plus proche : moins de deux heures plus tard, une ambulance emmenait Diane. Transportée aux urgences, on la transféra dans le service de gynécologie. Après de nouveaux examens, un jeune médecin aux cheveux courts, laconique, aux lunettes cerclées d'or, s'approcha de son lit. Sans la regarder, avec une componction ecclésiastique, il lui révéla le nom de la maladie vénérienne qu'elle avait contractée. Elle l'écouta saisie de dégoût. Il observa sa pupille avec une petite lampe et hocha la tête.

« C'est curieux, vous n'avez aucune rougeur dans les yeux. En général ce type de maladie enflamme le tissu conjonctif. »

Il lui administra un traitement de choc. Sous l'effet des sédatifs, elle s'endormit dans une chambre qui baignait dans une odeur de choux et de désinfectant, sous le regard compatissant d'une énorme Martiniquaise qui débordait du lit voisin. Suzanne demeura à son chevet, surveillant le rythme de sa respiration.

Quand Diane s'éveilla dans la soirée, elle ne souffrait presque plus. Suzanne avait tout organisé afin de rendre son hospitalisation la plus confortable possible. Elle refusa d'aller prendre du repos et passa la nuit près d'elle.

Deux jours plus tard, chancelante mais guérie, Diane regagna son domicile par une chaude matinée d'été. Quand elle franchit la porte de la rue Spontini, un sombre pressentiment la traversa.

« Cette maison me fait peur, dit-elle à Suzanne, j'ai l'impression que je n'en sortirai pas vivante.

– Voyons, Madame la Baronne, vous n'allez pas broyer du noir. Vous devriez être heureuse d'être guérie.

– Oui, c'est vrai, je devrais être heureuse. Mais vous ne pouvez comprendre ce que je ressens. » Craignant d'avoir été blessante envers Suzanne, qui venait de lui manifester tant de preuves d'attachement, elle se reprit : « Je veux dire que personne ne peut me comprendre, pas même moi. » Ces subtilités étaient trop compliquées pour Suzanne qui n'était en rien froissée et acceptait bien volontiers que les grands de ce monde, par essence si différents, souffrent de maux inconnus d'elle.

Quand la porte d'entrée se referma sur elle, Diane se sentit privée du soleil et de l'air langoureux du dehors. Elle frissonna.

54

Dans le jour déclinant, la vue sur la proue de l'île Saint-Louis rappelait Venise. Les bras de la Seine se teintaient de la même couleur d'émeraude dorée. Un nuage rose flottait, menacé par la montée du soir. Hugo Fortis, de l'appartement d'Aglaé, laissait errer son regard. D'habitude le spectacle de la beauté balayait ses idées noires. Aujourd'hui, cette vision ne faisait qu'exaspérer sa mauvaise humeur. Rien de pire quand on a le cafard que d'être obligé de donner le change. Il n'avait pas le choix : pouvait-il dire à Aglaé qu'elle l'agaçait, qu'il ne se raccrochait à elle que par crainte de la solitude et qu'il ne cessait de penser à Agnès? Il devait dissimuler pour tenter de survivre. Quelle autre planche de salut avait-il? Lucila Penweiler ne lui accordait que de rares heures l'après-midi entre son coiffeur et les grands couturiers; son roman restait en plan.

Il se tourna vers Aglaé et reprit son rôle dans la comédie sentimentale qu'il lui jouait. Elle ne soupçonnait pas à quel point il lui mentait. Il allait continuer toute la soirée à faire bonne figure; il lui ferait l'amour sans goût, sans entrain, avec le regret de ne pouvoir être chez lui près d'Agnès.

L'appartement était meublé dans ce style moderne

qu'il détestait; fauteuils inconfortables à tubulures chromées, tables en verre, canapés aux couleurs criardes. Rien d'humain; pas un meuble, pas un objet dont la patine rappelât un quelconque passé; un espace glacé, impersonnel : le monde de Zapanski, cérébral, hostile à l'héritage des siècles, plus inspiré par la mécanique que par l'art. Allait-il être condamné à vivre dans cet univers réfrigérant? Il se tourna vers Aglaé qui posait des assiettes sur une table : elle était belle, mais d'où venait qu'il la désire si peu?

« À quoi pensez-vous? demanda-t-elle avec un sourire.

– Oh, à rien, je pense que je suis bien avec vous et que rien d'autre n'a d'importance. »

Il ne pouvait mieux dire l'exact contraire de ce qu'il pensait.

55

Les drames n'exemptent pas pour autant des petits tracas domestiques. Agnès avait eu beau affronter les frasques de son mari, les souffrances d'une séparation, le joint du conduit d'eau chaude dans la salle de bains n'en continuait pas moins à fuir. Une bassine limitait les dégâts. Mais l'écoulement empirait et elle dut faire appel à un plombier.

L'artisan débarqua chez elle à neuf heures du matin alors que, en robe de chambre, elle finissait sa toilette. C'était un quadragénaire, plutôt bel homme, avenant, bien découplé, vêtu d'une salopette bleu marine, portant sur l'épaule une lourde sacoche en cuir.

Il inspecta les lieux en hochant la tête, l'air soucieux. Les choses étaient plus graves qu'il n'y paraissait et il estima nécessaire d'ouvrir une brèche dans le carrelage. Agnès ne put que donner son accord. L'homme retira sa veste en toile et, muni d'une masse, entreprit de défoncer le mur. Agnès préféra surveiller la réparation sans prendre garde à l'inconvenance qu'il pouvait y avoir de sa part à demeurer près d'un homme dans une robe de chambre des plus légères, dont la transparence laissait ignorer peu de chose de ses formes. Elle observait dans un état proche de l'hébétude l'avancement des travaux. Ses yeux rivés sur les mains et les bras musclés de l'homme suivaient ses gestes. Des pensées la frôlaient : pourquoi les ouvriers appartiennent-ils à un monde interdit avec lequel on n'a pas le droit de frayer? Quelle mystérieuse barrière la séparait de celui-là en bleu de chauffe? Jamais elle n'aurait, en déshabillé, toléré d'accueillir qui que ce soit, mais un artisan pourquoi cela ne la gênait-il pas? Il se tourna vers elle et lui adressa un sourire. Elle éprouva un sentiment de gêne. Elle rougit et regretta sa tenue indécente. Et lui que pensait-il? Avait-il l'habitude de voir des femmes dans de telles tenues? Lui arrivait-il de les désirer?

L'ouvrier commentait son travail; Agnès était incapable de lui répondre, comme si elle l'entendait à travers une épaisse brume. Enfin il vint à bout du conduit et poussa un soupir de soulagement. « Voilà! s'exclama-t-il, je crois que ça tiendra. » Il se tourna vers elle :

« Vous ne vous sentez pas bien? » demanda-t-il devant la pâleur d'Agnès.

Elle ne répondit pas. Il lui semblait que, si elle prononçait le moindre mot, elle risquait de s'évanouir ou de fondre en larmes. Il répéta sa question et la saisit par l'épaule. Elle vit son visage tout près du sien. Elle ferma les yeux, prête à s'abandonner. Soudain, elle reprit ses esprits et quitta brusquement la salle de bains. Elle s'habilla rapidement, et attendit le plombier dans le vestibule, un carnet de chèques à la main. Quand il apparut, son travail fini, elle le paya sans lui jeter un regard et ne se sentit soulagée que lorsque la porte se referma sur lui.

Un moment plus tard, assise dans sa chambre, elle s'abandonna à une curieuse rêverie. Des images lui revenaient de son enfance : un peintre qui faisait des travaux dans l'appartement de ses parents ; la manière trouble avec laquelle il jouait avec elle. Soudain, elle s'était sentie prise au piège de ses caresses : un instant d'ivresse, le sentiment du danger et de la faute. Sa mère avait surgi mais elle ne s'était aperçue de rien. Agnès avait gardé enfouie cette première expérience du plaisir.

56

Calé confortablement dans un fauteuil du salon, les feuilles manuscrites de son article sur Poussin éparses devant lui, Julien rêvait à l'avenir, à Tina, au mariage. Il ne trouvait dans les perspectives qui s'offraient que matière à satisfaction. Il allait épouser une fille jeune, qui mettrait ce qu'il fallait de fantaisie dans son existence au moment où il commençait à tourner au vieux garçon : finies ces quêtes avides d'une femme avec laquelle passer la nuit, qui alternaient avec des soirées solitaires et des dîners en tête à tête avec un œuf à la coque. Quelle douceur, quel équilibre la vie conjugale lui apporterait! Il ne jouissait de sa solitude ce jour-là que parce qu'il savait que demain Tina y mettrait fin. De quelle gaieté la présence d'un être jeune éclairerait cet appartement vieillot! Il était enfin devenu raisonnable. Pourquoi avoir si longtemps hésité à se marier?

Il ne pensait plus à ce qui, encore il y a peu, l'inquiétait chez Tina : son instabilité, ses bizarreries, cette attirance malsaine qui avait failli l'entraîner à l'agence Black's. Il gommait tout ce qui en elle risquait de lui déplaire ou d'être source de tracas. Après les doutes qui l'avaient rongé, il préférait ne songer qu'à son futur bonheur.

Une pensée lui vint. Maintenant que Tina s'installait chez lui, il ne pouvait plus reculer, il devait annoncer son mariage à *la femme dont on ne peut dire le nom.* Tous les prétextes lui étaient bons pour différer cet appel. Il atermoyait dans l'espoir d'échapper par miracle à un aveu qui lui coûtait. Il voulait espérer qu'elle accueillerait cette nouvelle avec compréhension, mais il craignait sa réaction. Il appréhendait la rupture d'un lien exceptionnel, préservé de toutes les salissures. Grâce à cet amour sublimé, il avait pu vivre dans l'illusion qu'existait dans sa vie quelque chose de parfait. Il y avait puisé ce réconfort, cette élévation du sentiment que procure rarement une femme, que seul donne un idéal. Cette lumière lointaine allait s'éteindre.

Il se décida à téléphoner. Il composa son numéro dans une ville étrangère. Il lui semblait atroce, injuste, de devoir sacrifier une femme exceptionnelle pour une jeune fille quelconque et de renoncer à un amour qui lui avait apporté tant de bien au profit d'une passion qui avait été l'occasion de tant de souffrances. Il entendit sa voix au bout du fil.

« J'étais sûre que c'était vous, s'exclama-t-elle, comme je suis heureuse! C'est étrange les pressentiments. »

Il lui parlait comme si de rien n'était sachant que dans un instant, ni la gaieté, ni la complicité, ni la compréhension ne subsisteraient plus entre eux, qu'un mot de lui allait tout saccager.

« Il faut que je vous parle », dit Julien d'une voix lugubre.

Elle rit, de ce rire un peu mondain et affecté avec lequel elle se défendait de s'émouvoir.

« Cela n'a pas l'air gai ce que vous avez à me dire.

Vous êtes certain que cela ne peut pas attendre? On a tout le temps d'apprendre les mauvaises nouvelles.

– Je vais me marier. »

Un silence accueillit ses paroles, si long qu'il craignit qu'elle n'eût raccroché.

« Allô, vous êtes là?

– Que voulez-vous que je vous dise? Vous n'espérez tout de même pas que je vous félicite.

– Non, mais j'espère que cela ne changera pas nos... je veux dire... »

Elle rit à nouveau, d'un rire nerveux, sarcastique.

« Quel enfant vous faites. Vous croyez qu'on peut tout ménager. Ne comptez pas sur moi pour cela. »

« Quel âge a-t-elle? » La question fusa.

« Vingt ans. »

« Vingt ans », répéta-t-elle comme si elle se parlait à elle-même. Elle enchaîna aussitôt sur un ton d'enjouement forcé : « Eh bien, je vous souhaite bonne chance... Voilà, c'est tout ce que j'ai à vous dire maintenant que tout est... » Sa voix s'érailla. Elle raccrocha.

57

« Sonner à la porte de chez soi alors qu'on a la clé : voilà l'horreur banale du divorce », pensa Hugo Fortis en appuyant sur la sonnette. Gêné de venir sans prévenir, il craignait d'être rabroué. Il baissait la tête. On mit un temps interminable à ouvrir. Agnès apparut devant lui.

« Ah, ce n'est que toi », dit-elle aimablement. Elle s'effaça pour le laisser entrer : geste qui toucha Hugo Fortis.

« J'avais envie de te voir, dit-il un peu confus. Tu me manques... »

Elle lui sourit.

« Tu t'y habitueras. On s'habitue à tout.

– Et moi, je ne te manque pas? demanda-t-il d'une voix contrite.

– Ça ne te regarde pas. Ne reste pas là debout comme un empoté. »

Ils s'assirent dans le salon. Ils ne savaient plus comment se comporter l'un vis-à-vis de l'autre.

Hugo Fortis ignorait ce qu'il venait chercher auprès d'Agnès. Il ne lui déplaisait pas de jouer à s'humilier. Et Agnès trouvait un certain goût à ce rôle nouveau de dominatrice.

« Tu ne peux pas savoir comme je souffre. Je n'ai

jamais autant souffert », dit-il en la regardant avec des yeux mouillés.

Elle détourna son regard pour ne pas se laisser émouvoir.

Il continuait. « La vie sans toi m'est insupportable. Le soir je pense à toi, la nuit je pense à toi, et le matin encore en m'éveillant. Je n'en peux plus. »

Des larmes coulèrent sur ses joues.

« Reprends-toi, dit-elle, les enfants vont arriver. Il ne faut pas qu'ils te voient dans cet état. »

Mais ses larmes coulaient toujours. Agnès avait beau regarder ailleurs, elle les voyait. Elle s'approcha de lui et le prit par les épaules.

« Allez, ne t'en fais pas, tu m'oublieras vite. Nous nous reverrons de temps en temps. Tu viendras voir les enfants... tu rencontreras une autre femme et tu... »

Ce tableau qu'elle brossait de leur vie future emplit Agnès de tristesse. Les mots lui faisaient mal. Elle sentit ce goût de bonbon acidulé dans la gorge qui précède les larmes et elle aussi se mit à pleurer.

Les enfants rentrèrent. Agnès proposa à Hugo Fortis de rester dîner. Il accepta. Après le dîner, ils demeurèrent longuement à parler de choses qui n'avaient rien à voir avec leur rupture.

« Il est tard, dit Agnès.

– Oui, dit Hugo Fortis, je vais rentrer.

– Tu peux rester dormir, proposa Agnès, après tout, nous n'avons pas encore divorcé.

– Merci », dit Hugo Fortis en l'embrassant.

Ils passèrent la nuit ensemble comme des amoureux.

Le lendemain, sans que sa femme eût prononcé un mot qui permît d'espérer une réconciliation, Hugo

Fortis resta déjeuner, revint pour le dîner et passa à nouveau la nuit avec Agnès. Le surlendemain également. C'est ainsi que, sans même s'en rendre compte, ils reprirent la vie commune.

58

Édouard sortit de la banque, exaspéré. La matinée d'été, lumineuse, dansante, frivole, le blessa, comme si elle aussi était destinée à un autre. Sandrine venait d'annuler son déjeuner avec lui : elle devait aller voir le docteur Petit, arrivé la veille en avion sanitaire et hospitalisé au Val-de-Grâce. Édouard avait beau être satisfait de savoir le courageux médecin en vie – il n'avait pas ménagé sa peine pour le faire rapatrier –, il craignait d'être l'instrument de sa propre infortune. Sandrine à l'évidence était amoureuse du médecin : il était jeune, célibataire, et c'était un héros. Quelle femme résisterait à ces séductions? Lui-même, en comparaison, qu'offrait-il? Il était marié, vieux, sombre. Il n'avait pas caché ses soupçons à Sandrine au téléphone avant de raccrocher sèchement. Pourquoi hésiterait-elle? Édouard se persuadait qu'il avait perdu la partie. Une simple question de jours. Il imaginait la scène au cours de laquelle elle lui annoncerait qu'elle rompait. Bien sûr, d'abord elle ne lui avouerait pas qu'elle était amoureuse du docteur Petit. Son cœur se révoltait, mais au fond de lui il comprenait : quoi de plus normal, l'amour va à la jeunesse, « et que puis-je lui offrir : une liaison cachée, dégradante ».

Il avançait dans les rues, sans un regard pour les

femmes aux robes légères, décolletées, qui se baguenaudaient, ni pour les vieilles gens sur le pas de leur porte qui réchauffaient leurs os et absorbaient les rayons du soleil comme une potion magique. Il marchait de son pas régulier comme s'il allait vers un but. Or, il n'avait pas de but. Il marchait seulement pour s'éloigner de lui-même et fuir ses pensées moroses.

Il arriva dans le quartier de l'Opéra. Dans les rues commerçantes, populeuses, sa marche devint moins aisée; il devait se frayer un chemin sur d'étroits trottoirs encombrés, troués de tranchées. Cette foule n'avait en cette fin de matinée, de la secrétaire en quête d'un frichti au notaire qui acheminait son gros ventre vers sa table réservée, qu'une seule et même préoccupation : manger. D'où cette fébrilité. Édouard, à force de sentir l'haleine des charcuteries, exhalant l'odeur des bonnes choses exposées en vitrine, ou de humer le fumet de ragoût qui stagnait à la porte des restaurants, commença à se demander si tant qu'à se meurtrir le cœur il ne serait pas tout aussi à l'aise à une bonne table. Pourquoi pas un italien! Déjà la pensée des *pasta ai quattro formaggi* émoustillait ses papilles.

Il eut beau chercher, il trouva des restaurants grecs, libanais même, mais aucun italien. Finalement, il se retrouva dans un chinois où il se souvenait d'être déjà venu. Une salle fraîche où quelques rares convives chuchotaient; des poissons dans un aquarium poursuivaient des bulles. Il commanda des crevettes à la vapeur. Il se souvint alors qu'il était déjà venu ici avec Diane. Peu à peu, par bribes, l'atmosphère de la soirée se reconstituait. Diane l'envahissait de sa présence voluptueuse, suscitant en lui, présente ou absente, toujours ce même sentiment de désir et de peur. Il songeait à la soirée passée avec elle. Était-ce avant ou après le séjour à Uzès? Avant ou après le bain de minuit dans la piscine? Ce bain de minuit, chaque épisode qui lui en revenait le blessait : il revoyait les visages au cours du dîner, il sentait encore la caresse affolante de l'air doux et parfumé tandis qu'ils descendaient le chemin qui menait à la piscine, et dans son cœur cette palpitation particulière que l'on ressent à la prémonition qu'une femme très belle va s'offrir à vous.

Quand ils se débarrassèrent de leurs vêtements, cette idée était si intense qu'elle en devenait douloureuse. Maintenant il savait; elle aussi savait qu'ils étaient les acteurs d'une comédie qui allait devenir sérieuse. Avec une fausse candeur, ils batifolaient dans l'eau tiède et huileuse, conscients de leur dangereuse nudité. Ils jouaient et se rapprochaient peu à peu l'un de l'autre; comme par mégarde, ils se retrouvèrent peau contre peau. Il l'embrassa, un baiser où se mêlaient la fièvre et un goût fade d'eau de Javel. Ce baiser faisait jaillir en lui une vie qu'il ne soupçonnait pas. Cette émotion, il ne l'avait retrouvée que dans les bras de Sandrine.

En sortant de l'eau, ils ne riaient plus; le clair de lune sculptait le corps de Diane. Il lui frotta le dos avec la sortie de bain, et à nouveau l'embrassa. Sans se parler, ils remontèrent vers la maison et gagnèrent la chambre d'Édouard en se cognant dans les meubles. En face du lit, dont les draps blancs sortaient de la pénombre, il avait éprouvé une peur irraisonnée devant la beauté de Diane, devant ce qu'elle attendait de lui : cette crainte de ne pas être à la hauteur. La peur n'avait fait que croître tandis qu'il l'étreignait.

Il la désirait et ne pouvait la prendre. Son corps lui refusait ce qu'il désirait pourtant de toute son âme. À l'aube, Diane regagna sa chambre. Édouard s'était haï comme jamais.

« S'il vous plaît, donnez-moi l'addition! »

Le serveur chinois eut un sourire bienveillant.

« Vous avez déjà réglé l'addition.

– Pardonnez-moi, je suis distrait », s'excusa Édouard, sans beaucoup se soucier de ce qu'il disait. Il devait revoir Diane. Le plus vite possible. La prendre enfin dans ses bras pour effacer ces dix années de désert dans sa vie, cette part morte de lui-même qui n'avait pas vécu. Oui, il fallait la voir maintenant.

« Puis-je téléphoner? »

La sonnerie du téléphone retentit chez Diane. Suzanne répondit : elle était désolée mais elle ne pouvait déranger Madame la Baronne. Édouard, dépité, se promit de la rappeler de son bureau. Il voulait la voir le jour même. Il avait trop attendu.

59

Sandrine entra dans la bouche de métro. Elle était troublée. Les soupçons d'Édouard la peinaient. Elle ne s'était jamais posé la question de savoir si le docteur Petit lui plaisait. Elle le regardait comme un homme jeune, séduisant, courageux. Elle avait pleuré quand elle avait cru qu'il était mort, mais toutes les femmes avaient pleuré. Elle avait applaudi de joie à la nouvelle qu'il était vivant. Quoi de plus naturel! Bien sûr, elle voulait se marier. Mais quelle jeune fille à vingt ans ne le désire pas? Elle cherchait une pensée, un mot ambigu qui puissent légitimer les reproches qu'Édouard venait de lui adresser. Elle ne trouvait rien de suspect dans son comportement, que des manifestations dictées par la plus élémentaire humanité, le sens de la camaraderie. Elle admettait de ne pas s'être fait prier lorsque Mme Beauchamp lui avait demandé de rendre visite au docteur et de lui apporter les documents dont il avait besoin.

Le métro arrivait. Elle y monta et s'installa en première en face d'un homme jeune qui, à l'aide d'une pince de poche, se coupait soigneusement les ongles qu'il frottait ensuite sur le col de sa veste.

Le docteur Petit lui plaisait-il? Elle ne se le demandait qu'à cause des insinuations d'Édouard. Elle réfléchissait... Physiquement, il ne manquait pas de séduction. Elle aimait son air sérieux et réservé et la manière simple avec laquelle il traitait les gens qui n'étaient pas importants – elle se plaçait dans cette catégorie. Par son âge, son appartenance sociale, elle se sentait plus proche de lui que d'Édouard qui, en dépit de sa gentillesse et de ses efforts, demeurait un homme qui l'impressionnait. Elle ne pouvait s'imaginer un avenir avec lui, alors qu'avec le docteur... Mais lui? Elle sentait qu'elle ne lui déplaisait pas. En face d'elle, l'homme qui se coupait les ongles avait disparu : à sa place, une vieille dame très maquillée parlait toute seule. Elle pensa à la vieillesse, à la pénible solitude de la vieillesse, à sa grand-mère qu'elle adorait et qu'elle n'avait pas vue depuis longtemps.

Soudain ce fut une explosion de lumière, une fête inouïe dont ses yeux n'arrivaient pas à saisir les fantasmagories infinies : le métro aérien venait de s'élever dans les airs et évoluait au-dessus des rues, dans le soleil, à la hauteur des arbres. Comme c'était féerique! Pouvait-il y avoir aussi dans la vie de telles surprises? Elle était comme une enfant émerveillée au jardin d'acclimatation. Les voitures au-dessous d'elle ressemblaient à des jouets et l'étal multicolore des marchands de primeurs à une maison de poupée.

Elle descendit du wagon et marcha en direction de l'hôpital du Val-de-Grâce. On lui indiqua le bâtiment. Elle emprunta de frais couloirs voûtés où flottait une odeur de soupe. Elle arriva à la porte de la chambre. Au moment de frapper, son cœur se mit à battre : « Oui, se dit-elle, je suis amoureuse. Mais pourquoi ne le savais-je pas? » Elle entra dans la chambre.

60

Suzanne regardait Diane avec inquiétude. Celle-ci n'avait plus de contact avec le monde extérieur : elle ne sortait plus, refusait de répondre au téléphone, et errait dans la maison, sans but, l'air désolée.

« Madame la Baronne, susurra la gouvernante, vous ne croyez pas que l'air vous ferait du bien? Surtout avec ce beau soleil. »

Diane ne répondit pas.

Depuis son retour de l'hôpital tout la dégoûtait; la vie ne lui semblait faite que de pourriture, de maladies honteuses et de corruption. Elle se sentait salie. À aucun moment de son existence, elle n'avait éprouvé un tel sentiment de dégradation. Ou si, une fois, en sortant d'une clinique en Angleterre où elle avait subi un avortement. Elle avait traversé des crises de cafard, mais elle s'en sortait par les plaisirs, les sorties, les amants, cette vie à cent à l'heure qui l'entraînait. En si peu de temps, son existence avait tellement changé qu'elle ne se reconnaissait plus. Elle avait laissé derrière elle une jeunesse honnie, jeunesse marquée par la médiocrité, la violence, l'interdiction, l'étouffement. Aucune souffrance ne lui paraîtrait pire que celles qu'elle avait endurées alors. Elle se grisait de visages nouveaux, de luxe, de liberté. Elle était l'héroïne d'un film dont les épisodes se succédaient : des pays défilaient, des lieux magiques, des yachts, encore des amants. Elle avait cru se reposer de cette existence dans le mariage. Erreur. Elle n'était pas bonne pour le tête-à-tête, la morne vie à deux; l'agent de change new-yorkais jaloux, violent comme son père; le baron milliardaire empêtré dans son impuissance et ses problèmes sexuels : il aimait trop être humilié. Mais c'était surtout le mariage qu'elle haïssait : l'enfermement, la prison du mariage.

La vie était trop rapide. Elle n'avait pas eu le temps de savoir qui elle était devenue. Autrefois, sa beauté la grisait. Maintenant, elle se trouvait laide. Une ride l'accablait. Et cette solitude qui l'enveloppait. Pas d'amis, personne à qui elle pût parler de son passé. Des hommes qui n'en voulaient qu'à sa peau. Où étaient ses racines? Nulle part. Elle détestait sa jeunesse, mais elle n'avait jamais eu aucune affinité avec les femmes et les hommes huppés qu'elle fréquentait. Pour elle, ils étaient de bizarres animaux, produits d'un monde luxueux qui ne l'acceptait que sur le pire et le plus fragile des malentendus, sa beauté. Elle vivait en suspens entre deux mondes. Rattachée à rien, absolument à rien, sinon à un amour qui n'avait pas été, à un homme qui n'avait pu la posséder, peut-être par sa propre faute ou parce qu'il ne l'avait pas assez aimée. Sa passion pour Édouard la hantait : toujours, quand cela allait mal, elle se répétait « Si Édouard m'avait vraiment voulue... » et il lui semblait que sa vie alors aurait eu un sens.

Elle ne supportait plus ni la violence ni la haine qui étaient en elle. Il fallait qu'elle s'en délivre. C'est comme une bête qui vous dévore. Parfois, c'est si atroce qu'on serait prêt à tout pour que cela s'arrête. À tout.

Diane appela la gouvernante.

« Suzanne, lui demanda-t-elle d'une voix exténuée, vous avez une sœur à Angers?

– Oui, Madame la Baronne.

– Cela fait longtemps que vous ne l'avez pas vue?

– Oui, en effet.

– Peut-être pourriez-vous aller lui rendre visite pendant deux ou trois jours... j'ai besoin d'être seule, complètement seule. Peut-être d'ailleurs irai-je à l'hôtel, je ne sais pas mais... oui, ce serait bien que vous y alliez.

– Comme vous voudrez, dit la gouvernante d'un ton pincé.

– Suzanne, ne prenez pas mal ce que je vous demande. Vous vous êtes beaucoup fatiguée à cause de moi, je le sais. Vous m'avez manifesté un dévouement dont personne n'aurait été capable. Mais maintenant vous avez besoin de vous reposer. »

Ces paroles regonflèrent l'amour-propre de la gouvernante.

« Quand voulez-vous que je parte, Madame la Baronne?

– Le plus tôt sera le mieux. »

Le téléphone sonna. Suzanne décrocha : c'était Édouard.

« Non, non, pas maintenant, dites-lui que je suis occupée. »

Elle gagna sa chambre et choisit un bracelet en or dans le tiroir de sa coiffeuse : ce n'était pas un bijou d'un très grand prix mais elle y tenait. Elle revint, le donna à Suzanne d'une manière un peu brusque et se retira comme si elle craignait des effusions.

Une heure plus tard, Diane entendit avec soulagement la porte d'entrée se refermer sur la gouvernante. Elle n'avait aucun plan précis et ne savait pas comment elle emploierait son temps. Il lui semblait qu'elle n'avait plus à décider quoi que ce soit, mais seulement à obéir à cette force qui en elle lui dictait sa conduite. Ce qu'elle avait à faire ne pouvait être fait que dans la solitude.

61

Lorsque Tina débarqua chez lui, Julien était prêt pour le bonheur : l'ennui, c'est qu'elle n'arriva pas seule, mais accompagnée d'un garçon aux longs cheveux, portant un havresac, dont elle avait fait la connaissance dans l'avion et qui ne savait pas où dormir. Julien ne prit pas avec autant de flegme qu'il aurait dû la venue de cet hôte imprévu. Il fut contraint, pour se débarrasser de l'importun, non seulement de lui payer une chambre d'hôtel mais aussi de la chercher dans l'annuaire du téléphone et de la réserver. Alors seulement, il put jouir pleinement de la joie de revoir Tina. Son bonheur fut ponctué de dix coups de téléphone de personnes qui toutes voulaient parler à Tina. Cette première journée avec elle fut si riche en épisodes et en mouvements divers que Julien eut l'impression d'habiter avec sa fiancée depuis des mois : ils firent l'amour à plusieurs reprises; des amis vinrent lui rendre visite, elle partit avec eux, revint chargée d'une multitude de paquets, et décida de procéder à des modifications de décoration dans l'appartement : on changea plusieurs meubles de place dans le salon; finalement Tina, fatiguée, abandonna les choses en plan et dépensa ce qui lui restait d'énergie à disperser aux quatre coins de l'appartement les vêtements qu'elle sortait de ses valises. Le soir, ils dînèrent en compagnie de bruyants amis argentins qui vinrent les chercher un peu avant onze heures et qui regardèrent Julien comme un rabat-joie quand il manifesta des signes de fatigue à trois heures du matin.

Au réveil, Julien eut l'impression qu'un cyclone avait ravagé les lieux : plus rien n'était à sa place. Tina avait pris possession des tiroirs. Elle occupait tout l'espace vital : elle chantait à tue-tête dans son bain en duo avec la radio allumée dans la chambre. Elle semblait avoir explosé en mille endroits : ses délicieux sous-vêtements formaient de petits tas dans le salon, la tasse du petit déjeuner était perchée sur le lavabo, un croissant grignoté et une brosse à dents au manche rose, sur le bureau, formaient une nature morte surréaliste. Depuis qu'elle était chez lui, Julien avait l'impression qu'il n'y était plus tout à fait. Elle annonça qu'elle déjeunerait avec un ami dont elle refusa de dire le nom, sous prétexte que Julien et elle n'étaient pas encore officiellement fiancés. Malgré sa jalousie, il ne chercha pas à l'en empêcher. Elle lui promit de revenir tôt. À six heures, elle n'était toujours pas rentrée.

Tout ce remue-ménage distrayait Julien : n'aspirait-il pas à être bousculé dans ses habitudes de vieux garçon ? Pas une seconde depuis son arrivée, il n'avait eu le temps de penser : elle était trop présente pour lui en laisser le loisir. Demeuré seul, il put enfin réfléchir à ce qu'elle lui apportait : la gaieté, la vie trépidante, la jeunesse, la frivolité, le désir, la jalousie. Désormais, il ne s'appartenait plus. Il n'était qu'un comparse, tout juste bon à donner la réplique à une diva qui n'en faisait qu'à sa tête. Bien sûr, cela n'aurait qu'un temps : elle se lasserait de cette agitation, deviendrait peu à peu raisonnable, surtout lorsqu'ils auraient des enfants et qu'elle devrait faire face à ses responsabilités de mère et de maîtresse de maison. Mais lui, serait-il heureux pour autant? Il chassa cette question avec agacement. Cela lui faisait penser aux réflexions de sa mère.

62

Hugo Fortis dans son pigeonnier écrivait. Il s'était remis à son roman. Et, comme si les drames qu'il venait de vivre n'avaient interrompu son travail qu'en surface, il le retrouvait avec un allant nouveau qui fouettait ses nerfs. Il creusait dans un terrain plus riche : ce qu'il écrivait lui semblait meilleur, plus dense. Après avoir taillé ses crayons, il avait repris le fil du livre abandonné : maintenant sa plume courait et, même lorsqu'elle s'arrêtait, cela ne l'empêchait pas de continuer à poursuivre le livre dans sa tête. Il devançait son roman en imagination, trouvait en rêvant la clé des futurs chapitres et sentait monter en lui un enthousiasme qui dépassait l'opinion qu'il avait sur l'importance de ce qu'il écrivait, enthousiasme pour cette fureur sacrée qui le possédait et qui lui faisait rejoindre le ciel étoilé où brillaient tous les créateurs qu'il aimait, de Balzac à Tolstoï, de Voltaire à Manet; il en aimait jusqu'aux plus infimes aérolites : même Zapanski, qui l'exaspérait égaré dans les snobismes de l'avant-garde, il le préférait au fond à tous les imbéciles qui se fichent de l'art et ne comprendront jamais ses transes. Zapanski, si imposteur qu'il fût, respirait dans une atmosphère artistique. Corrompu par une fausse idée du succès, il avait du moins choisi cette voie de l'art qui est la plus belle car elle ne sert à rien. Il ne s'enivrait de la cote de ses toiles que parce qu'il souffrait de ne pouvoir atteindre à ces sommets où l'on ne connaît d'autre récompense que le travail.

Comme c'est bien d'écrire, de s'oublier. Hugo Fortis songeait toujours à la lettre de Flaubert à Louise Colet : « Qu'importe, bien ou mal, c'est une délicieuse chose que d'écrire, que de ne plus être soi, mais de circuler dans toute la création dont on parle. Aujourd'hui par exemple, homme et femme tout ensemble, amant et maîtresse à la fois, je me suis promené à cheval dans une forêt, par un après-midi d'automne, sous les feuilles jaunes, et j'étais les chevaux, les feuilles, le vent, les paroles qu'ils se disaient et le soleil rouge qui faisait s'entrefermer leurs paupières noyées d'amour. » Hugo Fortis peu à peu rompait avec les médiocrités de sa vie, ses adultères, ses intrigues d'arriviste, les tracas provoqués par sa rupture avec Agnès autant que la joie que lui avait procurée son pardon. Il était ailleurs.

On frappa à la porte du pigeonnier. Hugo Fortis était si absorbé par son travail qu'il n'entendit pas. Ce n'est que lorsque des coups sourds retentirent qu'il émergea de son monde intérieur et se demanda ce que ce bruit signifiait. Furieux d'être dérangé, il alla ouvrir : en face de lui se tenait, l'air emprunté, Armand Vallauris. Ce jeune homme d'une vingtaine d'années, d'une inlassable assiduité, occupait dans la vie d'Hugo Fortis une place malaisée à définir : un « ami » ainsi qu'il l'appelait, bien que la différence d'âge fût grande entre eux et qu'ils ne se connussent que depuis un an (Armand Vallauris l'avait abordé au cours d'une signature au Pen-Club et, après l'avoir abasourdi de compliments, lui avait arraché un rendez-vous, bientôt suivi de dizaines d'autres); un « disciple », « ton disciple » ainsi que l'appelait Agnès avec une nuance d'ironie. Hugo Fortis trouvait le mot aussi prétentieux, que celui d'« admirateur ». C'était, disons, un jeune ami, comme il s'en trouve toujours un dans les parages d'un écrivain; un de ces jeunes hommes passionnés de littérature qui viennent humer dans le sillage d'un auteur ce parfum fort de la création, du succès; un homme qui incarne leur rêve. Il en existe de toutes sortes : timides ou présomptueux, sympathiques ou aigres, talentueux ou besogneux, fidèles ou ingrats; ils peuvent se muer plus tard en exécuteurs testamentaires dévoués, en témoins reconnaissants ou en teignes, en délateurs, en traîtres empressés de vendre quelques sales petits secrets surpris dans l'intimité du grand homme; ils peuvent tout aussi bien devenir des génies ou cesser d'écrire et même de lire dès qu'ils se marient.

« Qu'est-ce que vous venez faire ici? demanda Hugo Fortis d'un ton rogue.

– Mais... mais... c'est vous qui m'avez donné rendez-vous ici, balbutia le jeune homme décontenancé et rougissant.

– Ah bon, c'est possible, concéda Hugo Fortis en se radoucissant. Alors entrez! »

Hugo Fortis n'avait pas le cœur de renvoyer un jeune homme qu'il sentait sincèrement attaché à ses livres, mais il était agacé de devoir interrompre son travail au moment où cela marchait si bien. « Tant pis, se dit-il, dans un quart d'heure, je le mets à la porte. »

Le jeune homme se taisait, l'air dépité. Hugo Fortis comprit qu'il l'avait blessé et tenta de réparer sa maladresse. Car, à sa manière, il tenait à lui : bien sûr sa présence lui faisait perdre un temps qu'il aurait pu consacrer à son livre, mais la lumière qu'il lisait dans les yeux de ce jeune homme quand celui-ci parlait de ses livres, il ne la voyait pas dans les yeux d'Agnès, ni dans ceux de ses amis, jamais dans les yeux des critiques et encore moins dans les yeux de ses confrères. Cette lumière qu'éclaire la ferveur d'une âme passionnée, il ne la trouvait nulle part autour de lui. Il s'était rendu compte à quel point ce jeune homme lui était indispensable lorsque, subitement, pour une raison mystérieuse, il avait cessé de l'appeler : au début, Hugo Fortis s'était senti délivré d'une présence trop prenante; mais, très vite, Armand Vallauris lui avait manqué. Il avait pris les devants et lui avait téléphoné.

« Alors qu'est-ce que vous avez lu d'intéressant? Vous avez le chic pour découvrir de bons livres », demanda Hugo Fortis pour tenter de mettre du liant dans la conversation.

Le visage du jeune homme s'éclaira. « J'ai lu *La Polonaise* de Charles Kaplan. Vous l'avez lu?

– Ah! laissa tomber Hugo Fortis dépité. Et vous avez aimé ça?

– Oui, beaucoup, c'est vraiment un grand livre. »

Le visage d'Hugo Fortis se rembrunit. Il était non seulement déçu mais agacé. D'ordinaire, lorsqu'il posait cette question à Armand Vallauris, le jeune homme avait le bon goût de citer un de ses vieux romans introuvables, déniché chez un bouquiniste. C'était l'occasion pour lui de livrer quelques anecdotes tout en pensant agréablement que ce livre n'était pas si mauvais qu'il le croyait puisqu'il était encore capable d'enchanter un lecteur. Ou bien alors, Armand Vallauris avait découvert les aventures de Catherine Crachat de Pierre Jean Jouve, *Amour et néant* de Roger Nimier, ou *L'Éloge du cardinal de Bernis* de Roger Vailland : être admiré en compagnie de tels écrivains le flattait. Mais Charles Kaplan... qu'est-ce qu'un jeune homme assoiffé de littérature pouvait bien trouver à l'auteur de ce roman factice, sans substance, sans âme ? Hugo Fortis refusait de se l'avouer, mais il était jaloux quand son jeune ami lui vantait avec chaleur le talent de tel ou tel écrivain de sa génération.

« Vous le connaissez? demanda Armand Vallauris avec des yeux brillants.

– Oui, je le connais mais cela fait bien longtemps que je n'ai rien lu de lui.

– Vous croyez qu'il accepterait de me recevoir? »

Hugo Fortis dévisagea Armand Vallauris. Il découvrait avec stupeur que son disciple appartenait à la race des Judas, des Ganelon, des Bernadotte, des Soult, des Maurice Sachs.

« Sûrement, il reçoit n'importe qui.

– Et vous pensez... »

Le téléphone sonna, évitant à Armand Vallauris d'aggraver son cas.

Hugo Fortis décrocha : c'était Lucila Penweiler qui s'étonnait de n'avoir plus de nouvelles de son amant.

« J'ai été très occupé... je vous expliquerai... Vous êtes dans le quartier! Maintenant... c'est-à-dire... Bon d'accord, je vous attends. »

Hugo Fortis se passa la main sur le front. Et ses résolutions de fidélité! Ce n'était pas parce que Lucila Penweiler passait le voir en coup de vent que forcément... au pire, ce serait la dernière fois, il ne pouvait tout de même pas la congédier sans explication.

Il se leva. Armand Vallauris comprit que l'entretien était terminé.

« Je voudrais vous demander quelque chose. »

Hugo Fortis regarda le jeune homme avec une pointe d'inquiétude. Il ne pouvait s'empêcher de penser à la prédiction d'Agnès qui, évoquant l'assiduité du jeune homme, avait ironisé : « Tu verras, un jour il finira par te demander de l'argent. »

« Si je peux vous rendre service, ce sera avec plaisir », dit Hugo Fortis qui pensait aux trésors de générosité déployés par Paul Valéry en faveur du jeune André Breton, dont celui-ci l'avait remercié en vendant ses lettres et en déversant sur lui des flots de haine.

« Voilà, j'ai écrit un roman et je voudrais vous le montrer.

– Un roman », répéta Hugo Fortis, l'air pensif. Cette scène il avait l'impression qu'elle s'était jouée mille fois, qu'elle se jouerait toujours tant elle était éternelle. « Un roman, mais c'est formidable ! » s'exclama-t-il avec toutes les apparences de la joie la plus vive. Il était heureux et, en même temps, aucune nouvelle ne lui paraissait plus triste : ou bien le roman serait mauvais et il se ferait un ennemi de son jeune auteur s'il le lui disait, ou bien le roman serait bon, publié, loué, et ce jeune homme l'abandonnerait pour se consacrer à ses propres livres. Une éternelle histoire.

« Apportez-le-moi vite, j'ai hâte de le lire », dit Hugo Fortis sans grand enthousiasme, simplement parce que c'était la phrase que le jeune homme attendait, ce type de phrase que répètent, depuis que les écrivains existent, les maîtres à leurs disciples, avec sans doute toujours ce même mélange de joie et de tristesse.

63

La rencontre entre Tina et la mère de Julien ne se passa pas aussi bien que prévu. Tina se réjouissait de voir la vieille dame qu'elle imaginait en tout point semblable à sa grand-mère qu'elle adorait, une douairière despotique, bavarde et chaleureuse. La mère de Julien accueillit les fiancés d'un air glacial et entreprit de poser à Tina des questions exclusivement matérielles : train de maison, domesticité, nappes en dentelle, argenterie, questions qui n'avaient jamais préoccupé Tina, auxquelles elle ne comprenait rien et qui l'ennuyaient. Elle commença par répondre par des pirouettes qui n'amusèrent pas du tout la vieille dame, puis manifesta par des soupirs que l'examen de passage avait assez duré. Interrompant la mère de Julien, lancée dans un long monologue sur les préparatifs de son propre mariage, cinquante ans auparavant, elle dit :

« Julien je suis fatiguée. Si on s'en allait? »

Phrase qui résonna dans un silence de mort.

« Rentre à la maison, si tu veux, concéda Julien terrorisé à l'idée de subir de nouveaux reproches, je te rejoindrai tout à l'heure. »

Tina s'en alla, le laissant affronter les foudres de sa mère.

Comme il revenait chez lui par la rue Notre-Dame-des-Champs, Julien se demanda qui avait eu tort dans cette stupide querelle : Tina? Sa mère? Il se sentait mal à l'aise. Arrivé à l'angle du boulevard Raspail, il eut un vertige qui l'obligea à s'asseoir sur un banc. Une moto passa en pétaradant. Sa vie soudain lui apparut, non plus à la lumière des illusions qui le berçaient, mais dans la lumière crue de la vérité. Il n'aimait pas Tina : il n'était pas dupe de ce qu'elle était, une petite sotte égoïste et prétentieuse, et pourtant il allait l'épouser. Il savait que dans six mois il ne la supporterait plus et qu'il divorcerait. Le souvenir de *la femme dont on ne peut dire le nom* lui revint. Oui, elle il l'avait aimée et il l'avait perdue par sa faute. Toute sa vie, il porterait le deuil de ce grand amour. Il était idiot, il le savait. Mais était-ce sa faute? Non, il n'avait fait qu'obéir. Un petit nuage rose apparut au-dessus des toits. « Et ce nuage, se demanda-t-il éprouvant soudain pour lui une tendresse fraternelle, sait-il à qui il obéit? »

64

Diane pénétra dans la salle de bains et prit deux tubes dans l'armoire à pharmacie. Elle revint dans sa chambre, se servit un verre d'eau et se regarda dans la glace. Elle se détestait. Toujours en se regardant, elle avala le contenu des deux tubes et but le verre d'eau. Il lui plaisait de se voir dans cet instant, de ne rien perdre du mal – du bien – qu'elle se faisait. Ce geste l'apaisa. La violence qui était en elle se calmait peu à peu. Elle pensa à l'homme du Rosebud qui lui avait transmis cette sale maladie, mais sa maladie la dégoûtait moins que son détestable parfum. Quelle tristesse que la débauche! Mais la vie tout entière est-elle autre chose qu'une sale débauche où on agit sans savoir pourquoi, où on s'abandonne à n'importe qui? À quoi rime tout cela? À rien sans doute! Le sens de nos actes, quand apparaît-il? On peut passer toute une vie sans rien comprendre. C'était son cas. Ce qu'elle n'avait pas voulu, elle le savait, mais ce qu'elle avait voulu, ça elle l'ignorait... sauf maintenant. Pour la première fois, elle savait ce qu'elle voulait.

La sonnerie du téléphone retentit. « C'est peut-être Édouard », se dit-elle. Cette pensée à un autre moment l'aurait émue, elle n'aurait pu s'empêcher de répondre, maintenant cela l'indifférait. Elle regardait son visage dans la glace sans pouvoir se convaincre de son existence. Comme c'est étrange un reflet sur une glace. Cela ne suffit pas à prouver que l'on existe. Et qu'est-ce qui le prouve? Le plaisir, la souffrance? « J'aurais tellement aimé connaître la clé, oui la clé de ces actes, les pires, les plus purs... la clé... elle existe... mais qui la possède... comme j'aimerais la connaître avant de... »

Elle s'assit devant son secrétaire et écrivit quelques lignes sur une feuille qu'elle glissa dans une enveloppe. Elle revint devant la glace et se passa la main dans les cheveux. « Où est la clé? » Elle commençait à se sentir faible. Elle s'allongea sur le lit. La sonnerie du téléphone retentit à nouveau, longuement, avec insistance. Les appels lui parurent soudain très lointains et elle se demanda s'ils avaient cessé ou si c'était elle qui ne les entendait plus.

65

On aurait pu se croire à la plus chic des garden-parties. Il y avait peu de monde mais il ne manquait personne : personne de ces gens riches qui détiennent les clés de la puissance. Ils étaient tous arrivés le matin même au Bourget en jets privés, avertis par on ne sait quel appel, venant de New York, de Londres, de Rome, de Zurich, de Turin, de Mexico. Ils se connaissaient, parfois se détestaient, mais s'acceptaient les uns les autres et se regardaient avec une indifférence de montagnes. Parmi eux, Édouard (sans Judith retenue au Palais); Julien, qui essayait en vain de saisir le regard de *la femme dont on ne peut dire le nom* accompagnée de son mari; Agnès, qui attendait Hugo Fortis en retard; John McKenzie venu de Londres et qui se tenait à distance respectable de Julien; Suzanne, la gouvernante, et un peu à l'écart, semblant s'être égarée, une grosse dame d'allure modeste qui avait les mêmes yeux verts que ceux de Diane, mais globuleux, injectés de sang, semblable à une grossière caricature de sa fille. Il y avait le soleil dans le ciel d'un bleu céruléen. Et surtout, il y avait une absente autour de laquelle on se réunissait pour la dernière fois tout comme on s'était pressé autour d'elle à Oxford, dix ans plus tôt, pour son mariage avec le baron von Ott. Les mêmes invités se retrouvaient, inchangés, à la ride et au cheveu blanc près. Ces hommes et ces femmes, que rien ni personne n'impressionnaient, s'inclinaient avec un curieux sentiment d'impuissance et de vertige devant ces deux mystères liés soudain de manière brutale, la beauté et la mort.

Le crématorium en brique du Père-Lachaise entouré de caveaux monumentaux n'avait pas la pimpante allégresse de la chapelle et du petit cimetière d'Oxford. Bientôt, la foule élégante pénétra dans la salle aux murs nus et s'installa sur d'inconfortables bancs en bois. On attendit.

Ce furent dans le silence une succession de bruits : celui du cercueil qu'on manipulait, puis les bruits métalliques de portes en fonte qui se refermaient. Et d'étranges craquements. Un malaise pesait sur l'assistance. On ne savait à quoi rattacher ses pensées pour échapper à ces bruits. Vers quoi diriger ses yeux : pas un tableau, pas un ornement, pas un bas-relief qui permît d'aider à s'évader de la terrible idée de la mort. Tout concourait à en donner l'image la plus banale, la plus civile, comme une ultime formalité ennuyeuse pour rayer un vivant de la carte de la vie. Aucun lieu n'était plus dénué de poésie, de perspective vers l'au-delà. C'était l'antichambre administrative du néant.

Les efforts que l'on faisait pour penser à Diane étaient repoussés par les murs froids, l'ambiance sépulcrale. Ce qu'elle évoquait, la vie, la volupté, la beauté, le soleil, l'amour, la Méditerranée, ne pouvait avoir place en ce lieu. Les hommes qui avaient été ses amants, ceux qui auraient voulu l'être, pensaient à son corps qu'ils avaient tant aimé, qui les avait enchantés, et qui était maintenant la proie des flammes. Cette mort l'arrachait pour toujours à leurs désirs.

Enfin, il y eut un grondement sinistre, à nouveau les bruits des portes en fonte. Un préposé des pompes funèbres indiqua que la cérémonie était terminée.

On se retrouva dans le cimetière inondé de soleil. Chacun essayait de bavarder. Julien vit passer *la femme dont on ne peut dire le nom.* Il s'approcha d'elle et la salua. Ne pouvant l'éviter, elle lui adressa un sourire convenu.

« Quelle tristesse, dit-elle, elle était si belle. » Et, fixant soudain Julien avec ses beaux yeux animés de rancune, elle murmura « Il y a d'autres choses qui étaient belles et qui elles aussi sont mortes ». Sans laisser à Julien le temps de répondre, elle lui tourna le dos et rejoignit son mari.

66

Le motoscaf en bois vernis quitta le Grand Canal et s'engagea dans la Lagune. La brise soufflait, soulevant de petites vagues courtes. Des embruns tièdes voletaient sur l'embarcation qui filait en direction de l'Arsenal. La place Saint-Marc au loin grouillait de monde. Le pilote qui conduisait le puissant canot à moteur mordillait d'un air rageur sa lèvre supérieure ornée d'une moustache en brosse. D'un caractère emporté, il détestait l'été et ces invasions de touristes. Du coin de l'œil, il observait ses deux passagers dont le manège ne lui paraissait pas très catholique. À part soi, il fulminait : « Che squadra di finnochi! » (Quelle bande de pédés!) Il ne lui venait pas à l'esprit que deux hommes puissent dépenser cent mille lires pour une simple promenade dans la Lagune.

Édouard semblait figé. La mort de Diane le contrariait autant qu'elle le peinait : c'était comme si, à nouveau, elle lui faisait faux bond et le délaissait pour un autre, même si cet autre, cette fois, était la mort. Il observait Julien avec agacement : bien sûr, lui aussi avait été son amant, puisque tous l'avaient été, tous... sauf lui. Les deux amis ne se parlaient pas. Depuis bien longtemps leur amitié s'était éteinte. Leurs relations se bornaient à des échanges de banalités. Ils avaient perdu l'habitude de se voir. Et lorsqu'ils se rencontraient, le souvenir de leur ancienne intimité, si chaude, si fraternelle, leur rendait pénible l'échange de propos anodins auxquels ils étaient réduits.

Julien se tenait assis à l'arrière de l'embarcation, une mallette en cuir calée entre les jambes. Il laissait errer ses pensées sans voir le panorama de Venise. La mission qu'il devait accomplir lui semblait à la fois émouvante et un peu ridicule. Devant la froideur de son ancien ami, il se réfugiait lui aussi dans le silence. Pourtant, il avait envie d'évoquer Diane. Dire n'importe quoi, mais parler d'elle, échapper à la pensée déprimante que tout ce qui restait de la vie de Diane se réduisait au contenu de cette petite urne enfermée dans la valise en cuir.

Au large de l'Arsenal, Julien se leva, sortit l'urne et demanda au pilote de s'arrêter. Puis il fit un signe à Édouard qui s'approcha de lui. Il déboucha l'urne et en déversa le contenu dans la mer.

« Tu veux que je t'aide? demanda Édouard.

– Merci, ça ira. »

Julien regarda dans l'urne. Il vit qu'elle contenait encore un reste calciné qui adhérait au fond. Ne sachant comment se débarrasser de l'urne, il se pencha et la déposa sur l'eau. Elle flottait dans la mer, oscillant dans les vagues. Les deux amis fixaient l'urne avec angoisse comme si, avec elle, allait s'abîmer tout ce qu'ils avaient aimé, leur jeunesse, les vacances à Uzès, leur amour pour Diane, la petite église d'Oxford, la chambre de la rue Spontini. Julien prit Édouard par l'épaule et le serra contre lui. Le pilote qui les observait jura dans sa barbe.

L'urne vacilla encore dans la mer. Ils la virent se remplir d'eau tandis que, à quelques mètres d'elle, le soleil illuminait un sac-poubelle qui, dans les flots verts, ressemblait à un énorme saphir. L'urne s'agita comme si elle se tendait pour s'emplir une dernière fois de lumière et de beauté. Et elle disparut.

Achevé d'imprimer
sur Roto-Page
par l'Imprimerie Floch
à Mayenne, le 22 novembre 1993.
Dépôt légal : novembre 1993.
1er dépôt légal : juillet 1993.
Numéro d'imprimeur : 35120.

ISBN 2-07-073607-5 / Imprimé en France.

67488